ÜBER DIESES BUCH Arno Schmidts Bargfeld-Erzählungen ›ORPHEUS‹ aus 1962/63, ›Kundisches Geschirr‹, ›Wasserstraße‹, ›Abenteuer der Sylvesternacht‹, ›Caliban über Setebos‹, und ›Sonne entgegen‹ aus 1960, sind die letzten der 1949 mit »Leviathan« einsetzenden Prosatexte, bevor er sich fortan seinem Hauptwerk »Zettel's Traum« widmete, auf dessen äußere Gestalt als Bargfeld-Epopoe diese Stücke bereits angelegt sind: Handübungen zu wechselnden Besucher- und Gesprächsgruppen auf dem Lande, Stellproben einer künftigen Inszene und von ihm vorausschauend auch signalisiert.
Mit ihnen ist die Bargfelder Umwelt abgeschritten voll Merkwürdigkeiten vom Tage, dem Aufwärtswaten im perlmuschelführenden Schmalwasser (*In Gesellschaft von Bäumen*), der Waldwanderung in schweißtreibender Hitze mit Teichbad und heißem Analysedisput (›*Rohrfrei!*‹); dem Rundmarsch entgegen dem Tagesgestirn mit mathematisch-geodätischer Preisaufgabe, dem einsamen Trunk der Karteisklaven in der Jahresnacht und geselligem Schlurf der Whiskey-Gallone im Kleinbürger-Kneipenelysium (*Nightlife of the Guts*), wo der Orpheuserzähler Düsterhenn, calibanischer Lästerer des Sete-Boß einer verpfuschten Welt, Hades-Quartier nimmt bei (*Pluto*) O. Tulp.
Sich einquartiert hier am stygischen Bach auf der Suche nach der Jugendliebe des »*Leviathan*« (›und sie hieß *Fiete*‹) aber nur auf eine *Rieke* im Stallhof trifft, deren Anblick erschreckt und vom alten Zauber befreit, der einst die erdachte Gestalt hervorgerufen. Düsterhenn schnürt sein Bündel, entflieht zur Nacht, ein zweites Mal desillusioniert vor den obszönen Riten anderer Plutogäste, der erynnischen Jägermaiden, die den Voyeur in der Scheune entdecken und hetzen, bis ihn der *Levit* in Sicherheit bringt. Neun Musen wachen professionell über Düsterhenns Enttäuschungen, die in einer kunstvoll-mehrschichtigen Sprache und deren Wortspiegelungen Ausdruck finden.

ARNO SCHMIDT wurde am 18. Januar 1914 in Hamburg-Hamm als Sohn eines Polizisten geboren. Volks- und Realschulbesuch dortselbst. Nach dem Tode des Vaters im Spätherbst 1928 Umsiedlung nach Lauban/Schles. in die Heimat der Mutter. Fahrschüler zur Oberrealschule in Görlitz, mit Abitur 1933. Kaufm. Angestellter in Textilkonzern in Greiffenberg/Schles. Eigene Astronomie- und Mathematikstudien zufolge Breslauer Anregungen. Ab April 1940 Soldat (Art.-Unteroffiz. in Norwegen). 1945 britische Kriegsgefangenschaft bei Brüssel. Anschließend Dolmetscher in brit. Hilfspolizeischule in Benefeld. Seit 1947 freier Schriftsteller in Cordingen, ab Ende 1950 in Gau-Bickelheim, Kastel-Saar und Darmstadt. Im November 1958 Einzug ins eigne kleine Holzhaus in Bargfeld, Krs. Celle, wo seit 1965 seine großen Typoskriptwerke »Zettel's Traum«, »Die Schule der Atheisten«, »Abend mit Goldrand« entstanden. Arno Schmidt verstarb am 3. Juni 1979 im Krankenhaus in Celle.

ARNO SCHMIDT

ORPHEUS

Fünf Erzählungen

FISCHER TASCHENBUCH VERLAG

1.–20. Tausend: Oktober 1970
21.–25. Tausend: Juli 1975
26.–30. Tausend: November 1978
31.–35. Tausend: August 1981
36.–43. Tausend: November 1990

Durchgesehene Ausgabe
Veröffentlicht im Fischer Taschenbuch Verlag GmbH,
Frankfurt am Main, Oktober 1970

Die Texte wurden entnommen aus:
Kühe in Halbtrauer, © Stahlberg Verlag GmbH Karlsruhe 1964

Ausgabe der S. Fischer Verlag GmbH, Frankfurt am Main,
im Fischer Taschenbuch Verlag

Umschlagentwurf: Jan Buchholz/Reni Hinsch, Hamburg
Umschlagabbildung: Harro Wolter
Satz: Fotosatz Otto Gutfreund, Darmstadt
Druck und Bindung: Clausen & Bosse, Leck
Printed in Germany
ISBN 3-596-29120-8

INHALT

CALIBAN ÜBER SETEBOS

GEORG DÜSTERHENN *entertäind se Mjußes – (tschieper Bey se Lump) – ietsch Wonn of semm re-worded him for hiss hoßpitällittitie wis Sam Bladdi mäd-Teariels.*

KLIO

: bloß aussteigen! (Und gleich 'n Ende weg – mein'n Obulus hatt'ich ja richtich-entrichtet.) –

: Halt!; hier, die Abfahrtszeiten noch notieren. / Unterm Ockermond der Haltestelle (grünblaß sein ‹ H › des Gesichts); unbequem in Halshöhe das betreffende maschinengeschriebene Schildchen, bravumblecht, ein Zellofanfratz : sofort waren doch schon wieder die 4 Weibsbilder um mich rum! (Die Jägerinnen aus dem Autobus nämlich) : Alle in kokett-hochhackigen Schaftstiefelchen aus Lackleder; dazu Breeches; Joppen aus gelbem, gelbem, braunem, kackaubraunem Imi-Tand (Velveton; wirkt auf 10 m garantiert wie Wildleder, ‹ ein Jeder ›); oben drauf kleine hellwache Hüte, billiardgrün – ihr Geschnatter war mir während der ganzen Fahrt schon auf die Nerven gefallen. Und zwar mehr so dies helle rastlose Vierfachgeschwirre hinter mir, als die G'schichteln selber; da hör'ich immer gans gerne hin, oft ergibt sich brauchbares. Meist freilich hatten sie, genäschig-zungenklatschend, gemeinsame Bekantinnen durchgehechelt. Besonders die Jüngste, mit ihrem bleichen, gedunsenen Gesicht, war unermüdlich-neidisch auf eine ‹ Rosel › zurückgekommen, die sich angeblich in der Waschküche von einem COLA de caballo Fahrer hatte pimpern lassen – hat-trick ?; ich hatz nich genau mitgekriegt; jaja de Libe. Die allerunangenehmste die lange Megäre hierrechts, (beinah 'n komplettn Kopf größer als ich ! Sicher, ich war halt bloß so'n Händvlling. Immerhin.); Medizin-Studentin, die von einer ‹ Knochenbörse › berichtet hatte, als handle sich's um die legintimste Institution des ehrt Runz : ‹ Wer hat mir meine Hand gestohlen ? ! ›. Und hatte tiefer Luft gehohlt, und von der ‹ Zeh-Karte › angefangen, die bei Toten angeblich mit 1 Reißzwecke an der Großen Zehe befestigt zu werden pflegt – » Ihr wißt auch gar wenig « hatte sie abschätzig geäußert, als die andern Drei sich sofort, vampirig-angeregt, die roten spitzen Krallen vor die Saugmäulchen gedrückt hatten, (und ich mir die Aktentasche auf den Schoß). Es dann mit der Stimme vor- & nachgemacht, wie's einmal, nachtsinderklinik, während einer gelehrten Vigilie, auf dem Korridor steif näher geschlurft kam, über's Li Noljum : eine als tot Ästimierte war, unter völliger Mißachtung der ihr aus solchem Befund erwachsenden Verpflichtungen, noch ma kurz aufgestanden : » und ihre Zeh-Karte raschelte. – «. (Nur solche Naturen können ja auch die ‹ Jagd lieben ›. Jedenfalls stand ausgerechnet Die jetzt hoch über mir, in der Hand 'ne lange Schwippe; und las unbefangen-halblaut im Fahrplänchen mit.) All dies in einer so wilden Gegend und unter dem schwankenden Zwielicht der Herbststunde, (genau auf der afternunijen Kippe zwischen Spätnachmittag und Frühabend : nachts, 0 Uhr 40, sollte der Letzte von hier abfahren; erstaun-

licher Verkehr für die winzigen Nester & dies tote Zonengrenzgebiet.) – Umdrehen ?
: prompt stand man vorm Ortsschild SCHADEWALDE. (Ergeben nicken : ich hatte schon gewußt, daß mir ‹ Leinöl › einfallen würde, 1 meiner (mehreren) lebenslänglichen Zwangsvorstellungen aus dem Ersten Weltkrieg : da war es ein schwermütiger Festtag gewesen, wenn es, nach graubraunen Steckrüben-Wochen, ausnahmsweise einmal ‹ Pellkartoffeln mit Leinöl › gegeben hatte ; (gesandt im eingenähten, mit nassem Tintenstift beschrifteten Paket von der Liegnitzer Großmutter : schon sah ich auch das damalige Salzhäufchen auf dem angeschlagenen Tellerrand !) – – so – gut ; schon gut. Erledigt. Bis zum nächsten Ortsschild, heißt das.) Auf der andern Straßenseite ein weißgekalkter Kilometerstein ‹ 1,6 › ; (von ‹ woher ? › gerechnet, hatte ich keine Ahnung : ‹ Mahnung ›.) Aber jetzt beginnen, möglichst würdig auf die dunstige Häusergruppe in der nahen Ferne zuzuschreiten : ich hatte Unrecht gehabt, mich über die Puppen aufzuhalten, die ja sicher nur ein arm-sehliches, demi-wie-ärschijes, Wochenendlein ‹ auf dem Lande ›, und das nach Art der Jugend möglichst großgebärdig, verbringen wollten. (Wie würde ‹ ein Dritter › wohl *mich* als Staffage verwenden ? Mit Baskenmütze, Grauhaar & Kupferneese ? Grüner Lederjacke & kurzbeinigen, rauhgegraupelten Hosen ; (für die irrsinnigen Socken, mit ihren riesig roten Mustern, war meine einzige Entschuldigung, daß ich dergleichen grundsätzlich nicht ‹ wählte ›, sondern eben einfach anzog : ‹ Graue Haare › würde *SIE* ja übrigens garantiert auch haben, (vorausgesetzt, daß sie nich ‹ tuschte ›, wie heut die meisten Späten Rosen) : ‹ Hosen ›. Ich freute mich darauf, so gut ich konnte : ? –

hm; viel ergab's nich; es haften zu strenge Erinnerungen an meinen ersten 45 Jahren.)).
Lieber würdig schreiten: –, –, –,. Indolente Rauchbilder standen über den Dächern. (‹Und sie hieß Fiete›: ‹wie zur Zeit weiter?› wußt'ich nich; METHE ja wohl schwerlich mehr. Immer vorausgesetzt, daß jener Natter, der Giftmischer aus Bautzen, der sich gebrüstet hatte, sie im Parke ‹angeknallt› zu haben, sie je geheiratet.....?); aber mein Weg begann sich zu senken. (Wieso ‹mein›?; *der* Weg doch wohl; bis zum Wegebesitzer hatt'ich's noch nich gebracht. Das heißt, DICKENS hatte sogar 'n Tunnel gehabt.) Na, vielleicht klappte's ja jetz, mit der neuen ‹Gedichtsammlung›, die mir mein Steuerberater dringend anempfohlen hatte – ich hatte mit Schlager- & Marsch-Texten jüngst so viel verdient, daß nur ein Buch im Selbstverlag mich noch vorm Finanzamt retten konnte; (‹Taxation no Tyranny›: dieser JOHNSON war ooch ne dolle Figur!). Die Dämmerung warf eine Handvoll bleicher taumelnder Tauben hoch über's Teerband. (‹Erste & Letzte Lieben› – ‹riebenschieben› hat HEINE aber schon – mein hatt'ich Die damals angehimmelt! Mit 18, als ich noch Prinz war von Arkadien: von *dem* Standpunkt aus natürlich ein völlig unrealistisches Unternehmen, das heute; aber ich hatte schließlich auch nur vor, mich durch den Anblick einer Jugendliebe entscheidend & unwiderstehlich schmalzig zu stimmen: der Deutsche von 1964 will Sentimentalität & Präsentiermärsche; genau wie der von 18- und 1764. Und wer noch an Sachen wie ‹Entwicklung Zukunft Fortschritt› glaubt, dem gebührt ein Monatseinkommen von 250 Mark; und zwar brutto!).
Wie herrlich unfruchtbar die Antennen-Figuren. Sämt-

lich nach Mekka gerichtet, siebten sie siebenmal sieben unliebsame Nachrichten automatisch-aus, ein hammurabulistischstes Kunststück : sein Volk *nur die* Sender empfangen zu lassen, die man selbst besamt! (‹Ahmt rahmt wundersamt›). Ich konnte mich wohl noch der ersten Monate nach dem Kriege entsinnen, da das in Darmstadt erscheinende ‹Delirium Tremens› meine ‹Ode to Defecation› gebracht hatte : wie rasch war ich nicht von solcher Patenstadt & so unvolkstümlichen Themen abgekommen! (Apropos ‹Patenstadt› : die hatten mir, auf den bloßen Mädchennamen hin, umgehend *IHRE* Adresse mitteilen können. Müssen ja ganze behördengroße Apparaturen sein; mit Tausenden von Angestellten, die davon leben, daß sie nichtmehrexistierende schlesische oder pommersche Ortschaften rekonstruieren, ‹als wäre nichts geschehn› – vielleicht sollte man's ja tatsächlich, ganz unemotionell, als einen bloßen Zweig der Lokalhistorie betrachten? Alles von unserm Geld freilich. (Das heißt, von *meinem* möglichst nich : eher mach'ich den Band mit Rundumgoldschnitt; auf postkartenstarkem Bütten; in patagonische Jungfernhäutchen gebunden! ‹Zwei-Fell-los zweifellos! – : 2 Fell los zweifellos!›.)

Aber dies Bächlein-hier – so schräg unter der Straße wegfließend, daß sein linkes Geländer auf der Höhe anfing, wo sein rechtes-drüben aufhörte – wirkte doch erheblich stügisch. (Das heißt, das zagpläppernde Wässerchen selbst war an dem Eindruck weitgehend unschuldig. Aber Blechbüchsen rosteten von seinem schmalen Grunde herauf. Immer wieder abgehackte Erlenbüschel fingerten unerfreut : ‹einst wie heut›.) Ich fühlte im Schreiten nach dem Peregrinus Syntax : die älteste Leyer war, liederlich benützt, gerade gut genug für ein ZEIT-Gulyasch aus Ökumenischen Konzilen & SKORZENY's Memoiren : 1 Trottl, wer solch madige vom Arsch de Brüh nicht auch nach Kräften mit abgeschöpft hätte ! –

(Ach, sieh an : ‹ Der Erste Schiffer ›. Allerdings auf dem Festen Lande; ich ließ ihm überflüssig Zeit, zu vollenden. Dann) : » Sagen Sie – : wie heißt dieser Bach eigentlich ? «. (Ganz langsam sprechen; wie Ausländer, die mühsam Sätze aus Sprachführern gebrauchen : so unterhalt'ich mich immer mit dem Landvolk. Das sich mit mir übrigens auch.) Die aus Bändern Sehnen & Gebein geflickte Halbnatur schaute lehmuhrig auf, 1 Ulme im Rücken, 2 Footn noch am Schlitz; (seitlich ein wahrer Modell-Ahorn : ganz wunderschöne zackige Damenhände, schätzungs-weise Zehntausend, lagen um seinen Stamm herum. Dieser-selbst natürlich-blattlos.) : » ‹ KÖTELBECK › « antwortete sein erdfahles Fährde-Profil; (‹ lakonisch ›, dacht'ich's doch – : aber waren nicht schon wieder die 8 Hufe hinter mir zu hören ? Also rascher) : » Wo geht's zum Wirtshaus, bitte ? «. Jener stampfte den Grund in dem flachen Graben, den er auszuheben schien; (und überlegte während des Stampfens : dabei wußte das Riesenroß doch garantiert Bescheid; und 1 simples ‹ Gradaus › o. ä. hätte mir vollkommen genügt. Ich hatte sowieso nicht vor, den maulfaulen Gaul um eine Locke aus seinem Weichselzopf zu bitten – ja,. sag' schon was !). Er schnaufte schwer. – : » Na-Sie – « sagte er sinnend; : » der Tulp, Der nimmt'as von'n Lebänndijen. Freiwillich kricktn mich keine 10 Feerde da rein. – 'n Großer Wirt; Sie könn'n nich verfehln. « Er zeigte gleichmütig die Dorfstraße hinunter, wobei sein

Arm die Kurve andeutete; (und hätte vielleicht noch mehr geäußert, wären mir nicht schon wieder die Jägerinnen buchstäblich auf den Fersen gewesen!). Er stellte sein Mund-Werk zähe wieder auf Null. Die Erste rief die Andere : »Alex!«. Die wiederum nannte die Dritte »Hermine«; (die Vierte stand nur, gedunsen & geil. Zumindest hatte ich den Eindruck; vielleicht war se aber *grade* noch Jungfrau – »Zwisch'n'n Zeh'n« pflegte Roland ('n Bekannter von mir) zu diesem Wort jedesmal & bitter anzumerken.) Sie sah dem vorbeifahrenden Klein-LKW zu, auf dem eine eternity-box plump tannste; auch dem Geräusch nach noch leer; holte wohl erst ihren Inhalt-dann ab; Ein'n, der ne 7 gewürfelt hatte. – Beste Gelegenheit für mich, erst weit zur Seite, und anschließend (würdig) davon zu treten. –
Scheunenhöhlen, den Rachen pottwalig auf mich zu geöffnet – ich versuchte, einfältig dreinzuschauen, damit sie mich für 1 der Ihrigen halten und unverschluckt vorbeilassen sollten. (Tarnkleidung hätt'man sich vorher beschaffen müssen; so'n LÖNS-Hut zum grünen Lodenmantel. Aber das dazu erforderliche ‹durchgedrückte Kreuz› samt männerschweißiger Jehovialität haben mir zeitlebens gemangelt : komisch; mir hat man, ebenso immer wie sofort, den basislosen Intellektuellen angemerkt – das ist keine Empfehlung heutzutage! ‹Intellektueller› scheint in jedem Jahrhundert 90 Jahre lang einer mittelschweren Beschimpfung gleichzukommen; wenn man Schwein hat, drückt's während 10 Jahren auch ma ne gewisse Achtung aus. Was man dann ‹Weimarer Republik› nennt. Als *SIE* noch ‹Fiete› hieß.) – Ich seufzte. Und erblickte im selben Augenblick den unvermeidlichen Milchglas-Baldachin.

: sofort kam ein Hund um die Ecke getobt, von mürrischster Färbung & einer Größe, daß einem weniger geübten Reisenden höllenangst geworden wäre; (mir wurde nur Hel-bange). Lachte mich jedoch begeistert an; jowlte in putzig hohen Tönen, und trommelte mit den Unterarmen auf den Staketenzaun, daß es rappelte. Wodurch mein Blick in das schmale Vorgärtchen gelenkt wurde, das der rechten Hälfte des langen Fachwerkbaues vorgelagert war; (oben erschienen grade wieder die blassen Tauben von vorhin – ‹ eine blasse Taube › : vielleicht hörte *SIE* ja nischt mehr; wer weiß, was mir hier noch so Alles bevorsteht – landeten, (wobei sie halblaut & vornehm mit den Flünken applaudierten), und schrittelten dann, mir verbindlich zunikkend, die First-Straße entlang). Leicht verunkrautete, herbstlich-nackte Muttererde. Überwiegend Narzissen, wenn mich nicht alles trog; (‹ Marseiller Tazetten › : vorjes Jahr hatt'ich, in splienijen Emslands Mitten, Hyazint'n & sonstige Zwiebln im Fenster keimen-treiben-blühen gesehen, auf ausgehöhlten Rüben als Vasenersätzen, wiss Korro-Netz of Miediumßeis, eiförmich-ellippsoidisch-zusammengedrückt-zweischneidich). – : » Kirby ! – KIR-BIE ! ! « brüllte es athletisch. Und der Kerl von einem Hund brachte es doch tatsächlich fertig, mit der rechten Kopfhälfte *mich* verliebt zu betrachten; das linke Schlappohr dagegen nach der rufenden Wirtshaustür hin etwas anzulüften, (durch die ja auch schon Diverses geschritten bzw. getorkelt sein würde; denn das BÜRGERMEISTERAMT und der ÖFFENTLICHE FERNSPRECHER befanden sich nicht minder dort im Innern, öffentlichedienstetransport&verkehr). Auch

von sinnlosen Weglein durchschnörkelt, schmal wie nur für Gartenzwerge, um ein kleinbürgerlich-ovales Mittelbeet itzt voller Eisenhut : überall lagen die kurzndikkn, lernäisch-schlappen Erdwürste der Wühlmäuse rum. Ich wagte den linken Zeigefinger zu spitzen, und ihm, unter ständigem-schmeichelnden » Billy Kirby Billy Kirby – « das kurzgeschnittene Stirnfell zu krimmern –, – : siehe da : er neigte (bei ihm identisch mit machtvoll drükken) den Schädel, freundlich & würdig, gegen meine besagte Gliedspitze; (hatte wohl auch nur ein Fell umgetan, um nicht Mensch werden zu müssen : Hier soll ich Dich nun finden, Constanze ? –
– jaja : Con- oder Nicht-Stanze; es war gar nicht so einfach.) Während unverkennbar ‹ Der Wirt › in seine Tür trat, (wie man eben nur in eine eigene Tür treten kann) : auf eine unangenehme Art breit; auf dem massigen Haupt die Kappe; in der Hand ein Bund mit (übertrieben großen) Schlüsseln; ganz starker Grundbesitzer. Mundloch sehr deutlich; die Worte jedoch anschein'nd kaum größer als englisches, und ebenso pompös-unzusammenhängend, die bekannte vorsätzliche Einsilbigkeit der Hochgestellten (die gleichzeitig geistig hinten etwas kurz sind; hervorragend geeignet für fürstliche Hausarchive); die Zunge in ihm trommelte's leise, (gleich jenem bekannten SCHLEGEL, der über das Kalbsfell sprang) : » Körr-bie – – körr-bie – – . « (Weshalb war mir eig'ntlich so selbstverständlich dieses ‹ Billy › dazu eingefallen ? – Achso : KUPER-peioniers. Es hätte aber auch, mindestens ebensogut, ‹ Marion › sein können; sogar weit passender noch : Topper täiks ä Tripp. – Na, komm, mein Brägn-obm; Er wartete sichtlich.)
– (‹ Gaststuben › meines Lebens; und sie nahmen kein

Ende! Früher, als Twen, eingeklemmt in einem schiachen Beruf, hatte ich ‹Bahnhofswirtschaften› frequentiert – von ‹*phre*netisch› & ‹*Quent*chen›: H des G-K-Laurers! Un nu eben wieder *Dasdinx* hier.) / Erst die wienenntmansie Hausflur: links ein kleines rundes Tischchen, einbeinig-stelzfüßig, (unten ging's allerdings in 3 stämmige Wurzeln auseinander – an dieser Stelle fiel mir auch das Adjektiv ein: ‹weit & geräumig›). Hinten eine mittelbreite Treppe rechts-hochwärts zu Kammern und Seelen. Neben der Tür, durch die ich nun gleich würde sollen müssen, ein lackiertes Reklameschild, (voller Glasfratzenfragmente einst daran vorbei-Passierter; nich ganz in der Mitte war etwas wie eine Njutnringlnde Null-Form zurückgeblieben, was natürlich den beliebten geheimnisvollen aut-of-baunz Eindruck bewirkte: ‹ich will ein Unbetretbares werden›! Nu von mir aus: *so* weit war ich noch nich mit'n Nerven runter wie KAFKA, der sich vor jeder verschlossenen Tür einmachte, weil womöglich was dahinter sein könnte: 7 Jahre Schreiber uff'm Hülfskreuzer ARGO, mein Lieber; 'n *bißchen* komplizierter iss die Welt nu doch noch; je m'en fous!).
Allein wiederallein; und zwar an einem Ecktisch (mit Rückendeckung, KAFKA zu Ehren; schweigen wir ganz von den Flanken): allein die Tapete wieder! Buschwerk, fichtenüberragt, mit bräunlichen Rehen, (auf jeden Bock 2 Schmaltiere, wie sich's gehört); Reiter in blauen Frekkn blusn par Fortz, (Jägerinnen, lebend von dem, was ihre Büxn erwarben); Vorstehendes meutete, (‹Hund von einer Prostata!›); ein Wäldtchen, gar nicht unlustig für Kinderaugen – allerdings 200 Mal gesehen, wie eben-hier, Sturzhelm & Jägerhorn, *das* war etwas

häufich, wenn man das fünfzehnte Lebensjahr hinter sich hatte, ‹ Wie Ich ›. Oder das Porträt mir gegenüber, halb lebensgroß & doppelt so natürlich; (irgend'n Sechzehnender : soweit bin ich, gottlob, ebenfalls noch Herr meiner Nerven, daß ich in solchen Fällen nicht nachzusehen brauche, mit Wem ich die Ehre habe – nenn'n wa'n einfach ‹ Bismarck in Friedrichsruh ›; paßt vielleicht haargenau). ‹ Hagenau ›, ‹ Die Nachtigall von Hagenau › : da war ich auch mal monatelang ‹ in Garnison › gewesen; und hatte, möglicherweise post-hum durch besagten REINMAR inspiriert, eine neue Prosaform erfunden, ‹ PHAROS oder von der Macht der Dichter ›. 1 bös-artiger Zufall hatte das Manuskript bis heute erhalten; ich beschloß endgültig, das Dinx in der nächsten Winterszeit dem stillen Heerd zu übergeben. – Aber dies ‹ v. Hagenau › könnte doch vielleicht das Pseudonym ergeben, wie ? ; denn pseudonym hatte der schmucke Band zu erscheinen, da war mein Steuerberater mehr denn je im Recht. Ganz abgesehen davon, daß ‹ Georg Düsterhenn › vor lürischen Gedichten unmöglich ist : volkstümlich sein ?, das heißt verständlich & sonnig sein, heiterdiekunst. ‹ v. Hagenau ›, hm hm; Georg; hierzulande hätte man mich ‹ Schorse › gerufen, an der Mauer ‹ Orje › : ‹ Orje von haargenau + Nackt-y-gail ›; na notier'n kann ich's ja ma –)
– und, abwesend, den protëischen PEREGRINUS unter den Fingern, zu ihm aufsehen : ?. Der Kerl hatte sich, die Hände auf der Tischplatte, vor mir aufgeflanscht; und brutal gefragt : » Bier oder Bier ? ! «. Rechts & links von seinen Schultern das Gesims (mit Herzlaub); überm Fernseher die längsgestreifte Vase, modern & doof. Während draußen der wildgefärbte Bankert aus PKW &

Wohn-wagen vorbeihoppelte; (: auch Du willst also erst ma gebändigt sein, amigo? – Ich machte die Augen so stechend; und fragte so schnell & giftich) – : »Was'ss denn das für ein verfluchter Verkehr hier?!«; (und 1 ganz kurzer energischer Kopf-Zuck da hin, wo eben das Auto vorbei war: !. – Kein übler Witz übrigens, seine Frage, drolling, aber wohl mehr aus Versehen.) Er geriet auch beträchtlich aus seiner (ihm ja nicht zustehenden) pöbelhaften Selbstherrlichkeit; und auskunftete: » – Der Wag'n von'ner SEISMOS. – Die mitunter irdischn S-prengungn aabeitn.«

: »Kann ich bei Ihn'n noch 1 Zimmer für die Nacht haben?!«; ich, vornehm & unzufrieden; (immerhin bedeutete das ‹noch›, da er unsicher genug geworden schien, ein probeweis'-erstes Einlenken: wie wenn ich ihm 500 Gastzimmer zutraute, und sie-alle überbelegt).

– »Moment –« sagte er, jetzt achtungsvoll; nahm die pRatzen vom Tisch, drehte Kopf plus Schultern um 90°, und brüllte die dritte Tür des Raumes an: »Oll-sche!«. (Dies schon wieder in seiner früheren, Manieren & Worte sparenden Weise: Hüte Dich, Du! – Aber ‹Trautes Heim› würde auch unbedingt 1 der 9 Unter-Bücher zu heißen haben: wenn es mir doch bloß nochma gelänge, so gansgans sinnich-einfältich zu werden! 'n paar Mal waren mir daja herrliche Schlager geraten. Das mit dem STRAUSS-Preis ausgezeichnete damals, gegen die Wehrdienstverweigerer, ‹bei der Musterung zu singen›:

» und der 'webel lachet rauh:
: ‹Bist wohl auch kein Heldensohn?
Bist kein echter Bundesjunge? –
Feiges Herz, so fahre hin!› – «)

Aber jene angeschriene Tür – tendierte die Farbe nich

eig'ntlich auch wieder verdammt in Richtung Leinöl? – schickte sich zum Aufgehen an – : eine recht junge Frau noch. Nach seinem oxygen Gebrälle hatte ich mehr auf eine Zweizentnerramme als Haus-Majestät getippt; mit eisengrauen Schnauzbärten, und dem Hintern einer Ritt-Meisterin. Aber Die-hier trug, schlank & mißmutig etwas vornübergeneigt, an ihrer verblaßten Zebra-Schürze; oben ein gelb-grünes Kopftuch; ein triefendes Talglicht in der schmutzigen Faust – »In'n Keller. S-trom iss wieder weck.«, sagte ihr magerer Mund zur Erklärung – horchte bei der Frage ihres Götter-Gatten ‹op noch 1 Zimmer frei sei?› kunstlos auf; (sehr nett von ihm, dies übernommene ‹noch›); erkannte die Lage aber sehr bald, (obwohl nicht rasch genug, daß sein Gesicht ihr nicht ein ‹Mensch-Weib sag ja!› hätte hinsemaforen müssen). »Jå« machte sie muffich. : »Sach Rieke, sie soll überzieh'n.« (Exit Madame Tulp.)
: »Mir 1 kleines Pilsner bitte.« (‹Ich & mein Fläschlein sind immer beisammen : Gluckgluck, Gluckgluck›; seinerzeit auch wundersam angekommen. Leider war ich damals noch so jung-dumm gewesen, und hatte mich nur pauschal abfinden lassen; dabei hätten Prozente viel mehr gebracht – nun, heute würde mir dergleichen nicht mehr unterlaufen. Ich radierte das ‹Orje›, das ich vorhin aus Versehen unwillkürlich mitnotiert hatte, lieber sofort weg; (dann pusten, blähbakkich-röhrenmündich; dann die Fasern mit der Handkante von mir phort phegn : aufgeregt war ich eigentlich weit weniger, als im Interesse lürischer Produktion zu wünschen. Er kam mitsamt dem beschlagenen Glase angewuchtet.) – : »Ich zahle gleich, ja?«. –
: »Donnerwetter! – Wieso ist denn das so *kalt*?!«. (Das

Wechselgeld nämlich, das er mir auf meinen Zehnmarkschein anbrachte. Er freute sich sichtlich des Kleinen Siex hinter seinem dicken Gesichtsfleisch; und ich ließ ihn ein bißchen gewähren; pochte dann allerdings mit dem Rand des einen Fünfmarkstückes mahnend auf den Tisch auf : ?) . : » Kommt auss'e Kühltruhe. « sagte er s-tolz; » meine Frau hadda ne Ziegaa'nkissde mit Kleingeld in : ihre Eis-Kasse. – Offenbaa, wie ? «. Ich ließ ihm das ausnahmsweise durchgehen. Winkte ihn jedoch, verschollernderen Geistes, gleich darauf beiseite. Und saß dann, gerunzelt & allegorisch-gärend, vor mich hin : war es nicht, wie wenn mir Einfälle . . . . . ? . . – (?) – – : ! :

: » Ich saß im Zimmer . . . . . «

Nee; zu kurzer Rütt-muß; ‹ ich saß im stillen Zimmer › – : ‹ Schwimmer ›. Immer noch zu taziteisch-gedrängt, von Ußfahrt des Swigers : bei längeren Zeilen kann die verstaupteste Leyer meer-manntschn. Auch schwimmt man im Zimmer nicht; es sei denn, man hätte überdurchschnittlich viel Wasser im Keller : ‹ Gewimmer › ?, iss sofort die Schtimmung futtsch. ‹ Stimmer ›, Klavier-Stimmer : was sagt denn SYNTAX alles dazu ? Grimmer Flimmer, schlimmer Schimmer. War also doch wieder'n Irrtum gewesen; über Fuffzich hat man – es gibt da, wie immer, irgend ne US-Untersuchung, nicht-KINSEY – wenig Genie-Einstürze mehr. Schmeckte aber schönhoppfich & schwartzbraun, dies Stübchen Pilsner. – : S-topp ! : ‹ Schtüpchen ! › –

: » Ich saß im lieben, trauten Stübchen «,

da-dámm da-dámm da-dámm da-dámm : ‹ Bübchen › ! :

» mein – – ä – – «

(nee; ‹ lieb & traut › nich noch ma) – –

» mein kleines süßes Herzens-Bübchen «

klar, Mensch! (Und breit lächeln, selbst-suggestiv, Trotzbismarck & Tapete, noch breiter, daß mir innen innich werde : rann-jetz mit den populären Adverbien !):

» schlang seine – «

hm ‹ Arme › oder ‹ Ärmchen › ? Kann das Volk, unser Volk, mein Volk, *noch*'n Diminutiv verdauen? Ich möchte meinen – ‹ ja ›. Also lauf, mein Kugelfaber, lauf:

» schlang seine Ärmchen warm um mich. «

Und wären dieses die Zeilen 1, 3 und 4. Ergo muß sich aber Zeile 2 nunmehr auf ‹ ... ich › reimen. – (Moment. Wie sah denn das bis hierhin aus –) :

» Ich saß im lieben, trauten Stübchen,
. . . .
mein kleines süßes Herzensbübchen
schlang seine Ärmchen warm um mich. «

Logischerweise hätten noch'n paar nähere Bestimmungen von Zeit & Ort da rein gehört, kwommodo kwanndo – ‹ da just der Wirt gen Ofen wich ›; das geht aber schon deshalb nich, weil ‹ Just › der barn-helmich Andere war : ‹ Er ist doch ein Grobian, Herr Wirt ! › – :

» just, da der Tag dem Abend wich «

?. (Lieber nich; unserm Volke ist das ‹ just › allzu weitgehend abhanden gekommen – ab-zungen korrekter – ‹ just, eben, gerade › : wunderbar !) :

» grad, als der Tag dem Abend wich-Punkt. «

Gans-passabel; so ‹ weiche-warme Dämmrung ›; ‹ DÜSTERHENN's Dunkelstunde ›. Ich hatte aber auch erlesenplatte Sylben anthologisch gepflückt. Und der Inhalt war ja der letzte Hammer : also wenn mir's *diesmal* nich gelingt..... ja aber nu weiter:

: was machen Eltern mit solchen herzigen Kleinen, die die Ärmchen um sie legen? Das war, ‹ Damals bei Uns daheim ›, des Hauses nicht der Brauch gewesen; contrarissimo : Vater A. Paul Düsterhenn & Mutter Moosedear hatten uns Kindern bei weit geringeren Ansprüchen an ihre Zeit & Finanzen ‹ Fauzn › versprochen; (was in irgendeinem, mir unbekannten Dialekt ‹ Maulschellen › bedeutete; ein Irrtum war nicht möglich, wir hatten's zu oft an den eigenen Backen erfahren). Ein Realist vom Schlage Zola hätte dem zur Debatte stehenden Herzensbübchen folglich mit Fauzn aufgewartet; schön, nehm' ich das zur Kenntnis; (hatten doch auch meine Eltern, nachdem meine ersten experimentellen Dichtungen erschienen waren, mir in einer, von beiden Teilen unterfertigten Handveste, kund & zu wissen getan, wie sie sich nachträglich schämen müßten – ja, ‹ genieren ›, (was in ihrer Sprache einen stärkeren Grad derselben Empfindung ausdrückte) – ein solches Mordcalb in die Welt gesetzt zu haben.) Alles ganz schön & gut; aber was.....? ..... ich blickte in meinen, erfreulicherweise stets unfruchtbar gebliebenen Schoß; und versuchte mit Gewalt, mir einen süß-lallenden Knaben hinein zu projizieren :.....?. (Auch meine Freundinnen, Fairfat & Farty, hatten dergleichen immer klug zu vermaiden gewußt :....?). Was wollte der Lichtwisch an der Schmalseite der Theke? – achso; der Wirt war dabei, ein Feuerchen im Ofen... und hatte 1 Zündholz... durchaus lobenswert bei der totensonntäglichen Witterung. Neenee : ‹ Vivat die Schutzmittel ! ›. Und da das Deutsche Volk, im Zokkeltrab seiner 2000-jährigen Geschichte, es standhaft abgelehnt hatte, je etwas mit Realität zu schaffen zu haben : wäre da nicht, in diesem Stadium des Poems, so ä klein Schutz-Engelche ?.....

: » Da strich, nicht etwa von der Sonne, «

(nee, von der garantiert nich; bei dem Islandtief)

» an uns vorbei ein lichter Schein, – «

: alles war darin : das ‹ strich › vom Streichholz; der trübe Tag mit Lichtfleck, genialisch transformiert : das Geld liegt tatsächlich praktisch auf der Straße; Tonnen Goldes streift der Begabte mit jeglichem Blick : und ja jetzt nicht etwa ‹ Wonne › verschmäht ! Ich bin doch keen Intellektueller mehr, alla BENN, der von 2 Reimworten prinzipiell das rarere wählte : hatte nicht auch mir schon ‹ Garonne › einfallen wollen ? : Bloß hinweg mit Dir-Du ! :

» und ich, ich dachte – «

Zweimal ‹ ich › ?; schwerlich. War nich auch durch das Komma etwas leicht ironisch K-ich-erndes in dies Doppel-Ich hineingeraten ? Das mußte dann aber umgehend wieder raus; denn Der Deutsche ist, wenn überhaupt was, dann nicht-ironisch; (‹ Ironie › hat ja auch sowas gallig-mediterranes). Also gallisch meditieren; (‹ mit die Türen › war aber auch irgendwas; verdammte Störung, jetzt wo die religiöse Pointe ..... – : Mensch, das grenzte ja allmählich an Gedankenlürik !) :

» und ich gedachte voller Wonne :

‹ Das wird des Kindes Engel sein ! › « –

– : Jakuchen, die Jägermädchen waren's schon wieder ! Sie lachtn & mekkertn, infernalisch-nervös : » Hallo ! – Hallo & Evoe ! «. Ließen die Zungenwimpelchen höllisch flattern, und gaben überhaupt an, wie'n Halbfund Uran; man schien sich zu kennen. : » Tachherr Tulp ! «. Und Der strahlte huldbreit : » Na-a ? – Schon tüchDich was geschafft ? «. (Die Antwort verstand ich nicht. Einmal, da ich meine erste, doch wohl als gelungen zu bezeichnende, Stanze, rasch aber kritisch überlas – das Ganze schien nunmehr auf eine Reihe von Engels-

erscheinungen hinauslaufen zu wollen ? Na einverstanden; gab's denn was Aktuelleres bei uns ! ? höchstens doch noch die Wiederaufrüstung : nichts da; ich lag genau richtig. Und dann auch, weil alle Fünfe durcheinander kwasseltn; (‹ Betty Martin wås ä Hantreß-Jung › : das sollte, nach Doctor JOHNSON, von ‹ Britomartis › herkommen – auf was diese Lexico-Grafm so alles verfallen !).). Sie suchten drüben auf einer Landkarte, so gänzlich ‹ inzwischen ›, daß man den bloßen Vorwand, um mich darüber-hinweg gierig mustern zu können, 3 Kabellängen weit sah; ‹ Ist er ein Hiesiger ? ›. » Nain « erklärte der Wirt. Gab Ziarettn. Ging. & kam. Und hielt Allen (auch mir, leider) die Kohlenschippe hin : steifes Schwarzblech (starfes Schweizblech, der Griff schon wieder Leinöl !); darauf das tote Amselmännchen (am pommesinigen Schnabel). (Und nur 1 Handköfferchen für 4 Puppm ? Sicher; die Gard'robe der modernen Dame hat Platz in einer Nuß; und das Meg' umportans führt sie dennoch bei sich.)
Distanziert erheben. Notizbuch & HEMPEL ins köstlich klein- & leichte Sämischledertäschchen; (also erneut ungerecht gewesen : mein Gepäck war genau so windsig). Drüben indes : » Och ! – in'ne *Scheune* noch ma ? In'n *Hoi ? !* – Na wenn 'as man nich zu kalt wird, in'ne Nacht : vo'*mir* aus. « Wandte sich erneut jener dritten Tür zu; (und dann derselbe Ritus, wie bei mir vorhin : erst die Frau; die ihrerseits wiederum ‹ Rieke › Bescheid sagen sollte; anschein'nd irgend'n Fuck-Totum). / : » Für mich bitte ebenfalls Abendessen, ja ? « Auch, da er herprahlen zu wollen schien, was seine Küche so an Spezialitäten des Hauses vermöge : » Gutgut. Machen Sie's nur pünkt- & reichlich; der Preis spielt keine Rolle. – ä :

Wann ? «. (Demnach noch 1 gute, sogar sehr gute, Stunde. Kann ich 'n Stück spazieren gehen ; tu ich gern in der Dämmerung. Und sei's in diesem Fall nur deswegen, um den 4 auf mich gerichteten Frag-Mich-Löchelchen zu entgehen, ‹ Das Paradies der Vokale ›, seydenroth & feucht. – Mein Körper begab sich mit mir davon.)
– und blieb im Flur nun aber doch stehen – ‹ Und sie hieß Rieke › ! : Ob das möglich war, daß *SIE* direkt im Hause hier mit-wohnte ? ! (‹ Fiete-Rieke › : das Wunder wäre nicht annähernd so groß gewesen, wie wenn im Briefwechsel GOETHE-SCHILLER plötzlich die Pleiaden-Ausgabe der ‹ Recherche ›, majestätisch berecensirt, auftauchte. – Ob ich es jetzt schon wagen konnte, bzw. durfte, tiefer in die Gebäudlichkeiten einzudringen ? Der Vorwand das Clo ; Ninon de. Oder lieber ‹ organisch wachsen › lassen ? – Da es mir noch nie an mangelndem Mut gebrochen hatte, entschied ich mich, nach verantwortungsbewußtem Überlegen, für's Organische.) Und trat ins Freie.

KALLIOPE

Die abgestürzte Sonne hinter einer Eichensäule festgerannt ; Beide blutetn. Die firmamentlose graue Overall-Plane, liederlich mit Hadern geflickt, hatte gleichfalls viel Unangenehmes. Soweit das Auge reichte. Die ganze Gegend jedenfalls wüst, und, obschon klar, doch irgendwie neblicht ; (und mittn-drinne ich ; mit der schönen aber nich ganz leichten Aufgabe, optimistisches Detail für meine Unterabteilung ‹ Landlust › einzuernten).
Denn gleich die erste Klitsche wirkte wie ausgestorben !

Wäre nich'die flirrende Luft überm Schornstein gewesen; und hier der Voll-Meyer, sowohl geputzt als backenrot, (der haus-herrlich weit ausholte, ehe er in seine Thoreinfahrt einlief : unverkennbar angewöhnt beim Traktorfahren; Kerls mit so krankhaft niedriger Stirn müßten ebenfalls Nummern kriegen; oder 'n Anhänger), ich hätte meinen köstlichen SYNTAX gegen s'Deputat gewettet, es sei Niemand zuhause. (Ebenso unklug wie hinderlich, meine, in der Weimarer Zeit mir unausrottbar anerzogene Abneigung gegen alle rufbaren Tauromorfm; lautete doch das Gebot der geowehrpoliten Stunde, sie per aversionem zu verherrlichen; und ‹ Belebung mittelalterlicher Vorstellungen › das Strom & Ehre, an dem wir Verläßlichen uns erkannten) : » Was weißDú von Meier Helmbrecht ? «. Aber die dunkelfarbige Katze stieß auch nur einen ungeduldigen Wehlaut aus, während sie neben mir (allerdings auf der andern Seite der Hecke) dahin ging; (neenee : ‹ Der Beste unter ihnen ist wie 1 Dorn, und der Redlichste wie eine Hecke › – ich probierte, gleich Jenem-eben die Ellenbogen abzuwinkeln, wie wenn ich sie vor Kraft nich weiter ran krickte, um mich auf solche Art ähnlich zu stimmen; schritt auch 1 Zehntel fur-long breitbeinich . . . . .) :

» Wer schreitet so stolz auf dem Grünen Plan ? :
: der Bauer, der Bauer ! «

(aber ja nich ‹ grün › mit großem ‹ G › !, und man riecht es ihm ahn, ach das ist Alles nichts; was mir fehlt, ist eindeutig die naive, intime Einzelbeobachtung, plastisch & elementar in den Grenzen des Schicklichen, rein & wahr.) Und faltete doch schon wieder skeptisch den blassen Mund & nickte meinen eigenen Schuhspitzen zu : ‹ rein & wahr ›; was die (die Menschen) sich so lebens-

länglich für Blauen Dunst vormachen! Denn wenn es je ein Entweder-Oder gab, so war das ja hier der Fall; (na lieber weiter durch den Weiler; ich hatte schließlich wichtigeres vor, als den Völkern gratis – präziser auf eigene Kosten – auch nur 1 der Staare zu stechen, von deren Pfiff Wir-Feineren leben.)
– Weiler hamlet: ‹Hamlet spoilt by Man›. Könnte heißen a) ‹Der von der Menschheit korrumpierte Dänenprinz›; b) ‹1 Mann verdirbt eine Ortschaft›; eine Arbeit, die man sich beim Landvolk wahrlich auch sparen könnte: Die ferkeln schon als Kinder mehr, als Studenten in der *DDR;* (eine Behauptung, ‹durch den Reim gesichert›, wie ich einmal einen Germanisten hatte selbstgefällig dozieren hören: *Die* sind natürlich *noch* um 3 Strich einfältiger!). Während ich den feuerrotenkopfgroßen Ball, der hinter dem starkstehenden Kriegerdenkmal hervor in weiten Sätzen auf mich zu kam, geübt stoppte (alter half-back); und ihn dann, von den Buben & Bübinnen die sich zeigten, Der mit den längsten Stöckelbeinen als Vorlage gab – sofort begann das V-hennije Völkchen sich vorzuführen, bald einzeln bald tuttangsamml. Der künstelte kühner auf seinem Velociped dahin; Jener stand Kopf auf dem Prellstein; flüchtige Mädchenblicke lohnten ihnen, (und mehr Hahnensporen sproßten, wachsende Apparate, knabenstolz). Die am weitesten Entwickelte stand schon ‹abseits› und marterte eine lange Banane. Wogegen die Bühnenreifste – ein wehendes Fähnchen; die Arme durchtrieben immer zu mir hergebreitet: quicunque wullt! – auf murmelnden Rollschuhen kurze Ellipsen fuhr; erst um Nichts (da schien ihr Name »Lulie!«), dann um Widernichts; und sich am Ende, kunstvoll atemlos, eben

doch nur einer Freundin an die Strickjacke warf; (und Kücklos Gäneseoß).
Eine kuhhessig Wasser Pumpende – (ich unterdrückte ein pilsnig Pere-Grienen : ich pumpe schließlich auch kein Geld) – die mit sich selber schalt. Bataclán-Bataclán, immer lebhafter wurde das Hand-Gemenge mit dem Schwengel & der Zank mit ihrem Ich. (der in letztunbewußter Instanz mir Müßiggänger galt. Um jegliche Gefahr einer Verdrängung von ihr abzuwenden, machte ich gutherzig Närrchen meinen Schritt aufreizend sprungfedrig & lächelte dazu sinnlos van-der-bürschtig) : Hwérgelmich-hwérgelmich!). Dabei war mir wirklich nicht entfernt so zumute : grad die Abteilung ‹ Wanderlieder › befand sich in einem Zustand, für den ‹ im Argen liegen › noch eine gute Zensur dargestellt hätte. Ursprünglich hatt'ich mir eingebildet, RÜCKERT interpolieren zu können : aber da *war* nischt mehr zu interpolieren; (von ‹ ursprünglich › mal ganz zu schweigen). –
–. / Nur kleine Gehölze und -büsche standen einsam in der weiten Fläche; und auch die wiederum wie mit einem feinen Dunst überzogen. (Ich war nämlich inzwischen bereits erneut am Rande, wenn auch an einem anderen, dieses Dorfes : links machten die vielen ‹ Z › eines Hochspannungsmastes Pyramide; 1 der Dreidrähte schlotterte bank'rott – richtig; ‹ S-trom iss weck ›.) Rechts ein nicht minder insolventes ‹ letztes Gärtchen ›, dessen 1 Zaun-fahl weißgraugrünschwarz phaulte; an seinem Fuß Kräuter der nördlichen Erdhälfte, starkriechend wirtelährig ausgerandet, Piperita sylvestris acquatica, (dem Klang nach vermutlich ‹ 1 Thee ›, abscheulich gesund oder für's sistema urinario). Und ovalherzförmig wellig gezähnt, Pulegium gentilis arvensis, gemein in

feuchten Feldern an der Südseite von Gräbm; (: wenn Prosaschreibm bloß nich so gefährlich wäre; manchma hatt'ich direkt Lust dazu !). Aber lieber rechtseitig einlenken; in Ortsnähe bleibm, ich war schließlich kein Entdeckungsreisender, weder Louis noch Clerk.
: hübsche Kopfweiden. (Das Gras-untn allerdings ziemlich mißfarbige Hökker. Überall.) Weit drüben scheinbar 'n Wasserlauf. Aber Nix-Avernus, im Gegenteil, mehrfach Krähenkraht; (etwas später flogen sie auch über'n Weg; 7 Stück; einzeln. Während mir das grauhe Oh-Zoon in der Lunge wupperte.) Und eine ungesellige Erlengruppe nach der anderen langsam an mir vorbeitrieb, mistletoe-neblzäh; (die Schönste, aus 6 haushohen Halmen, hatte leider $_{\text{e}}\text{in}^{\text{e}}$ Jäger-Leiter mitteninsichdrin. Zu deutlich auf dem Milchglashimmel heute.) / Oder auch diese fast-schwarze Scheibe des Baumstummfs hier : aus der an 4 Stellen nadeldünnelange Grashalme spießten. Das'ss irgend-1 na Tour Gesetz; das hatt'ich schon öfter gesehen. Die waxen nämlich nich etwa von *unten* durch, (das freilich wäre frappant; als Energieleistung); sondern es handelt sich vielmehr um Löcher von Holzwürmern, in die erst Bau-Steine-Erden, dann Grassamen fallen, wehewehewindchen – : und aufgeht's ! . / Der Graben mochte zu gewissen Jahreszeiten 1 Rinnsal sein, (im Moment gebot mir kein Gelispel Halt); das Wässerchen ‹ stand › schüchtern, und sah mich gleichsam ‹ an ›; ein jungfräulich-finsteres Acqua-Fäißchen aus einem Mop von grünen Haaren; (find'ich nett. Ich grüßte. Und die beiden halbwüchsigen Pappeln gleich mit; und, daneben, die lange Nebelfigur über der Wassergalle. / Und immer beharrlich rechts-rum : da *muß* ich wieder in Schadewalde landn.) Kurze-leichte-braune

Gummistiefelchen hätt' man sich mitnehm' solln. / : ‹ Äste hoch ! ›. (Scheinbar der Anfang eines Teichs; der kleine Damm-hier, wie ?). Ganz recht. Schatten von Schilfrohr & Fischen. Und dies halbe Geniesel war eigentlich gar nich erlaubt; ich hatte mir zu meiner Reise wohl-weislich ein ‹ Hoch › erkoren. (Na, vielleicht nur eine lokalbedingte Standort-Varietät. Aber keinerlei Boreas jug der Wolken starke Düfte. – Und noch einmal mehr nach rechts.)
Richtig. (Denn wenn dies nicht die Müll-Abladestelle des Dorfes war . . . ?. Auch einer der Anblicke, denen ich, falls nicht gar zu übelriechend, stets einige Aufmerksamkeit widme.) / 1 von Oberst Herbst plattgefahrener Drahtkorb, großmaschig & flach wie's FISCHER-Lexikon für Psychologie. / 1 verrostete Hippe. / Pram-kleine Rädchen taten mir Leid. / Einer-im-Dorf schien gewerbsmäßig MAXWELL zu trinken. / Und weitere Eulerkappereien; von der Hölle (deeha hinterm Ofen) zum Himmel (deeha der Sandgrubenfreiheit) verstoßen : ‹ 1 Tor › werden, und die Vernunft aufgeben; (um ihren Sitz zu retten). / Schon kamen die ersten Gebäude-wieder in Sicht.
(Obwohl merkwürdig geräumig für Wohnhäuser. Und ohne das Schreien & Kreien von Gören. – Wenn es wenigstens offen gegossen hätte; aber so-dies leise Naßmachen ehrlicher Leute ! –). / Und blieb doch am Fuße des Schornsteinriesen stehen : 1 Wahr-Zeichen ! (Und sei's nur für Schnell-Vermessungen – Volkstümliche Aberglauben, daß dergleichen auf einem massiven Kupferblock stünde (Wert 20 000). Obm, als Blitz-Ableiter, ein fingerstarker Platinstab (Wert 6000). Dennoch schön-still-stumpf-alt-rot. Mit anderen Worten eine verlassene Ziegeley. Ich trat gleich ein.)

: sparrenöde, durch Sparren wandelnd; (Sparringspartner; spartanisch-sparsam). Chthonisch-Halbgebranntes; (würden demnach-zwangsläufig Thon-Kuhlen in der Nähe sein müssen, wassergefüllt, sie mochten wollen oder nicht : cierliche Centren cünftiger Campingplätze.) Cur Ceit aber wesentlich crematoriumsmäßiger; (selbstredend laß'ich mich ma verbrenn' : die Tootn brauchen den Lebmdn nich auch noch äußerlich den Platz weg zu nehmen!); ‹Hectors Cremation›, nischt wie Blaudämpföfen & Eisenoxydul; (‹Der Saure Sklave›, heroisch-komische Oper in 3 Aktn, Text von Kalza-biegi; ‹Belästigung von Toten durch Gaze›). / Leer die Trockenregale, erloschen der Ofen; (ich stellte mich unterer) : wie hatten Die sich einst Alle gedreht & getummelt! Ob aussommernd oder einsümpfend – wie solche Wendungen aber auch fest sitzen : da war nun, vor bald 40 Jahren, eine Schulwanderung unternommen worden, zu einer Ziegelei in der Nähe Hamburgs : *daher* wußte ich das noch! (Anschließnd 'tür'ch'n Aufsatz drüber geschrieben. Das war wohl mein ganz spezielles Kismet : überalles schreibm zu müssen; ‹Laugh-Song, rittn in ä Leim-killn›.) / Begann sich die Dämmerung auf ihre stille Art fleder-mausig zu machen. (Ideale Heck-Gelegenheit hier für die schwarzen Gummidreiecke. Und die Dorfjugend nich minder. / Muß ein'ntlich ganz traulich zugehen, später bei Hel's : ich hatte Keuzchen-Zwischenrufe nie ‹unheimlicher› empfunden als Radio-Stimmen, oder die hauchende Johle fernfahrender Nulluhrzüge; kompendiöse Theorie des Kompendiösen.) / Immerhin noch 'ne gute halbe Stunde bis zum Suppé. Und die Luft schien wieder ganz still & dunkelgrau geworden. / : ‹Na, komm, Orje.› (‹Marschieren ist gesund ›, sagt der Major; ein Artikel der ‹ Süddeutschen ›, also muß es wahr sein. ‹ Komm zur Wehrmacht und sieh die nächste Welt ! ›) –

Und hielt, schätzungs-weise nur 300 m weiter, vor dem mildleuchtenden JACOBSKAFFEE-Schild neuerlich inne – : *so voll* von Halbfertig-Entschlüssn war selbst ich selten gewesen ! Denn falls ich, (wie es sich nunmehr anlassen zu wollen schien), noch mehrere neck-roh-polige Tagenechte in dem hiesigen-diesigen Zonengrenzgebiet vernotieren *sollte* . . . ? – Tiefer sog ich die (mittelmäßig schmeckende) Luft ein; (wußte selbst nicht, ob ich seufze oder-nicht). Und betrat das Wildost-Lädchen : . . . . .

. . . . . : eine zwar ziem'ich stumme, aber in Wahrheit furch'bar aufregende Puppenstubenwelt ! / Bunteste Reklamen Wahns-packardisirten aus einem Sektor von mindestens 270° : ich *müsse* dieundie Margarine kaufen, sonst ! ! / Das METHCHEN links zog sich eben, raffiniert-langsamig, 's Frotteehandtuch vom schaumijn Gesicht : wenn ich, aus dem Kunst-Harz-Kästchen unter ihrem Knie-Ansatz, auch nur 1 Fichtnnadltablette erwürbe, verhieß mir ihr cundijer Munt, würde sie sich – ihr Göttinnenwort darauf ! – garantiert als frig-fancy bei mir einstellen, na ? ! / Aber das Räumchen, ten Bey ten, war in jeder Beziehung ‹ rammelnd voll ›. Eine Zeit lang tummelte sich das Säufernäschen einer Bewohnerin neben mir in der Luft herum, (der-ich in dem Zigarrenkistchen blätterte, das die Ansichtspostkarten enthielt : würde ich, falls ja dann doch, die allerwichtigste Post . . . . . sieh an; ‹ Gruß aus Schadewalde ›, 3 unerhört falsche Aufnahmen übereinander, der Reproduktionstechnik nach von 1930 : das war das Richtige. Ich behielt sie gleich in der Hand; (: vorausgesetzt, daß ich auch die entsprechenden Briefmarken !). / Nicht übertrieben fern vom Bohnerblüh' & -wax das Bücklingskistchen; com-pro-mies; (daß ‹ Henkeldüsseldorf › bei mir doch immer ‹ KuddeldaddelDu › hervorruft !) So gut wie lautlos glomm das stramme Petroleumöfchen in seinem Winkel. Ein camem-bärtiger Alter schäkerte in irgendeiner toten Sprache auf die dixDe der Käuferinnen ein, (‹ Liebes-erklärung mit Dolmetscher › : müßte Amorn auch diverse Schwungfedern knikkn. Oder dabei – wie es durchaus denkbar wäre; wenn nich gar natürlich – vor jünglings-hafter Erregung vom Schluckauf befallen werden.) Sie summtn & zischschltn; (Sigma Tau, Sigma Tau; ‹ von Herrn Pastor sin cow, yow-yow ›.) Und ließen Alle ‹ an-schreibm ›, in kleine Heftchen; (die beschämt & schmie-rich drein schautn : aber ich werde Euch durch alabarste Zahlung ein Vorbild setzen.) / Schattnvolk, ohne Geist & Be-Sinnung. Ihre Zungentätigkeit eine mech-anische Wiederholung und Fortz-Ätzung volksschülerischer Ge-pflogenheiten. Hier schaute ein Nasenläufiger mitten in eine tiefgespaltene Lüstlynx-Büste; (und setzte seine Reihen-Untersuchung unbefangen bei der Nächstbarin auf der andern Seite fort – als er dann mich vornahm, ärschrak ich aber doch : also genau wie ein vor (mein GOtt 30 Jahren !) verstorbener Bekannter; 'n Viertels-feind übrigens.) / – : » Für 'ne Marc Chagallade – « / (Ah, endlich dran). : » Briefmarken auch ? : Sehr fein. – Und, bitte, hier das Stück Wurst noch – «; (ganz billije Sorte; mir war, ich wußt' nich wieso, Kirby eingefallen). – : » Schön'n Dank. «

– . – : Gesang ? In Niedersaxn ? ! (Wohl doch ein Irr-Tum : Frisia non kann dat.) – Lauschen – ? – (2 Schüsse, das ja. Matt & feucht, wie in die Watte verpackt, in der der Fuchs sich badet; (hoffentlich hattn se'n nich getroffn). Und dennoch ! –) . . . . .

: ‹ Ich gehe mit meina Laterne. Und meine Laterne mit mir. › : *die* Fische möcht'ich jetz doch noch attrappieren ! / Schon sah ich, in nur geringer Entfernung, ein paar sanfte Lichtbälle durch die Bäume hin schweben. Und ich sofort hinterher : *das* hatt'ich, als kleiner Junge in Hamburg, auch begeistert betrieben ! (Woher, vielleicht, die entscheidende Verstärkung meiner Vorliebe für den Mond & Nichdiesonne. Das Terzium natür'ch angeborne ‹ schlechte Augen › : hoffentlich fand ich zuhause die neu-angemessene Lesebrille fertig vor. – Obwohl es schon etwas spät im Jahre war für derlei Äquinoktialitäten.) –

– und es waren auch nur noch 4 . Nicht einmal ‹ Mann hoch ›; sondern 1 langes Görl; 2 kleine Mädgen; und endlich 1, noch etwas lütterer, Jung. Beziehungsweise anders geschildert : 1 grüntrüb leuchtende Zieh-Harmonika; 1 rotrippijer Ball(g); 1 mächtichgroßer Mond, (doppelteindrucksvoll wegen der kleinen fährdeschwänzelnden Trägerinn; huldreich-sonnenblumich, domähnich-dämohnich); der Lüttejung-Grootjohann beinelte eifrig neben her, in der Hand die queere alte Konservenbüchse; der-ihr Boden mit einem, ja nich rundn nur 4-kantijn !, Nagl geschickt 20 Mal durchlöchert, als Griff ein Draht, (damit das drin-brennende Lichtstümpchen die Hand nicht zu sehr versehre : kenn'ich; hatt'ich auch wohl gemacht. ‹ La-bimmel La-bammel La-bumm. ›). / ‹ Canned stuff ›, (via ‹ unopend ›) : eine Kindsgeliebte war mal mit 1 angekomm'm, auf der das wohlgelungene Bild Kaiser Wilhelm II. prangerte : was *hatten* Wir gewie-

hert! (War'n Arbeiterviertel gewesen; Borstelmannsweg-Eiffestraße : Wahnsinn, Dein Name ist Wahlpropaganda – ich mußte mir unwillkürlich solche mit dem Bildnis Dererdieesangeht vorstellen. Unbedingt ma dem Wahl-Ausschuß der CDU vorschlagen : darauf waren Die noch nich gekomm'm; jeder Hinweis'ss ja wertvoll. (‹ Blindekuh › ? : laut WORM erfunden, der Absichten JULIUS CÄSAR's wider die Nordischen Völker zu spotten; auch so'n Professoren-Kalauer.)).
Aber rührend-schön die eifrig abgekämpften Stimmchen hier, müde vom Kartoffelroden. Die von Liedern nur noch Bruchstücke herausbrachten : vor 14 Tagen waren's bestimmt noch 20 gewesen. / An Fach-Werk-Wänden entlang. – (: » BuuHH ! « brüllte irgendein flügger Lausejunge hinter'm Ahorn hervor. Und die kleinen Lichtträger schauderten singend.) – Manchmal stößt man auf diesen Dörr-fern, dörrend in Dach-Schrägungen, klamm in der Kellerklamm, auf verschollenste Zeitschriften, unschätzbar dem schöpferischen Plagiator, ganze JUWELENINSELN von Kittsch; oder rare Lexiconbände, den aller-ersten MEYER, randvoll der kuriosest-gedrehten Koprolithn, (die man nur mit Wortwässerchen aufzuweichen-anzurühren braucht, um endlos-satte Erntn an Artikelchen für Provinz-Zeitungen fexen zu können : ‹ bildungs-mäßich › befindet sich das Deutsche Mensch ja auf dem Nie-Wo von 1840. JOYCE hat ebensowenig gelebt wie FREUD. Nich GAUSS nich CARROLL. PROUST ist ihm schlicht-nur ‹ schwul ›; OKEN veraltet-verrückt; und KRISTIAN HINRICH WOLKE hat Keinmensch nienich gehört; was ihm – dem *DM* – schaurich zu sagen, ‹ ein Grund › däucht !). / Aber auch hier, vor meinen Augen, waren die Zeichen der nahenden Auf-Lösung selbst dem Opti-

misten nicht mehr zu übersehen : die Lange-Knochige hatte vorhin schon den Mond nachhause geschafft. Und entließ soeben den Rotnrippm-Ball (am über-hohen Angler-Stock) in sein Tor; (hinter dem es haderte & zangte, wie i'm Altersheim : da geht ja nichts drüber, wenn so ein 85-Jährijer zitternd ein'n 84-Jährijn bey der Keif-Kehle pakkt. Oder Grey-sinen, langen Mist an den schlappm, sich gegenseitich der Imp-Potenz bezichtijn.) / Aber die Beidn-Letztn sangen weiter. Wunder-voll zag & zähe. ‹Düdische or Sassische Gedigte, Singedigte, Grav-Schriftn, Leeder, Romansn & Ball-Ladn› : so schritt die Hunnischbezopfte neben dem Halbsogroßen bis dorthin, wo Der wohnte. – : Klapp-zu !. –

Allein & dennoch leuchtend : sie sah jene zue Tür eine Weile finster an. / Drehte sich dann hart auf dem Absatz um. Und kam, steif den Kopf gesenkt, langsam & unaufhaltbar die Straße her. (Ich-immer in Deckung besagten Kriegerdenkmals. – Hielt sie – die Laterne – 'türch nich mehr ganz so vorbildlich.) / *Sang* sogar noch; wenn auch zwischen den Zähn'n, die Tapfere! Als sie vorbei zog, verstand ich die Worte. – / : ‹Heuteblau. Und morgenblau. Und über-morgän-wie-där!›. – Marschierte so, in lied'lichster Illabaturorbis-Laune, badness-Knospe contra Krähen-pie-broch, zwischen die Schattenscheunen hinein; eisengraue Loden-Mantie. Ich salutierte angemessen hinterndrein.

Und schickte mich dann an, ebenfalls nach Kräften meines rechten Weges zu gehen.

: Welches aber war dieser? – Vermutlich der sehr-sandige hier. Flecken-weise geflastert mit 300 Misch-Fund aus Steinen & Kleinstkartoffeln, die idealen Pommfrietchen, (neueste bundesrepublikanische Methode anschein'nd; und wir wundern uns womöglich noch : Was die Kerls so auf Kosten unserer Geldbeutl aastn!). Schon überholte mich einer dieser Herren, die bei den Wurzeln schlafen; blähte auf seinem windigen Thron, der Yokel (hinter ihm tränte eine verzinkte Jauchetonne); und er wieherte wrukig, da ich frei-willich beiseite zu treten anhub. (Gedunsner bleicher Rundkopf; vorn dran ein globusdrich Schmundseln; ‹Stumme Kraft›, wie ich sie ganz besonders schätze. Brust & Schultern kratzte Der sich bestimmt auch nich zum Spaß so oft, (‹Gott segne den Herzog von Argyle!›).). Da an seiner Lafette jedoch ‹*O. TULP*› stand, folgte ich diesem billigsten Führer durch Schadewalde, geruchsam & mit nicht geringem Abstand.
Voi là! : dort, keine 100 m vor mir, bog er schon ein; (das heiß'ich mir oh rien Tierungs-Sinn). Und verlangsamte doch wieder noch den, sowieso schon zögernden Schritt : ob das die Hehre Göttin tatsächlich verlangen konnte, sie, Frau SAGA mit den Goldzähnen, daß ich da hinterherging & schöpferisch bukolisierte? (Dann obsiegte aber doch der Notizenteufel; und ich trat, möglichst ver--stohlen, (im guten Sinne), dem platterdings nicht zu verfehlenden Kondensstreifen jenes Traktoristen nach, durch die Einfahrt – hat ja auch etwa 1 Paulpotter, unter dem Vorwand Mythologischer Themen, sich recht munter mit der Realität beschäftigen können; (wenn nicht

gar ‹ dürfen › : ‹ Wir › waren heute schließlich auch wieder fast so weit, daß Jeder, der ehrlich aufzuzeichnen gedachte, was er erblickte, bei jedem dritten Stoß vorsichtshalber ein j'ave einzuflechten hatte). Also erst mentaliter 1 gleisnerisch Beene dicktuß. Dann Augen Ohren Nüstern auf –) :
GoddamsDe Dämmrung! Über-Ichmeinermirmich die Sturmtrupps wilder Wolken schafften; (‹ Pibroch des Donuil-Dhu Pibrochdes Donuil! › : das wütende Gestotter eines Motors, der sich über was aufregte, und sei es die Menschenhand in seinem Bauch : ‹ Pollpótter-Pollpótter-Pollpótter! ›; (ah, er mußte es selbst zugeben). Dann, beruhigter, aus-laufend : ‹ Père-Vatter. Père Vatter. Père. – Vatter. › Das Ohr mnemorierte noch eine ganze Weile an dieser Bauchsprache.)
Alle Tore geschäftig schweigend offen. / Die Höhle des Stalls. (‹ Kuh-Mäh. Kuh-Mäh. ›) Verschalte Tartarostigkeiten; an den Wänden aufgehenkte Räder, sternförmig Gekreuzigte; 2- bis 7-zackige Mist- & Grab-Gabeln, kreuelich anzuschauen; die Eiserne Maske einer Pumpe. Die staatliche plate-forme des Dungs, (von der herab, wie üblich, die Haupthähne Aufrufe an ihr Volk üben würden). / Er durchbrüllte im Netzhemd die krummen Höfe. / Worauf sich aus einem der limburgischen Labyrinthe nach einiger Zeit faul ein ammich-andrer Schatten löste; und den Rechen beiseite stellte; (‹ Laßt die Herd'unverwahrt. Das Lamm in Gefahre. Laßt die Leich' unverscharrt. Die Braut am Altare : laßt das Reh, laßt den See, laßt Netz & Wildern! ›). Sie dirigierten sich Jeder an ein anderes Ende – : – und hoben dann, scheinbar mühelos, die Tonne herab; Heu-Rodis & der Geist des Dunges; (der Große Preis der Vierschrötigkeit

wäre nicht leicht zu verleihen gewesen : selbst unter Berücksichtigung der terrestrischen Refraktion war die Schulterbreite bei Beiden wahrhaft polizeiwidrig, ob Mäil ob Vieh-Male, (Feire-Fieß & Uri-Panse; und air-mail gab's auch noch); und einen Dispens vom Papst, das dicke Ende der Beine nach unten zu tragen, (und dieses noch mit Riesen-Gummistiefeln zu beschweren), schien auch Jede(r) zu besitzen. – Waren aber Gehülfen zumindest *noch* einer GOttheit, wie sich sogleich herausstellte.) –

– ZWEI MENSCHEN oder de jure belly : er raufte sie mit der Linken gemächtlich am Haar, während seine Rechte ab ovo bergop zoomte, und an ihrer Brust herum handikappte. Sie verhielt sich nach Gebühr erst etwas leidend, kimmerisch cul. Begann jedoch, da das Einhorn sie gar so unermüdlich dattelte, recht rasch nachzugeben, und auch sein Geschröte zu herzen, (‹ in Polen fühlende Finger ›, ‹ ohne hinein zu tun ›). Hob schließlich, auf der Deixel Platz nehmend, den Peplos über'n Nabel, (‹ Seht die Maschine ! ›); und er tat einen Knie-Trembler, der war nich von Pappi ! (‹ Wie sie sich wälzt' & rächte. Und ihn entstellt' & schwächte ! ›). / Über mir strich schon der Ziegenmelker dahin. Und um meine, selbst jetzt noch bunt-wirkenden Socken ein so lautes Schnurren, daß ich erst gar nicht an eine Katze glauben wollte, (es klang wie'n Zentnerschwein : eventuell auch von *diesem* Gesichtspunkt aus ma durchzüchtn, die werthn Herrn & Fraun Kätzerchen; und dann, in England, Schnurr-Wettbewerbe veranstalten : ‹ In Gesellschaft von Brummkreiseln ›.) Drüben ging's noch immer glissato legato Piezi-Cato – (‹ Gip, quoth Gilbert ›; wohl von der Zwerchfellerschütterung) – animato-adschitato, schlimmer als das

Perpetuum Mobile. Rittardando : accelerando. – ? – naendlich schwoll sein herkulischer Po, (‹se wår peip änd Penon ar ät Inver-Lochy›); und die Deichsel schnepperte zwiespältiger : Préstoprestopreßtoh !

Dann begann das Thier, das es nicht gibt – nennen wir's den so genanten kosmokomischen Eros – sich wieder in seine beiden Hauptbestandteile aufzulösen : Zebra-Otto, mit der gegorenen Visage; und sie, die Namenlose, die ich nunmehr für mindestens seine Gemahlin zu halten entscheidende Gründe hatte. Sie ordnete still am Over-All. Ergriff dann ihren, sehr steil an der Wand harrenden Rechen; und verschwand dorthin, wo sie her gekommen war. / Erdagegen schlurfte, die Hose so gut wie abgestreift, matt über'n Hof; ziemlich zu mir heran, (ohne mich wahrzunehm'm : 'n Arsch wie'n Raiffeisen !). Ging am erhöhten Urstromufer des Misthaufens in die Hocke, Hitzblattern am Geräusche, (vgl. Kehrein, ‹Waidmannssprache›. Der sich also auch die 4 Jägerinnen leidenschaftlich bedienen würden – muß ich mir, nachher ma, vorzustellen versuchn); legte dort stöhnend 1 sehr großes Ei; (und brauchte das Gesicht ob seinerselbst nicht zu verziehen – was, z. B., ich stets tun muß – obschon es sich um ein'n Geruch handelte, auf den man mühelos hätte mit Fingern zeigen können, ilu mannmann. Naja; der Alltag ist eben das elementarische Daseyn.)

Ich drückte mein Bündelchen Bücher fester an; und mich-selbst aus der Einfahrt. (Ich hatte, vor Jahren ma, 'n katholischen Professor vom ‹Vordringen der Renaissance› dociren hören, als handle sich's dabei um Mongolenhorden – er konnte ruhig weiter schlafen : *die* Gefahr bestand in Deutschland noch lange nich !).

: » Gut'n Abmd. – ? « (Wenigstens Einer nickte. Allerdings ohne daß er deswegen im Trinken inne gehalten hätte.)
Einiger Betrieb schon. Während ich meinen reservierten Ecktisch einnahm; und's Barett nach einigem Zögern an dem Bocksgehörn befestigte. / Unweit nordöstlich von mir, studierten drei Archetypen, Dall Damb & Aggli, das Buch der Könige – 18, 20; zwo-vier; (Kapitel- & Vers-Einteilung demnach; ohne daß man sie hätte als ‹ Bibelforscher › bezeichnen können) – Backenroth von vorhin war auch dabey. (Gleich noch, solange mir Keiner gegenüber sitzt, die – leider etwas zu kurzen – Beine dehnen; und strecken : einerseits schade, daß es kein Sonnabendsonntag war, & also günstigste Gelegenheit, les fonctions mentales dans les sociétés inférieures zu beobachten à la *wann* Die zu singen anfangen; und, falls ja, *was* ? Ein Kollege, der jüngst in den Lüneburger Prärien, (also immerhin einige hundert Kilometer entfernt von hier) gereist war, hatte sich mehrfach erbötig gemacht zu beschwören, man vernehme dort nichts häufiger, als das ‹ Horst-Wessel ›-Lied, ‹ dann sind die Matrosen so still ›. Da er jedoch von der Charakterrolle des ‹ Guten Linken Mannes › seinen kärglichen Lebensunterhalt zog, glaubte ihm kein Mensch; sicher, für gewisse, auch immer wieder mal anfallende Aufträge, hatte er's bis zum Namen des ‹ Dagegen-SCHMIDT › geschafft; aber zum Letzten-Entscheidenden einer Villa in Lämmelberg würde's bei Dem *nie* reichen !). ‹ Trinklieder › selbstredend; die mußten mit rein, flottwellig-geldrausschmeißend, (das hatte man uns Gutgesinnten im letzten Schulungs-

brief ganz besonders ans Herz gelegt : die Kaufkraft abzuschöpfen; um die unvermeidliche Inflation, wenn irgend möglich, noch'n halbes Jahr 'rauszuzögern. Je nun; die Revenüen meiner IBM waren längst sicher in, strategisch über's Bundesgebiet verteilten, Liegenden Gründen investiert; beziehungsweise in Goldbarren, genau vermessen-vergraben, (die Koordinaten, unauffällig-verschlüsselt in unsern Büchern, durch den Druck zur Aufbewahrung gegeben) : ‹ Rotblonde Lotti her! Schaff mir des Toddy mehr! › – Na, wer'n ja sehn, was die Kerls Einem so an brauchbarem Lärm zu offerieren imstande sind.)

Spindel & Teller; Wanduhr & Löffel; Trichter (nämlich Hüte) & Keulen (gleich Flaschen). / Der Wirt trug, mit seinem steinernen Quadratgesicht, die Suppe auf; (‹ Leim mit Kleien ›; einmal kaute sich's knorplich, knorpulent corposand, ein Zwitter aus Sehnen & Gebein – na, rutsch schonn!). Dann, als Grundlage zu Etwas, was noch auf sich warten ließ, ein Teig aus Mehl, Käse & Sardellen. Zwecks Cumulierung der Genüsse begab er sich zum Fernseher, drückte ihm probeweise ein paar Zähne ein : .....; ..... : und los ging's! Die blaugrau gekörnten Schatten grientn & zisch'schltn; (und man schmeckte tatsächlich weniger, vor Ab-Lenkung). / Ausgerechnet dies berüchtichte 4. Programm noch! Deshalb war Der so zackig-reußisch. (Auf der Brust des Sprechers, der Orden-am-Band, sah aus wie'n Komet.) – Ein kurzer, aber doch wohl wichtiger, Dialog über die, aufgrund der HOFSTÄTTER'schen Forschungen nunmehr zu gut 2 % gesicherte Unsterblichkeit. Zwischen einem Atheisten, (der lauter Lästerungen & Unsinn von sich gab; ein widerlicher Geselle, mit arschnacktem Zuchthäuslerschädel, sah aus wie 3 Kommunistn : nich ma richtich Deutsch konnte der Kerl !). Und einem anderen Ernstzunehmenden, sachlich & geduldich gekleidet, der verantwortungsvoll wiecherte; eine Schriftrolle vom Todten Meer in der Hand, durch deren bloßes Vorzeigen er Den ja mühelos mund-tot machte : *BEWEIS* !. Das Ganze schloß mit einer so vernichtenden Nutzanwendung für alle nochnicht Mitglieder der CDU, daß selbst der Wirt 1 Augenblick auf sah; (‹ Der Teppich des Bundes von der Rückseite › : sollte man sich bei solchen Streitgesprächen nich ma den Spaß machen, Röntgenstrahlen zu verwenden ? Sodaß 2 Todtenschädel miteinander zu zanken scheinen ? – Doch wohl zu ‹ literarisch › wie; (bzw. frivol; was bei den Meisten ja für identisch gilt). ‹ Unser Kanzler liebt die Rosen › : *das* hatte mir seinerzeit Geld wie Mist gebracht ! Wenn man bloß schon genau wüßte, was der Außnminister liebt. Oder BRENTANO. Denn EHRHARDT kam ja sowieso nich dran; da woll'n wir uns gar nischt vor machn.) / Der Wirt schien unterdes ein Ferkel geopfert zu haben, und brachte den Schwarzen Pudding angetragen.

Während ich noch, sorgenvoll, das Besteck hob, öffnete sich die Tür, und 1 neuer Kolone überstolperte die eherne Schwelle; ein schöner Mäh-Ander, (offensichtlich schon halb inspiriert; ‹ clos'd from the minutia he walk'd difficult ›). Schien aber irgendwie ‹ angesehen ›; da drüben, auf ihren Sitzen, sich die Gewaltigen lüfteten : !, (man roch ihn förmlich, den aus Bruder-Hemisfären Wettgestank); die Ablösung seines Hutes nahm ebenfalls geraume Zeit in Anspruch; jo, sett Di dal. / Für die ‹ Nachrichten › ? : genügt 1 meiner Sinne ! (*So* weit bin ich, unberufm, noch nich verkalkt, daß ich nu mit offenem Munde zusehen müßte, wie die Type-da-vorne, ein gesichterschneidiger Rechts-Gerichteter, abwechselnd auf ihr Getipptes kuckt. Und dann wieder bohrend *mich* zu fixieren versucht; allenfalls unterbrochen von unerhört falschen Darstellungen in Wirklichkeit längst überholter Gaunereien : ich glaube weder an Deine ‹ Mauer ›, Freund – ‹ Trauer › : daß ich sie schnurrig-brustgewaltig besingen werde, ist ein gänslich-Anderes; (in Wahrheit ist die, wenn De's genau wissn willst, seit 'zich Monatn gegen Kuba ausgehandelt !) – noch an die Beteuerungen 90-jähriger Breslauer : sie könntn sich nich erinnern, daß Schlesien jemals polnisch gewesen sei. – Nee : angesichts der Weltlage & solcher bundesdeutschen Zustände war ‹ Schwarzsauer mit Lorbeer › ja gradezu ein symbolisches Fressen !).

– : HEI !, itzt wurde's munter ! Die Tür platzte förmlich auf in ihren Nähten – (gleichzeitig öffnete hinter mir ‹ Herr SANDERS seinen Schallplattenschrank › : nun singt so wild & hell einzig Engel Israfel !) – Tulp strahlte zäsarisch-lapidar; (Kunststück; schon hing ihm das frechste der Waidweiber schräg am Halse) : » Liber Pater « hieß es; sie musterten lessich den Inhalt des Raumes; (und mich streifschußten nicht wenig Strahlen, aus nicht wenig Eckfenstern). Verfügten sich dann zu ihrem sehr-paraten Hexentisch am Kachelofen, (welchem sie sich unverzüglich-beinbreit zuwandten; ‹ Männes Abendbrötchen vorwärmen ›); » Barometer s-teigt « bemerkte der Wirt gleich-wohlgefällich. Ich naschte stirnrundselnd vom erwähnteren Teige, (der an manchen Stellen Einschlüsse von Bohnenmehl zu bergen schien; woher Wort & Begriff des ‹ Carat › stammen : wenn man,

wenigstens bei einigen gewissen Gelegenheiten, ma nich mehr zu denken gebraucht hätte !). –
Kam 1 neugierig-besserer Alter herein; der eine 7-Pfennig-Marke (ungestempelt) verlangte. Uns-Alle grüßte; ebenso heiter, wie schon weit-entfernt. Da verkündete der Wirt das Fest Pithoigia : soeben würde im Keller ein neues Faß angestochen na ? ! – (Ich widerstehe da prinzipiell.) Ebenso die Jägerinnen; (die Lange schien nunmehr endgültig ‹ Lene › heißen zu wollen. » Sie, Lene «, müßte man sie demnach vorher anreden. Und dann ganz schnell bimsen. (‹ Denken › dürfte man freilich auch da nicht; fing sie doch bereits wieder davon an, daß Rehen im Winter die Blase eingefrieren könne : was für Einfälle ! Oder mein'thalben Tatbestände.) / : *Was* heischte mein gnostischer Tischg'noß ? : daß ich mich mit ihm über Briefmarken unterhielte ? (Er schien mich sofort, altersschlau, als ‹ mal was andres › gewittert zu haben.) Dennoch war es merkwürdig schwer, sich mit ihm zu verständigen – sobald man zu sprechen anfing, wartete er schon ungeduldig auf's Satz-Ende; wiederholte dann, in einer Art hastigen Echo-Effektes, die letzten Worte; und war längst bei was Anderm. Dem Dialekt nach aus der Magdeburger Gegend; ‹ Verschweigung des Akkusa-Tiefs ›.) Aber die große 8-fach Briefmarke der DDR war wirklich 'n Einfall : weltraumfarbener Hintergrund; darauf das Pärchen Terra muy-cognita & die allerselenichste Luna; dazwischen die Porträts-Köpfe der Argonauten in Taucherhelmen; und endlich, geschmackvoll verteilt, ja angeordnet, die bekannten Fliegenden Fernsehantennen, so man Loo-Nix und Ecks-Plohrer nennet, behangen mit ihren genauen Start-Daten. – Nette Idee; gibt's gar nichts : soll man dem Osten getrost doch ma 2000 Jahre fairplay-

please lassen – genau, wie's die X-en auch gehabt haben – dann wolln wir, in aller Ruhe, die Früchtchen vergleichen. (‹ Laissez-vous toucher par mes pleurs › : X-oph Willi bald ritt'avon; und die Anascru, in ihrer kessen Tracht, lachte schwirrender.) Ich beschloß, etwas wortkarger zu werden; einmal, um dem Alten Herrn anzudeuten, daß man auf einen Suppe Essenden nicht derart einspreche, (zudem würde ich mich in den nächsten Tagen einijer Pickel erfreuen, vermutlich am Nacken; oder hinterm Ohr & auf dem Skalp : dieser ungewohnte Salzstoß hier konnte schwerlich ohne Folgen bleiben); und dann auch, weil er, wie auf die Dauer alle Gegenübersitzenden, 1 Paar Beine zu viel, (und dieses noch unvorschriftsmäßig lang) zu bekommen schien. Und horchte doch erneut auf, da er beschwor, das Ding sei seine ‹ 100 Michel-Mark › wert! (Nicht, daß mir jener GOEDEKE der Philatelisten so unbekannt gewesen wäre; aber der (unbeabsichtigte) schwermütige Mehrfach-Witz auf die Währung des Neuen Bundes war ja von hohen Graden. Zur Belohnung erkundigte ich mich bei ihm, was denn danach *meine* einzige Briefmarke wert sei : ein abgestempelter Tristan-da-Cunha Vierling?) –

Wieder ließ sich die Musik so hell hören, daß allen Anwesenden graute, und der Wirt den Ofen mit rasselnderem Anthrazit füllte. Dann trat er, die Schaufel noch in der Hand, an unsern Tisch; und verlangte, ‹ Die Russische Marke › auch zu sehen. – : » Könntest Du mich ma ganz kurz am Arsch lecken, o Tulp? «, bemerkte der gelehrte Greis mit nervöser Energie. Und befragte mich dann gierig um nähere Einzelheiten. – : » Das kenn'ich gar nich. – : Das kenn'ich gar nich. « – Bis ich, überdrüssich, die Achseln zukkte. (Ob ich noch was ess'? Appetit hatt'ich ei'ntlich; so Richtung ‹ Frankfurter ›, ‹ heiße mich Sennf ›. Oder wie das, woran die 4 Vamps dort schmatzten : Bratwurstähnliches, mit Schweinsgehirn gefüllt, (‹ in Hirsch-Gallerte ›, eh ?). – : » Das kenn'ich doch gar nich ! « ; (trotz seines Alters also jung genug, das für einen Einwand zu halten). Mir fiel keine Antwort mehr ein.) / Auch hatte ich, mit 1 Auge, ab & zu zuzusehen, wie man im Apparat die Bilder eines, anschein'nd vor ein paar Stunden verstorbenen, ‹ bekannten Malers › mit Gewalt zu erklären suchte : sämtlich in der beliebten modernen Strichführung; das heißt solche, wie man sie zu meiner Zeit häufig & gratis an den Wänden öffentlicher Bedürfnisanstalten fand, (‹ Für Männer › ; die von ‹ Frauen › kennt man weniger) : TZ ! ; die Unverfrorenheit dieser Fuscher, die jeden Vormittag mühelos 6 Ölbilder auf ebensoviele Leinwände rotzten, war tatsäch'ch beneidenswert ! Zu dem allerletzten, noch unbenannten Halbendutzend, wurden die Zuschauer aufgefordert, zündende Titel zu erfinden – die jeweils besten 700 würden in einer, schon in Vorbereitung befindlichen, Monografie veröffentlicht werden – : ? – ich sah doch, sehr wider Willen, auch mit hin : ? : (‹ ist niedrig Buschwerk ; wird etwa für einen Waidmann geconterfeyt sein ›) ; immer mal vorausgesetzt, daß er's richtig'rum hielt, wäre mein Vorschlag, 1 für Alle, gewesen : ‹ Done in a Hurry › ! / Man müßte auch vielviel schneller arbeiten. Leider war es mein Fluch, ‹ gegenständlich › zu sein, ‹ rien n'égale mon malheur › ; und da ‹ Die Kirche › aus Gründen für's Abstrackte war, (und unsre Dipol-plomatie mindestens zur Hälfte Kirche . . . . . : nur gut, daß ‹ Das Militär ›, wenn auch sonst nichts, so doch immerhin gegenständlich war : also was ein Künstler heutzutage ‹ steuern › muß, in den caxton Bedeutungen des Wortes, das kann sich 'n einfacher Mensch gar nich vorstellen !). Ich mußte mich unwillkürlich nach diesen Einfachmenschen umsehen –

: Menglinge aus Tagelöhnern & Nachtmahren; ungekrönte Verderber des Rasens. (‹ Die Wirtin mit der Wurst-Büchse › – auch schon wieder S-sinnschwer.) Boopig skato-logisch die Kartenkundigen; starker Nacken, blauer Rücken, weiße Bäuche, (was man so ‹ weiß › nennt : wenn sie wenigstens statt der Zähne Büschel von Elfenbeinborsten gehabt hätten, grüne. In der Mädchenecke fand in einem Grade Gezwitscher und Händung statt, daß man gans porös wurde). 1 Mund der Natur (nur schade, daß er suff) erhob sich, und trug seinerseits dadurch zur Abendunterhaltung bei, daß er, (dem Geruch nach halb Gas-Thor halb Po-looks) einen Kupferpfennig herumzeigte, auf dessen abgeschliffene Rückseite Jemand ‹ Das Ganze Vaterunser › eingegraben hätte : ? : ? – als die Rarität zu mir kommen wollte, lehnte ich lässig ab; (‹ das Verhältnis der Ganz-Vornehmen zur ‹ Religion › muß dem Volke immer bestürzend-rätselhaft bleiben › – : die Richtigkeit dieser, uns erst bei der letzten Ausschuß-Sitzung wieder in Erinnerung gebrachten, Maxime, ersah ich aus den mehreren achtungsvoll-verwirrten Seitenblicken). Auch der nur noch an Unsterblichkeit (komme sie woher sie wolle) interessierte Greis schüttelte ärgerlich den Kopf, als das buntmetallene Vaterunser in Sicht kam; (der sammelte halt Briefmarken – 1 andrer Bekannter von mir, gar kein uneb'ner Mann, berechnete in seiner Freizeit Logarithmen, Ellipsen-Umfänge, ja Quadrat-Wurzeln : sehr richtig; 's iss eh wurscht ! (Wobei das 1 ‹ s › für Allerhand steht)). ‹ Und

sein › (des Greises nämlich) ‹ Cymbal am Bauch hing ›, in Gestalt einer Taschenuhr : ‹ Über sein Herz ein Traum ging ›; (und ich wußte auch, wovon : von daumennagelgroßen, komplett-gezackten Geliebten : ‹ und *SIE* hieß Mau Rietzius › ! – : » Da muß ich doch gleich ma – «); ergänze ‹ nachsehen ›. Er schüttelte, abschiednehmend, den weißen-hohen Kopf in die eurynomische Tafel-Runde : er glaubte kein Wort von uns ! (Beneidenswerteinseitich. Wenn man 'ne ‹ feste Rente › hat, & wär'sie noch so klein, is das-das Ideal ! Und denn noch'n Hausboot auf'm Styx.)
Ich schlug, fast unmittelbar darauf, die Arme übereinander; lehnte mich zurück; und versuchte – dem Hamburger Rundfunkorkester zum Trotz, (das, unter Leitung von Paul Burckhardt, aus Jacques OFFENBACH's Operette ‹ Die Reise auf den Mond ›, nun gleich das ‹ Ballett der Mondgeister › zu spielen androhte) – reif drein zu schauen; welt-anschaulich-sternenhell & lau, (‹ Du wirst Dich ganz gewiß erinnern, Fiete-Rieke ? ›) / Aber diese Musik machte sich doch störend ein Bett in meinem Ohr : über-mütig helles Gnirren; untermalt mit Drach'chn-Schnarch'chn; (je nun; ich war alt-genug, um, mitten in der lekkerstn BACH'schen Fuge, auf einen Drei-Bopp gefaßt zu sein –). / Einer brällte, allerseelich, ein » POTT herbei ! «. Und der Wirt kniff auffordernd seine jungedürre Gattin, während sie mit vereinten Kräften sämtliche Anwesenden in ein sehr großes Schuldbuch eintrugen, aber auch herablassend, in den Hintern, (daß Die sich keifend-lachend bäumte); und behauptete, zu Uns-Allen hergewandt : Die hätte sich doch wahrlich nich zu beklagen, da sie ja erst ‹ im Frühjahr in'ner S-tatt › gewesen sei; wie ? !. (Da lagen bei Venatrix'ens mindestens

3 Dutzend blutigrote, skalpellije Fingerspitzchen auf der Tischplatte; sie beflüsterten sich lüstern die falten-losen Gesichter : ‹ Njus fromm hell › – Nee; lieber so tun, als ob man den Blick wandern ließe .....) .....
: eine finstere Täfelung, wie aus Virginischer Wallnuß; (wohl eher die einheimische Moor-Eiche, o Kea Nuß & Tee-Tüß). / Die Rundum-Konsole : mit kleinen Ziggurats von Zigarrenkistchen, ‹ Weiße Wolcke › und ‹ Celler Dickstiel ›; da etwas kleines-Dralles, citronengelb-Schwarzes? (ich tippte sofort auf ‹ UHU-Tube ›); ein schlappes vollschlankes Heft in 4°, (Telefonbuch & Fahrplan in einem; ich stellte, aus Faulheit, nur noch Vermutungen auf. Korrekter : überfordert von den vielen-neuen Reiseeindrücken). ..... : – und mein Blick wurde doch sehr-starr : Der sah aber tatsächlich wunderbar aus! Dieser gläserne Krug-da. Ein untersetzter strammer Bauch; ein kurzer athletischer Hals; und selbst das Henkelchen dran war nur scheinbar winzich : im Verein mit dem über-großen Korken wirkte's doll-einheitlich; esquiremäßig; (sogar die verrückte Tapete schien in seiner Gegend weniger unsinnig). *Was* stand darauf? –; (ich erhob mich möglichst kunstvoll-kunstlos; einem Gebildeten gleich, der sich räkelt ohne sich zu räkeln : ?). Und zurück sinken; (‹ One Gallon ›, ähä). –
– : ‹ Wonn Gällon › ? ? – 'ss doch bald gar nich möglich! (Für fast 5 Liter schien er bei weitem zu klein.) / Dennoch ein verläßlicher Anblick; ich projizierte ihn mir unwillkürlich auf meinen Schreibtisch – : ? – doch – ja; voll Whizzky recht schusterkuglig-einleuchtend. So für Monate, in denen 10 Zentner Wasser vom Himmel fallen. – Neben dem Wirt war Gemurmel entstanden : auf

(natürlich leinölfarbener) Türfüllung eine Gestalt in blauem Schutzanzug. Strähnijes Weibsgesicht; unglaublich breite, massige Brust..... erst als mein Blick schon wieder abglitt, erkannte ich, am ganzen Habitus, Die vom Hinterhof vorhin, (‹ da ist denn nun das Blümchen weg ›! Jaja.) Ein duhner Weisel versuchte, den Rest seines disponiblen gristle zu konzentrieren, und näherte sich ihr, in einer Art Schlauchtanz, (ä Sau in seinem Fell), die Lethebuddel in der, zum Schnippchenschlag angehobenen, Hand – : ? – sie tat 1 einzije Arm Bewegung; (die aber hinreichte, Jenen strauchelnd an den Kachelofen zu senden – sofort erhob sich ein Gemecker wie von lauter Affen & Bökken in der Casa del Fauno). Als sich auf seinem Gesicht, bemitleidenswert langsam, ein Mienenspiel ereignete, das den Wunsch ausdrückte, das verlorene Terrain wieder zu gewinnen, jetz noch nich aber nu, sagte Die steinern nichts als : » Hau ab Gustaff! «. Und er gehorchte aufs Wort; (sein ‹ Gustav › kam nicht mehr von ‹ Hystaspes ›; bestenfalls von ‹ güst ›). Ich hob nur den, (vom vielen Schreiben leider etwas undekorativ-krumm gewordenen) Zeigefinger : ? –

In Richtung Theke : diesmal kam Frau Wirtin selbst; (und gestattete sich auch wieder so harte Augen, wie sie clodhoppern nun einmal nicht zustehen. Da mußte ich sie ja – leider : ich bin Dschentlmänn – betrachten, wie wenn sie gute 800 Meter entfernt stünde; und, überhöflich aber schleppend, dazu sprechen) : » Da'f ich mir ma den Kruk da-oben ansehen ? – «. Sie war anschein'nd auf eine größere Bestellung gefaßt gewesen, und wollte schon Mund- & Nasenflügel blähen. Aber ich stellte das große Auge nunmehr auf 16 Hundert; und ließ den

Mittelfinger meiner allerhöchsten Rechten so ganz langsam auf die Tischplatte tuppfm : Zum Ersten ? ! : Zum . . . . . Sie hatte ihn schon verkniffen herabgelangt. Ließ den Blick kurz einmal zwischen dem Krug und mir hin- & her-schneppern. Und hatte dann wohl doch den Eindruck eines möglichen ‹ Geschäftes › gewonnen, ja, erspürt; denn sie hob die Schürze von ihrem dürren Becken, und fuhr Jenem (dem Krug : er war ein ausgesprochenes Persönchen; ich bin nie der Letzte, der sowas anerkennt) langsam um den strammen gläsernen Bauch–, – (hatte S-Wert, dies ihr, irgendwie ‹ unbefriedigtes › Streicheln ? Ja; höchstwahrscheinlich; denn ihr Wirt war man auch bloß noch so'ne Trug-Gestalt.) – : » Schön'n Dank. « –

(Na; ich gab den armen Schadewaldern – die ja's ganze Jahr hindurch nich viel Abwechslung haben würden – gern das bißchen Kientopp zum Besten.) / Ließ ihn (den Krug : 'ne Figur wie'n berühmter Bariton !) also erst ein Weilchen unangefaßt neben mir stehen; (betrachtete ihn aber se'b'verständlich, von Zeit zu Zeit, wie mißtrauisch, ein bißchen). Nun kenne ich, wie sich's gehört, die größte Spannweite meiner Hand, von der Spitze des Kleinen Fingers bis zu der des Daumens, (22 cm; für Den, der's ganz genau wissen muß); nahm ihn folglich in die Linke, und maß dekorativ : – – ; : – – hm. (Bauchdurchmesser 15; -höhe rund 20. Sagn wa 1150 ma Pi. : Macht 3 Komma 5; plus minus 10 %, höchstens. – Und versank nun doch in echtes Nachdenken : ‹ ONE GALLON › ! / Ohichweißschon; aber ‹ amerikanisch › war Der nun & nimmer nicht : das hier war ältliches Glas; und, vor allem, viel zu gute Form.) Während Alle gespannt ums Schläfenbein peilten. Sogar die Wirtin nahm die

schüchtern nach dem Rechten hereinschauende Katze zum Vorwand, sich zu ihr nieder zu hocken, und, über das erstaunte Tier hinweg, mir zuzuschauen; (‹ anders spricht die Frau mit der Katze, anders mit dem Ehemann › : das hatte mir längst geahnt). / Im Fernsehen wies 1 Bockser 2 breite Vorder-Füße her : die sei'n ihm die Garanten des Siex! (Na, laß'n laufm : die werkgerechte Beschreibung der Verwundungen bei Homer, die Ritterkämpfe bei Ariost & Fouqué, sind, letzten Endes, genau dasselbe. Da könn'n die Feinsinnigen röcheln wie sie wollen : Stifter's ‹ Witiko › ist & bleibt ein schlechtes Handbuch für Offiziersanwärter. Und die eines Denkenden würdige Einstellung einzig die von Doktor Rabelais : Voltaire plus Sterne durch 2! – Aber das darf man heute gar nich sagn.)
Mo : Mennt! – – : ist die englische Gallone *immer* 4½ Liter gewesen? Prompt erwiderte in mir 1 lilienthalig Stimmchen, (aus jünglingshaftesten Plainen heraus : hatte ich nich soga-ma einen ‹ Sataspes › schreiben wollen; Herodot 4, 43? In Nibelungen-Versen; ook dat noch; bloß nich dran denkn!). Ich nickte unwillkürlich dem stattlichen Wirte hinüber : 18 Hundert 24 waren, meines geringen Wissens, die großbrittannischen Maße & Gewichte doch neu geordnet, die Gallone vergrößert worden, gelt ja? Ich nahm mir die Freiheit, und sah dem Herrn Krug, (indem ich ihn mir an den Kleinfinger hing), in den bottom – ? : Ha! : eine Ellipse; mit einer Raute darin; und daneben die Jahreszahl 1808. (Und ich *war* hier im alten Königreich Hannover; und das *war* bis 1837 in Personal-Union mit England gewesen. : Paßt. Sehr gut.) / Die Gesichter der ganzen Korona hatten bravverpennt zugeschaut; die Spieler nicht mehr ihr

Gemix aus Zahlen & Karten-Släng rezitiert ; auf dem Sprechenden Spiegel drängten sich die schwebend ungreifbaren Bilder von Verstorbenen herzu, (praktisch Tote; ungefähr von 1931 mochte der Film sein) : RICHARD TAUBER lächelte fett; und beschwor, ein zum Rühren Bestellter, die Jägerinnen, die mit gierig blassen Gesichtern zu ihm hoch lauschten, (und ziem'ich fachfraulich nikktn : Vier Gelbe Jakkn. Ich ließ ihn, achtungsvoll, erst zu Ende kommen – Die hatten ja ein Heiden-Geld gemacht, dieser LÉHAR-damals ! Oder auch KARL MAY; ewige, nie genug zu verehrende Vor-Bilder uns nach Volkstümlichkeit Ringenden. Man *dachte* noch vielzuviel : ‹ dumm & geil ›, das ist das Rezept des Erfolges. Und ein Vater, der sein Kind lieb hat, läßt es *nichts* lernen, *gar nichts* !). – : » Herr Wirt-ä ? – «.
(Was war das bizarrste Angebot ? – Direkt ‹ auf Geld angewiesen › waren diese wohlhäbigen Grundbesitzer ja nicht; obschon für Baarzahlung hochanfällig.) Ich zog langsam meine ‹ Dollartasche › aus sandfarbenem Leder. Sah ihn, während mein Daumen sie läddig aufschnippte, darüber hinweg-an. Löste auch die geheimste Verknopfung noch; und ließ, durch bloßes Herumwerfen des Handgelenks, es sichtbar werden: *GOLD ! ! !*. (Schweizer Franken natürlich; Söhne des Bergwerks & der Münze; ich hatte mir da einen größeren Vorrat ... unsere Währung ... na, schweig vorsichtshalber schtille, mein Herze; sie taugten alle nich mehr viel.) / » Ich möchte Ihnen gerne diesen Krug hier abkaufen – « (während der erste güldne Tropfen auf den Tisch fiel, und klingend dort zu seiner Größe auseinanderging; der Wirt wartete unbeweglich). : » Inhalt : 3 Komma 7 Liter – « (um 1 Haar hätt'ich ‹ 8 › gesagt, taktisch un-

erhört falsch; denn dem Volk ist ja ‹Sieben› stets die heilig-rundere Zahl gewesen; es (das Volk) verrenkte sich auch gleich die Ohren) : »*Mein* Vorschlag – : aichen Sie ihn mit 6 Flaschen ALLAN KARDEC – « (richtete er sich nicht schon höher, der ‹Aich-Meister›? Begann er nicht gesetzgeberisch-huldvoll zu strahlen?) : » – und schenken Sie davon jedem der Anwesenden nach Belieben ein. Wer rauchen möchte, bekommt 3 GÜLDENSTUBBE dazu : auf meine Kosten.« (Und Stille. Ob Häuptling Vasall & Knecht, Pächter & Pascher.) Seltsam der Jägerinnyen bereitete Gesichter. Und das Volk im mäd-schick Mira-Mirror flisperte; (daß alles Leben beseelt sei, konnte mir, angesichts Backenrotz, Niemand aufbinden : hatte der Kerl rechts nich sogar bloß 'n halbes Ohr?! Dafür allerdings 'ne Schirmmütze) : »Ich zahle in Gold – «, schloß ich, betont schlicht; (6 ma 7 fuffzich; dazu die paa Schtumpm; 50 Mark rund, also 2 Scheibchen sagn wa. Obwohl ich natürlich an die 10 sichtbar werden ließ.) / Das Gemurmel seiner Kund-Mannen besprach bereits einen hohen Grad von Begeisterung. Er begann zu nicken; noch fetter denn *RT*-vorhin. : Und begab sich zum Schenk-Tisch. / Dürrlöchelte dort die Wirtin. Erbrachte einen Trichter; (unverkennbar ‹auß'er Küche›). Tulp entkorkend-aichend, Potz Äther & Hyle. Während die Silhouetten der Herren Landwirte sich um seine Hände & den Krug drengtn, (den ich eifersüchtig beobachtete : macht ihn mir ja nich im letztn Moment-noch kaputt!). Ab & zu entsann sich Einer seiner Dankes-Verflechtung, und nikkte hastig zu mir herüber : !; (gutgut; nehm's für geschehen. Er alcornoqu'te untadlig; ‹Oud onn ä grieschn Örn›. – Aber) : »Aus dem Krug-selbst trinkn, bitte nicht! –

Füll'n Sie's doch in Wassergläser. « Gesagt : getan. Und schon begann
The Night-Life of the Guts ! (Dem jedoch binnen kürzester Frist das Twei-Leid folgen mußte : so kiptn die Kerls den Peri-Sprit – lieber die längst fällige Postkarte abfassen . . . .) / Gar keine Gurgeln mehr, sondern schon die unreinsten Mannes-Mann-Röhren : sie machten die Hinterköpfe noch abschüssiger, nichts als halbvolle Gläser in flachgekerbten Händen; sie deuteten & däutn; ihre Wangen röteten sich; (‹ Herrn WALTER KREHNS › ; die Postleitzahl 43). Und wurden lebendig : die Stimm'm gröber, der Gang polternder; der Eine, kein Mensch mehr, nur noch 1 Gin, wagte es bereits, und hob den Krater gegen mich, im Sinne des ‹ ick säih Di ! › – noch wollte ihm der vertrauliche Schall nicht durchs schadhafte Gebiß; noch welkte er unter meinem abstrakten Blick, und machte ein plumpes Rechtsum; (‹ solln itzt sie Dir Rede schenken › – aber ‹ Welck › : Wer war denn das bloß wieder gewesen ? ‹ Von Welck › . . . . . : also mein Gedächtnis'ss tatsächlich rettungslos hin. – ‹ Lieber Krehns, falls Wichtiges anfallen sollte . . . . . voraussichtlich bis Montag hier in Sch. zu bleiben haben. › Gruß-Unterschrift; obwohl mir nicht ganz wohl war : 2-mal ‹ wohl ›.)
Sie verzehrten indes die liebe Gottesgabe unter Geräuschen, mit denen ein Anderer unschwer das Gegenteil verrichtet hätte. Und das gab solche Stärke an das Thier Baconrod, daß es die neu'ste 'neck-Dote erzählte, von der gnäjn Frau von Karon : wie die sich gewundert hätte, daß ihre Kühe andauernd verkalbtn. Bis ihr Mann, nach längerem Grübln & Schwankn, endlich doch ma den Tierarzt zu Rate zog; und der ihn'n

schlicht mitteilte, daß das lediglich am Brunnenwasser läge – (den sich hier anschließenden Bericht über se Pitt änd se Penn-Djulumm stenografierte ich in Gedanken mit; er enthielt so manches Gute & Brauchbare für einen großen landwirtschaftlichen Thriller, wie ich ihn mir, unter dem Titel ‹ Rohrfrei ›, schon längst einmal vorgesetzt hatte. Auch die Andern trugen, zum Theil sehr feine, Einzelbeobachtungen aus Senkgruben bei; ähnlich wie JOYCE aus der schmutzigen Wäsche einer Familie deren ganze Geschichte, a posteriori, rekonstruierte, ‹ O tell me all ›) – und wie sie, die gnee'je Frau dem Arzt entrüstet geantwortet hätte : das Wasser hätten doch ihre sämtlichen Vorfahren grundsätzlich getrunken; und sie gedächte zeitihreslebens das Gleiche zu tun ! – : » Ha-Heh-Hih-Hoh-Huh ! « (Aber wenn dieses Wasser wirklich empfängnisverhütend wirken *sollte* – dann wäre das ja ein Wunderbronnen, den man weit & breit bekanntmachen könnte : Männer würden mit ihren Freundinnen, Jünglinge mit ihren Jungfrauen herbei eilen, zu den allerlustigsten Wal-Farcen. Ja Pilgerzüge könnte man einrichten; ein Hotelviertel, mit ganz vielen kleinen Zimmerchen, um den Brunnen aufsprießen machen : auf Flaschen füllen könnte man das Zeugs, und ein Heiden-Versand-Geschäft anfangen ! – Muß ich doch ma Roland unterbreiten.) : » Quoi-quoi-quoi-quoi-quoique ! «.

Ich erhob mich. (Während die Abteilung selig Verdammter sich unermüdlich wett-tränkte. ‹ Lethe = METHE › : falls *SIE* in der Nähe war, schlief sie wohl schon.) Ließ mir vom Wirt den Weg zum Briefkasten beschreiben – (» Den Krug stellen Sie mir dann auf mein Zimmer, ja ? «) – und betrat die Nacht.

: so finster war die gar nich. Obschon es – hf-hf; hf-hf – nach Weidenerde und faulenden Spänen roch; nach Moder, (‹ Min leiw Moder ›). Selbstredend vertrat mir während der ersten Minuten ab & zu noch 1 Baum den Weg, meist von unangenehmer Schulterbreite, Labúrs u Lawie! Da ich jedoch jedesma den Kopf bewegte, (‹ Neenee; weder-noch‹), erlaubte man sich das bald nicht mehr. Sehr große Würfel & Dreiecke rundum, wie üblich. / Über den Himmel war eine hellgraue, recht dichte Kahmhaut gespannt; man sah auch genau, wo das darin verteilte Licht her kam : aus einer runden Laterne; darauf ein all-impishes Gesicht, ä could tschiek of Connwennschon; (den Stock, an dem sie zwangsläufig befestigt sein mußte – ich hatt's vorhin ja gesehen – sowie das Kind, das sie zweifellos, obwohl stumm, trug, konnte man im Augenblick nicht erkennen. Dergleichen nennt man Anal-Logie Schluß; und beweist damit.)
‹ Etwas nach rechts › hatte es geheißen – – ich zauderte inmitten von Gehöften, in denen die Lichter längst erloschen waren; und zwischen denen sich unvernünftig viel graue Halb-Straßen auftaten, (die meisten sicher nur ‹ Einfahrten ›, zu ‹ Hofgeschichten ›, in Weich-Bilder, wie just gehabt); ich entschied mich lieber für die doch als solche erkennbare Hauptverkehrsader. / Personne. Nicht 1 Lüftchen ‹ ging ›; bloß meine eigenen 2 Sohlen tappten leis' über die Kopfsteine, ‹ Huh paßes bei siss Roudsouläit? ›, (Compagnon de la Marjolaine natürlich; ollwayl gayl). Zwischendurch, müde aber flichtbewußt, stehen bleiben und Neit-ßots denken : halbnackte Ahorne. Der Lichtschlamm oben, in dem prinzipiell Saitenbündel

lagerten, (‹ Die Überlandzentrale versorgt die Stadt mit Li-hicht › : übrigens ein tadelloser Sängerschatten, den ich da so warf !). In einer nahen Wand das Quadrat aus trübem Rubin, ‹ KennsDu das Land, wo Ultrarote Hühnerbrühten ? › : da brannte nun das ewige Wärmlämpchen; (‹ ick säih Di ›, in 1000 Bildern : ein Jammer, daß ich mir *den* Dernjeh Kri verkneifen mußte; der Ruf des, auch nur relativ aufrechten Mannes, ist schon eine rechte Kalamität !). / Kopfschüttelnd weiter : dabei wie dumm, wie hoffnungslos rückständig das-Alles; auf längere Sicht keinerlei Zukunft. (Und wie die Vergangenheit erst schtank !). Aber der Rhein mit seinem ‹ PSI › war ooch nich besser : der kleinste Kurzwellensender beschämt die rettungslos, was Distanz & Verläßlichfunktionieren anbetrifft. Da kann ich, wenn ich will jederzeit, auch über 7000 Klemm'm weg, die Stimme eines Komantschen vernehmen : ‹ Komm mantschn, Du Co-Mensch, aus der Kreuz-Muster-Zeit, dem Oberen Alluvium ›, (dazwischen 1 Komma, komisch !).
– und zukkte doch vom tiefen Straßengraben : fort ! (Aus dem es mich angegrunzt hatte & zwar wie ? : Mensch, das mußte ja ein Eber von 7 Zentnern sein !). Ich wollte mich erst retti-rearen; zuckerierte mir aber dann, daß ich doch 1 Mann sei, wie ? – : KRRRR ! – CHCHCHchchch … – (Ruhe; Nuruhe.) – (Verflucht, so allein auf der mondmattn Straße; die war & blieb doch tie-tou-tal leer : erschien jetzt etwa HACKELNBERG mit Gefolge ? Mir über meine freigeisterischen Einfälle die gestempelte Rechnung auszustellen ?) – Denn *das* leuchtete mir mehr als ein : daß ich für einen zoomorphen Gegner von 7 Zentnern *kein* Mättsch wäre ! (Scheiß-Kriegserfahrenheit & Nichteinmischungsorden

mit Eßbesteck! Ich war schließlich bloß Schreiber & Rechner gewesn.) / Und raffte mich doch zusamm'm –: das Schlimmste, was mir geschehen kann, ist, daß ich heute noch mit JOYCE zur Nacht speise. (Beziehungsweise *IHM* aufwarte.) Ich trat, möglichst festen Schrizschriz-schriz, an besagten, unangenehm ausgetiftn Grabm rechts – der ßättler am andern (cirka 90 cm entfernten) Ufer, hatte, auf seiner Grund-Styx-Ecke, ein Thuja baumförmich gezogen; sehr ablenkend-schön. Und blickte dann, ehern-bommel-baskenmützig, hinein : ! – : ? – : ?? – : da war der *leer*, der Graben! (‹Ruhe, Orje›; Ruhe in Frieden & Freiheit: Zauberei gibt es kaum noch; und des Schweines Ende ist der Wurst Anfang.) Ja immer schnarch' Du nur; *jetz* laß ich den Verstand waltn; (ich, mützich bebasqut; ‹Dort, wo die Woche 3 Tage hat›). Ruhe. –
Schöner Wolkenflor oben. (Und supp-terräines Grunzn untn; sicher.) Warum aber pinkelte das Winze-Wasser so? Gehorsam auskunftete meine Logik: ‹While 1 Roar unter der Straße durch-sikkert.› Nu Bong. Aber warum grundst es?: ‹While 1 X-Zentnerschwein auf dem dazugehörigen Ausguß-Grill nach Kartoffelschalen & Kraut botanisiert.› – Oh: lediglich der Nachtgesang eines Hungrigen? Ich schritt, hochaufgerichteter, auf die andere Seite der Straße, und augäpfelte dort über'n Lattn-Zaun: ? (: ‹Warum nich gleich so, Doctor Raisono?; wieder ein-tretn.›): KRR-CHCHch. Ich redete ihn aber auch trotzdem freundlich an: »So spät noch?«. Das nahm den Rammskopf wenig hoch; scheinigelte vielmehr, am ganzen Leibe watschelnd, trüfflich weiter. –: »WeißDú wo der Brief-Kastn iss?« : »Krrr-chchch.« (Mit andern Worten, auch nich.) –

Dies geklärt, wandelte ich hochmütijer meines Weges. (Vielleicht sollte man sich doch 1 Eselchen anschaffen? Ich erfreute mich immerhin eines Gutenmorgens Landes. – Freilich, wenn er mir dann die jungen Lärchen & Eber-Eschen abfrüße?) / Ah hier-die Brücke : ergo war ich doch noch leidlich richtig; denn die war irgendwie erwähnt worden. Ich lehnte mich auf die, zumindest im Mondlicht grüngestrichen wirkende, Eisenbrüstung, sah dem polie-glattn Wasser zu; (und das Wehr poly-glotterte im dummfm Wasser-Rausch : müßte also eigentlich ‹ Die Glotter › heißen. Die aus der Gegend herströmt, wo die Totn-Sprachn lagren : ein Ausflug in die Gegend, wo die Worte hausn. Der Inhaber der bankerott'n Mühle folglich der ‹ Glotter-Müller ›, MOLINE.) Der Schall kam auf die Dauer so öde & fast ohne Schaume zu mir. Und das überflüssige Wasser erweiterte sich so zu einem ganz-kleinen Teich, einem zur Stunde grau-gefärbten – (man müßte das ja Alles ein-zeichnen; auf 1 Blatt der Bärenblättertraube : Umriß Brücke Einzel-Erlen : sicher; müßte man) – und SULLA war eben doch noch toter als NAPOLEON; (obwohl Der ooch so ziemlich am nil war. Ich nieste. – : ‹ Nisibene, Orje ! ›. Demnach floß aber hier die Nisi. – Zur Sache :)

: wo wa denn bloß der brief Kastn? Ich ging halt immer weiter; auf verdünntem Mondschein entlang. / Chiliometerfern rummplte 1 Zug?; (ich legte mir gleich die Hände hinter die Ohren – – ? – worauf es natürlich lauter rumpelte, aber *viel* brachte das nich). – Überhaupt schienen die Baulichkeiten fest entschlossen, am Wegrand zurückzubleiben; nur eine, mächtich-eck-sistierende Scheune, begleitete mich noch eine zeitlang-rechts; (ich bedankte mich aber auch bei ihr; indem ich

einmal rundherum ging; und ihr also gewissermaßen ‹ einen Briefkasten › zu traute). –
– Tja. / Resümee : ‹ verlaufm › ! (Bei kleinem Ärger soll man einfach die Gürtelschnalle nach hinten drehen : da geht'as weg von. Ich beschloß, als zusätzliche Maßnahme, sogar noch ein Schtück weiter zu wandeln. Um einer Schöpfung ohne Briefkästen so recht meine volle Verachtung zu bezeigen : ‹ Geh an, Orje ! ›.) / Der Mond, ohfahl & weiß wie ein Eulenei, ließ nur wenig Sterne neben sich aufkommen. (Zwischen denen also keinerlei, auch nur geistige, Verbindung mehr war : sehr erfreulich ! Ich bin gegen ‹ Verbindungen ›.) 'ch hatte ma gelesen – wenn ich nich irre, soga bei einem von den Katholen finanziertn Astro-Nom' – daß es Einzelgänger-Sonnen im Raume geben solle, die sich lebenslänglich in den herrlichen Öden zwischen den Galaxien aufhalten sollen; (die ‹ Menschenverächter › unter Denen, sprechen demnach vom ‹ Galaxien-Pöbl › !) : da sähe man also, (vorausgesetzt, Einem würde Dasglück), *nur* Mond & einpaar Planetn. In einer schmal'n, zellofan-imaginären Bande; meinethalbm 'n Paa davon farbich, an Der-Ihrem Himmel verteilt. Kein Wort von ‹ Sternbildern ›; wie sie bey-uns, backfischdürr & schpizzbibbernd, abmz an sämtlichen Horizontn hokkn; (‹ un-abgetrocknet › fiel mir noch ein, schternbadeanschtaltich : da müßte's arg schön sein, auf so einem SITARA ! Strengste Lichter-Dreiecke wären da möglich : MOND I – HOFLAMPE DÜSTERHENN – PLANET ‹ ORJE › : Schluß ! –).
Der Mond, auch er fein-säuberlich card-anisch aufgehenkt, kellte Kasein übern Sandweg : heißt kein Sternbild ‹ Reiterverein › ? (Nö : die Herren Menschn hattn nichma genug Energier gehabt, um alle 700 Jahre neue

einzuführen.) Beziehungsweise höchstens 1 Dutzend alte, aus Pietät, zu belassn; und den Rest immer wieder flott-neu zu sehen : hie das ‹ Fahrrad ›; hie die ‹ Schreibmaschine ›. Dort die ‹ Gartenlaube ›; dort ‹ KÖHLERS Logarithmisches Handbuch ›, (mit dem ich, zugegebm, viel gerechnet hatte; obwohl's weit bessere gibt). (Das ‹ konstante Dutzend › selbstredend nichts national oder religiös Gebundenes; eher das Fröhlich-Allgemeinmenschliche, so Abbildungen immer wieder int'ressierender Organe, wie ‹ HANS CARVELS Ring › : dagegen könnte ja kein PRIOR etwas haben). / An der Wegegabel ein hüfthoher Mono-Lith; Schrift nich mehr erkennbar; (nu, nehm'wa an : ‹ Stiefelpunkt, wendebedingt ›.) – Verrückte 3 Kilometer! Obwohl der 1 Wind-Stoß eben prachtvoll-unerfreulich geraschelt hatte : ein Eichelchen; nicht höher als meine Hand (vorausgesetzt, daß ich sie übern Kopf hielt. Sämtliche Blätter trotzig-fest : die Andern waren schon dabei, 's Laub fahren zu lassn. (Da würde das Junge Dink also den ganzen, vermutlich sehr-saftijen (weil Zyklen-)Winter hin-durch so da stehen. Ihr bißchen zage Wisch'schl-Musik veranstaltn. Die schönen Blätteralle immer hellgelber & dürrer werden : Scha-moá, Chamois.) Eine Laub-Überbrückung; & 1 Schnipp der Vergänglichkeit.) – Ich ließ unwillkürlich auch gleich 1 fahren, (widersten Willens; sah mich, ein Konventionsgeschädigter erschrocken um –?) : aber nur das Bäumchen raschelte; (halb jung-fräulich halb bey-phellich pee-kiert); und der Nordost schnitt steifer den Stein : Wir machn Füsiek!. –

Auf jedn Fall möglichst behaglich um-sehen, (‹ Zumtrotz, zumtrotz ›! : Ob ich den Gürtel *noch*ma umdreh'?). / Nichtsda! Konzentrieren auf BIOGRAPHIA

Borealis : der Mond, das kolloide Geschöpf, bemonokulierte mich von oben-&-hintn. Ganzfern 3 Lichter; zusamm'gehörich, (denn sie hielten's länger aus, als ich), das ‹ nächste Dorf › demnach : die 1-einzije Bogenlampe, die es (das Dorf) vermochte; die auszuknipsenvergessene Hoflaterne des Bauern Quasigroch; das Lämpchen einer Self-maid-Witwe. (Oder, seinwa möglichst-menschlich : meinswegen 1 Kind, das in einer öden Bodenkammer – ich kenne das! – allein & klug noch mit seinem Bau-Kastn spielt : *Ich bin nich für ‹ Verbindungen ›!* / Nich für US-nachbarliche Cou-Oppe-räischn; und nich für DDR-lich nachfeierabendliches NAW-Geschippe; und wenn man mich in Scheiben schneidet!). / ‹ Klie-Witt ›? – Ja sicher; obschon es, wenn es sich *sehr* weit über's Vandämonsland entfernt hatte, wie das schwache ‹ *JUHU!* › eines Besoffenen klang. – : » Nå? – Kiki-Pupu?«. (Es schien sehr richtich; denn es kam mir vertraulich näher. Machte noch ein paar wunderliche Gebärden in die mittelgraue Luft; lachte kurz auf, wie ein schlechter Mensch; setzte sich dann mir genüber in eine Birke und rewerenzte mit Kopf & Leip) : » Kriwit, Herr Kollege. « (Daß ich ein Narr wäre, mit einer Weißdornrute nach so lustigen Leuten zu schlagen! Wie ‹ Die Grimms › das gerne möchtn.) Aber er hatte wohl auch nich viel Zeit. Denn er kappte nur ein paarmal mit dem Schnabel; und strich dann, immer an der Himmelswand-lang, ein HErr in Grau auf GRau – : app. / So fein der blasse Mondscheinsand. / Hier, an einer Stelle, schien Irgndjemand mit dem Gesicht hineingefallen zu sein, so war das abgedrückt. (Wie'n Sigel. Oder 'n Gemmerich. Oder das Negertief einer Todten-Maske. / In Wahrheit sicher bloß wieder 'n Bauer, der vergessen hatte, mit'm Schuh drüber zu wisch'schn. Ich tat's auch nich etwa an seiner Stelle : das soll gefälligst, wenn ihm daran liegt, der Wind mach'n. Meinenthalben kombiniert mit Regen : daß se, in 100 Milljon'n Jahr'n dann, die versteinerte Fratze eines Ö-Konomen aus'm ADENAUE-RIEN auffindn.) – Ich setz' mich lieber auf den Schtein-hier, und dichte .....

und zwaa – – : hm; vielleicht *grade* ma nach'm Satz vom Widerspruch verfahren? (Da ich, umgeben von flachsch† olligen Äckern, – ausgesproch'ne Beleidigung für'n Hintern übrigens – hockte .....) :

: » Es war im Wald. « Punkt.

Hä-Hä ! / Da Frollein Eiche mir lebhaft ein paar Mitteilungen zu machen versuchte :

» Die Bäume alle schliefen « Widerpunkt.

Der Eyerschedel des Lunen im Süd-Fahlen? Frechschräg: ein rechter Konterattaunser? Komm Du mir nur, tuck-tuck, in mein Poem :

» Es war im Wald. Die Bäume alle schliefen.
Der Mond belauschte lächelnd ihren Traum.
Derúmm-derúmm-dumm SCHATTEN dumm-dumm
TIEFEN.
Die Welle küßte still des Weihers Saum. «

(Da ich in jeglichster Beziehung auf dem Trockenen saß : ‹ Der Arsch friert an den Stein, Du merkst es kaum ›.) / Aber wieso hatt'ich zuletzt bloß noch so zwinkernd schlecht geschrieben? – : mußDe denn, zu so nachtschlafender Stunde, ausgerechnet noch ein Auto den Weg-hier rangehoppelt komm'm? ! –. –

– und der Blechhay hielt sogar. Und sah mich neugierich aus übergrellen Krakenaugen an; (schlug sie jedoch sittig nieder, als er gewahren mußte, wie ich, ruhig & groß, an die helle Nacht gelehnt weiter da saß und volksdichtete : So ein Nebbochant !). Auf Pneumatic-Schlappen; schwebende Bildchen, oscilla, vor der gläsernen Stirn; sein vorgeschobener Bauch knurrte. Fing auch noch an, auszusteigen ? ! (Ich verspürte eine unbändige Lust, ihm furch'bar dämlich zu komm'm !).

: Grau; ganz in Grau; groß & gedunsn. Der Kopf so gut wie kahl; (auch das Gesicht vorne dran wirkte von Nahem wie aufgepustet; Kommerz'jenrat Pustet). Schon begann er, mich mit hoher impotenter Stimme höflich anzufasln à la » Was treibm *Sie* d'nn hier ? «. – » Dachten Sie, ich hätt' mich verirrt, und mach' vorsichtshalber 's Testament ? «, fragte ich in klingendstem Bundesdeutsch zurück, (‹ brüsk › würde ein Roman älteren Stils es genannt haben; da er jedoch nicht der Schlimmste schien, setzte ich einlenkender hinzu) : » An sich such'ich'n Briefkasten. « Er lächerte, ohne alle Energie und kaum zu hören, (merkwürdig hohe Stirn) : » Achentschulldjnse – « sagte er, ebenso anerkennend wie abwesend, » 's sah bloß so co-misch aus nachts um Ellwe sitzt da mittn im Mondschein Eener uffn Kilometerschtein & schreibt – übrijns H. Levy mein Name wenn's ne Postkarte iss geemSese mit ich schtexe rein ich muß nachher noch nach Habighorst – . « Wie *das* nu wieder zu der sowieso schon schwer neutralistischen Nacht klang, dieser vollkomm'-akzentlose, trübe Eunuchn-Tenor; (und angesehen hatte er mich während des ganzen leis'n abgekochtn Gepladders fast gar nich. – Aber ‹ Habighorst › ?; hatte das nich auch etwelchen litterarischen Kurswert ?). Na egal; er hatte immerhin hilfsbereit sein wollen. » Ich bin Schriftsteller, « erklärte ich kurz; » und

da hab'ich-ä – 'n paa Mondschein-Schtimmung'n notiert.« »Ach – « sagte er, und sein Blick wanderte 1 Mal über meine Halsgegend, (ins Gesicht sehen mochte er anschein'nd Niemandem mehr; kann ich oft verstehen): »Sie das iss gar nich so häufich hier. – Hättn Se was dagegn wenn chmich n Moment mit her setz und ne Tsigarette rauch chmuß noch de gandse Nacht unterwegs sein de Automatn kontrolliern Sie sind ja sicher ooch nich von hier –«. Er griff bereits Platz; und da Wegraine ebenso meilenlang wie frei sind, war da nich viel zu machen; (Hauptsache er'ss nich direkt schwul; ‹kalaïskalaïskalaïs› grübelte der Motor vor sich hin). Ihm wurde's anschein'nd auch zu viel; denn er erhob sich noch einmal, und stellte ihn ab: ich ûf meime s-teine, die Arme würdevoll untergeschlagen, (da mich an die Hände zu frösteln begonnen hatte). Er grau & buckelrund: Einer aus dem zuweilen Rauch kam. –
Das verwaschene Milchgesicht oben sah uns sinnend zu; (verglich uns vielleicht mit der Federzeichnung von Phiz zu Boz, ‹Pickwick› caput 29). – : »Was für Automaten?«, erkundigte ich mich endlich; (da auch das Schweigen seine Zeit hat; danach wird's blöd): »sind Sie irgendwie-Beamter?« : »GOtt soll schützen« entgegnete er abfällig, »nee mit Überziehern ich hab de Li Zenz für-vier Landkreise gekrickt erst wollt'ich gar nich ran de Apparate kostn ja ä unheimliches Geld aber dann hat sich mein Schwager mi'm gewissn Anfangskapital beteilicht und nu kann ich's kaum noch schaffm ich hab ma schonn n schnellern Wagn anschaffm müssn war ä gländsnder Tipp –« er wies mit der andern, der zigarettenlosen Hand auf das kostspielige Gefährt vom Typ ‹Finanzministers Verdruß›: vorne Luxus-Dampfer hintn

Schlaf-Wagn, (als Frachtraum getarnt). Weiter-fragend zu blicken brauchte ich nicht; er fuhr ein-tönich & wie vonselber fort: » In je'm Dorf kommt so'n Automat hin – ch kann Ihn'n nachher ma een zeign ch hab een zum Auswechseln mit – und da fahr'ich nu halt wie ä Verrückter durchs Gelobte Land und brauch bloß noch untn Sgeld raus zu holn obm neu'n Vorrat rein iss ja gans unglaublich was von dem Zeug verbraucht wird – «; er holte tief Rauch; während ich die Information verarbeitete. » Wir ham natürlich ä Paatríx « singsangte der capotije Capaun weiter: » de Automatn müssen schick lackiert sein wenn man de Herr'n Landwirte wieder lakkiern will und den Nam' ham wa uns extra vo'm ßüchologen ausarbeitn lassn heeßt BÄR'NMARK da kommt sich Jeder gleich bär'nschtark vor und Rükkn-Mark und'aß de Pakkunk ne Mark kostet verschteet sich ooch irgndwie – «; (das Gerät, das gelang; aber hier war 1 Frage doch wohl zu klären): ?. – : » Nee in Kirchdörfern fast nie, « sagte er, » da hintertreibm's de Herr'n Geistlichn nuja Die kriegn ebm ihre Pro-Zehnte vom Kindermachn wenn se's wenichstns frei & offm zugeebm würdn aber nebbich da heeßt's bloß immer öffmtliches Ergernis dabei machn Die's am allerliebstn « ich unterbrach diesen seinen speziellen Bewußtseinsstrom vorsichtshalber; (um seinetwillen; obwohl er durchaus im Recht war, was diese kostümierten Farren anbelangt; dennoch erfreute *er* sich des weit dichteren-derberen Vorhaut-Ersatz-Komplexes!) : ?. – » Drei Schtück « sagte er verteidigend; » aber wir bietn ooch was fürs Geld : eener davon iss grundsätzlich schwarz die Meedl wer'n ja wie verrückt wenn Der so'n Dink rausbringt wie'n Neger da wider--schteet kaum Eene nu wenn se Schbaaß drann habm 's

gibt doch vielzuviel Menschn uff der Welt Den möcht'ich seh'n der mir das widerlegt und wenn's X selber iss hab'ich Recht – ? «; (ihm entfuhr hier ein hoher Name, den ich unterdrücke. Aber ‹ Recht › natürlich; das könnt'-ihm ja nur ein überzeugter Idiot bestreiten. Wir saßen eine zeitlang recht sinnend in der unfruchtbaren Beleuchtung : jaja, die Menschheitsfrage.)
Der Überzug des Himmels schien po-a-po dichter zu werden; (kaum daß Jungfer Eiche noch ein bißchen petticoa-kettierte; da mußte man schon lange hin hören; und erst noch, sym-pathetisch, mit Frou-Fru-frößtln.) Einmal jagten sich, fern im Horizontalen, 2 Lichtpünktchen, side-loopig stern-schnuppich – – : » Schosseh nach Endewold « merkte er an, (da war'n sie schon wieder weg). / Aber der Mond schaute tatsächlich wie ein gerollter Überzieher aus der Himmelswäsche, da gab's nichts zu bestreitn, (‹ Die Macht der Muster ›; das macht das Muster : Der macht die Muster; er lachte unlustig mit dem rechtn-gewölbtn Mundwinkel her, aus dem er gleichzeitig ein'n unordentlichen Rauchknäuel fortschickte) : » – meißdns im Auto da iss Alles mit Leder überzogn und der Schlafsack so blumich-mollych gakeen Vergleich mi'm Katzett man iss vollkomm'm unabhengich ißt in aller Ruhe sein Korndbief & Mazze und falls in der Nähe de Plutonijum-Bommbe runter gehn sollte dreht ma sich um sitzt sofort um Schteuer & kann abkratzen – «; er schüttelte, höllen- wohl auch himmelfest geworden, den Kopf, daß sein Pudding-Gesicht deutlich schlackerte – (gibt es eigentlich grauen Pudding ?) : » Meinen Sie, daß man uns mit Krieg überziehen könnte ? « fragte ich ihn, (mehr zur Unterhaltung, als um seine Ansicht einzuholen). Er zuckte vorurteils-

frei eine seiner fleischigen Schultern: »Och wissen Se ich weeß nich – «; machte das erstemal, daß ich ihn kannte, 1 kleine Pause, (würdigte das Thema also einer volleren Aufmerksamkeit); zuckte dieselbe dann noch einmal; und fuhr mit einer gewissen erhabenen Wurschtichkeit (der ich auf bundesdeutschem Grund & Boden freilich schon mehrfach begegnet war, wenn sie nich gar die Regel darstellte) fort: »mir solls gleich sein wie's ausläuft und wann se ma's Fell über de Ohr'n ziehn unsre Memme hat uns schonn als Kindern nie gekocht. Damals ham wa's nich eingesehn daß es bloß ne Art Schule fürs Leebm gewesn iss wenn Trokknbrot & Keese im Haus war mußtn wa schonn fro sein – man hat natürlich gefordst wie ä Wahnsinnijer Se wer'n lachn aber 's letzte Wort vom Tatte is ‹Schemmelbein› gewesn – «: da wandte ich mich ihm aber doch neugieriger zu; (man hat ja da die dollstn Sachen, was ‹Letzte Worte› anbelangt, von ‹Mehrlicht› bis ‹Merdealors›, (von Rangoon bis Mandalay), von ‹Kindlein liebet Euch untereinander› –): »Sie das iss gar nich schlecht – « sagte er sinnend; fuhr jedoch, ehe ich mir noch so recht schmeicheln konnte, ihn vom tall Mut ab- und für Se Gudd Buck hin-intressiert zu haben, bereits fort: »Vor allem das ‹unternander›. Muß'ch mama für de Werbunk nottiern. – Nee das war so « nahm er, aufgekratzter, den Faden seiner früheren Rede wieder auf: »wie se'n 's letzte Mal ins Kranknhaus eingeliefert habm hat'm de Schwester 'n Nacht-Schtuhl ans Bett geschobm dem altn Mann und er hat'n ooch benützt und von dem ungewohnt gutn & reglmäßijn Essn wär's ‹son Schemmelbein› gewordn hat er gesaagt & gezeigt. Und dann hat er de Arme noch breiter gemacht & iss halt um gefalln. –

Tchaa. « Er erhob sich, einerseits elefantesk andrerseits luftballonleicht; stieß mit dem Absatz eine Lunula in den Sand, und beerdigte sorgfältig sein'n Stummel, (: cigarro tras cigarro el tiempo apura. Colilla tras colilla al hoyo lanza. Per el aroma pierdese en el cielo; was ich, für mein' Teil, bezweifle). » Am Gasthause muß ich zwangsläufich vorbei, « sagte er, » komm'Se mit s'iss doch viel einfacher legn Se Ihre Karte ruhich zu meiner Post-da « – (er zeigte auf's Handschuhfach) – » da geht se automatisch mit wek vergessn kann ich se nich ich muß soweso noch ä Telegramm uffgeebm – «. Wir saßen schon.

Er griff in einer so schlaffm Art an den diversen Knöppm rum, daß der Motor merkte, wie es Herrchen wieder mal total piepe sei, ob er nu gleich funktioniere oder erst 30 Sekundn später, also tat er's gleich. Der Grauschutz der Nacht begann langsam an uns vorüberzuziehen. (Wahrscheinlich fuhr der Kerl eben deswegen so glänzend, weil er an nichts mehr genug Interesse hatte, um noch nervös (oder gar bösartig) zu werden.) Stark & ruhig auch der Motor : so trieben wir in unserm Blechkahn still den grauen Sandfluß hinunter; ein Durchgehen im Schritt. (Antrag im Bundestag einbringen : alle ‹ durchgehenden › D-Züge mit Bibeln auszurüsten; die würden selbst das ja glatt beraten! Und dann zur Prüfung an den Ausschuß weiter leiten; Überschrift ‹ Hausse in Parliamenten ›.) – » Hf-Tulp – – « fing er, nach 20 Sekunden in Raum verwandelter Zeit, an : » das 'ss ooch so'n verdrehter Kunde der reichsde Mann in der Gegend unerhörtes Personal sämtliche Leute schteh'n in der Kreide bei'm und s'iss doch bloß ä altbackener Nazi der am liebstn Alles umbringn möchte na er hat im Alter noch

ma heiratn müssen und de junge Frau gibt's'm ja gans anschtändich –« (mein Einwand, den ich, aufgrund eigener Beobachtungen, hier anzumelden hatte, wurde zwar geduldig angehört; aber dann mit einem Kopfschütteln beiseite geschoben) : »Jaja nach außen hin regiert er se schonn und se läßt sich's ooch gefall'n se iss ja nich dumm aber wenn se de Gelegnheit hat läßt se'n jeden Tack dreimal um Kapp Horn fahr'n –« : ‹WUPP› erpolter te die Brücke, es warf uns geschmeidich im Sattel hoch, (‹Die Töchter Moabs werden vor Arno'n überziehen› – ich lehnte mich reservierter zurück, und klappte den Mund zu : daß ich immer noch *so* ein schlechter Menschen-Kenner war! Gewiß, ich hatte dem ungleichen Paar noch keinen allzu nennenswerten Betrag meiner Aufmerksamkeit zugewandt; dennoch.) / Ausgestorben das bißchen (geometrischer) Ort; ‹die Schatten penntn ruhig in den Tiefen› – : voilà! da erschien sie gehorsam von selbst, die noch fehlende Zeile; (mit Ausnahme von ‹penntn›; denn das könn' die Dam' nich vertragen – obwohl's den Kenner gleich an ‹Penta-gramma Pein & Drudenfuß› mit-erinnert hätte : eventuell ne Sonderausgabe? In kleinerer Auflage, mit Foot-Notn, pro sapientibus? OhmonDjöhnie! ‹Nachm Tode› allenfalls; und auch dann nicht; wir legten die letzten 200 Meter noch schweigender zurück.) –
: »Schön'n Dank!«; (Tắnarontắnarontắnaron). Er schüttelte den Kopf zum Abschiede : »Nichdoch. – 'ch muß soga *nochma* durch'n Ort-hier so in anderthalb Schtundn wenn'ch de Schleife über Habighorst hinter mir hab immer vorausgesetzt ä ganz willder Gannef hat nich etwa versucht 'n Apparat uffzubrechn. – : ä Dichter –« hörte ich ihn noch einmal sinnend rekapitulieren.

Dann fiel die Tür des Meat-Safe (‹ Miete › ja nich : aber ‹ meet › ?), von seiner Hand nach-gezogen (ich hatte sie wieder ma nich energisch genug zu geworfen) ins Schnapp-Schloß. (: ‹ Korrókorrókorró ! ›) –
: ‹ Karátsche Karátsche Ka . . . . . ›

MELPOMENE

. . . . . & castiglionecoglionicoglioni mondsam durcheinanderverhallend. Während ich, bang-männlich, (‹ Werweiß was mir geschieht ? › !), über die Betonquadrate vorschritt, unter'n erloschenen Baldachin (‹ Zur Geschichte des Baldachins › : an 1 Kaiserwort). Und dann doch mit unbewaffneter Hand die Tür aufzubrechen imstand war. (Daß ich nötig hatte, mir solche Vokabeln des Muz einzuspritzen. Bloß weil mir ganz entfernt die possibilité dräu(m)te, eine corposante Fünfzijerinn zu belehnen; mit mir Endzog'nem, am maysten Main – ich versuchte zweimal, streng & gebieterisch Bassan ma nelka zu denken, hochfahrend wie Herr Windbrecher von Tausendmort in Persona grata . . . . . und hielt doch wieder inne : ob das möglich war, daß der GRYPHIUS damit einen Witzbolt auf ‹ to break wind › und ‹ thousand morts › geschleudert hatte ? Sehr wahrscheinlich : diese alten Schlitzohren waren meist mehr, als wir von ihn'n gedacht. Ich verlieh mir rasch noch den Beinamen des literastischen Poltron, und vermochte dann gefaßter näher zu treten : irgendwas war ja an mir dran, wie ? –) –. –
– : ‹ DER KASSEN-STURZ ›; komische Epopöe in entsprechendviel Gesängen. Nämlich Tulp, herotisch an der Thekenreeling (hinter ihm die unermüdliche Tapete; ich

schätzte die Zahl der Reiter allmählich auf Legion), die mächtige Linke ins Hinterteil (englisch ‹poop›) der Gattin gesteckt, (die, einen knorrijen Bummerang überjährijen Torfs an die Brust drückend, das PoPEln gar nicht zu merken, geschweige denn zu fühlen, schien: hat ei'ntlich schon ma Jemand dämonstriert, wie dies ‹rape of the lock› auch noch etwas beträchtlich anderes bedeuten (ja, heißen!) könnte, als das gewohnt-homogenisierte ‹Lockenraub›?). Er besah mich erst auf eine gewaltig kurfürstliche Weise – : ?! Da meine 2 Blikke ihm jedoch sofort heiter & kalt begegneten, (durch Verhandlungen mit zahllosen Räuberhauptleuten aus Presse & Rundfunk drainiert), unterbrach er seine Excursion im Gesäuse; (denn bei Orje gibt's GOLD, wie es rollt & grollt, jeder Trunkenbold ist mir hold und zollt, ob er schmollt & mollt oder knollt & tollt und die Rolle kontrollt!).
: »Die Rechnunc?«; der Wirt, wohlgefällig; (ich hatte ihm erklärt, wie ich die Gewohnheit hätte, jeden Abend meine Schulden zwischen mir und der Welt zu begleichen: Man schliefe dann besser, in den Stunden zwischen Mond und Milchmann – eine Maxime, die ihm sichtlich imponierte; (mehr hatte sie auch nicht leisten sollen). Also los: ‹Kauffmann contra Kauffmann›). Er addierte mit einem Bleischtift-Zeppter, so dick wie mein Ringfinger aber dreimal so lank. Auslaufende Minutn zogen da über uns hin; inter-wispert von fröhlichen Falschheiten aus der Glasfratze; (sie hatte, auf seine majestehtische Geste hin, ‹leise› eingestellt, und die Grauen Stare ziemlich erfolgreich vertaubstummt; (obwohl man jetzt fast noch öfter hinsehen mußte, um rauszukriegen, *was* die Liga Grischa uns da so fingerhaspelte & panto-entmündichte?) –).

: » Int'ressante Sendung ebm, « proklamierte er energisch, indem er den Endbetrag zweimal unterstrich – (ich hatte ihn längst abgelesen, und nur pro forma, um des gutn Klanges willes, so lange an meiner Börse gerüttelt) – er gab das Dyedschest, in der bekannten alalischkleingehakktn Volksweise. Und ich horchte doch auchauf:
AUF DEM GRUNDE DER ELBE BEI LAUENBURG ! :
: » Die ham rausgekrickt – durch irgndwe'che Magnets-traaln – « (cirkelzuendige : GOUÉ !) – » daß da, wo die Zoongrenze über'e Elbe geht, im Fluß-Bett n gans lebhafter Verkehr s-tadtfindet : Ah-Gentn ! «. (‹ Entn ›; in Taucher-Überzügen.) » Und zwa nich nur Vondrübm Nachhierher. Sonndern Pann-Koukn hat sofort auch'n Weis-Tum veröffntlicht : daß die Bonna Ehe-Maille Eß-Eß-Leudte ebmfalls durch schläußtn. In umgekehrter Richtunk. « Und sah mich erwartungs-foll an : ?. Ich nikköpfte stumm. / (Dolle Vorstellung natürlich : Flossbettych, mies-muschlich, in poor-poorner FinsDernix dahin tappm, rough-Räidar-gelenkt, Blausäu-Röhrrichtes zwischn'n Leffzn. Und bei jedem Tapp stopp-urich gefaßt, Brustschild an Brustschild mit Dämander'n zusamm'zuschtoßn : Bfff ! – Aber 's wurde mir zu viel; ich kann mich schließlich nich mit Allem befassn; mir graute sowieso schon leicht bei der Aussicht auf die Träume Heutnacht !). – : ? –
: » Hat Rieke Ihn'n auf's Zimmer ge-stellt « (den Glaskrug nämlich) : » den Rest von'er sexton Flasche hab'ich Ihn'n reingefüllt. « (Ein Ehrenmann demnach.) / (‹ Auch Du bist Künstler ! › schien der Tietl der Sendung, den die lackierte Puppe, 1 stereotypiertes Lechchln um die eleusischön' Lippm, verkündete : aber für derlei Tul-

penschlünde bin ich nich mehr grün genug, mein Monikin(d). – Ich zahlte lieber.)
Und bremmsDe ihn mit der Hand-Fläche : kein Wort mehr jetzt über Medizin & Akkerbow : » Sei'n Sie froh, daß ich nich in ‹ Michel-Mark › zahle. « Er lachte laut-losüber die ganze Vorderfront : » Der war noch maddá. Ich soll Ihn' ausrichtn, ‹ Es wär ne gans verdammte Lüge : das gäb'as gaa nich ! › – «. Ich hoop nur die decorative (gepflegt-struppije) rechte Augenbraune; und präservatierte die Gold-Börse noch schaubarer : ! – gleichgültig dann : » Und Wer hat – Ihrer Ansicht nach – in diesem Fall recht ? «. » Überhaup' keine Fraage, « sagte er großs-purich : » Der haddoch nix. « Ich nickte nur gemessen; (da es sich ja eindeutich um eine Entscheidung zu meinen Gunsten handelte; da kann man schon ma 1 oder auch 2 Prinzipien verratn). Sie hatte sich näher herzugedrengt, und betrachtete den Deadly Dust; den Er sovereign' zu Hand-habm sich mühte; (obschon man Beidn, Guinea-hen wie Gin-i-Cock, die franke dabbliglije Lust ansa). Aber bei so viel Wechselagio mußte er doch noch ma zum Block tatzn (‹ Heidorn-Pudding immer ein Genus ›; Weinrotes neben Holzschlüfflijem). » Mook to, Mann – « mahnte sie zärtlich ihren, mindestens doppel-cronyjn, Louis d'or. Ich, mille-reisiger Hidalgo, wartete galland – sie merkte's sofort, und wies mir mohurich die Zehne : » Ich hab' Ihn'n Ihr Bett neu überziehn lassn. – Och, ich leïch mi Henn, Tulp. « Merkte, angeblich nun erst (: ich glaub Dir kein Wort, Du cat !) die durch solche Koppelung von Gedankengängen zwanglos entstandene Offerte; und entfernte sich in süßer Verwirrung. (Also doch Recht gehabt, mein Levynebelgrau vorhin. – Neulich hatte'n Bekannter von mir,

immer kopfschüttelnd-enttäuschter, RÜCKERT's Gedicht ‹ Der Ehebrecher › in meiner großen Ausgabe studiert; bis ich ihn darauf aufmerksam machte, daß der Titel, weit korrekter, als ‹ Der Ehrenbecher › zu lesen sei.)
» Haben Sie eig'ntlich etwas wie'ne Kirche am Ort ? «. Er war mit der Um-Rechnung in de Mark fertig, und sprach die Zahl erst noch einmal genüßlich, dublonich-pausetenbäckich, aus. Dann, mit kaltem Trotz (noch von Verden her) : » Ouk datt noch. « (Demnach nicht. Ich hatte zwar auch keine gesehen gehabt; aber so ‹ Beth-Häuser › sind schließlich unverfänglich überall anzubringen, selbst wo man sie am wenigsten vermutet) : » Gut. – Sehr gut. «
» Gut. – Erledicht. «, dekretierte er abschließend. Richtete sich dann haiden-königlicher auf; nahm 1 Schoppen echt-hannoverscher Luft zu sich – (wovon er noch breiter wurde; ich hielt mich auf eine genuine Cy-Klobigkeit gefaßt, (von ‹ Faß ›)) – und brüllte, wie jener bekannte Erzene Stier :
: » RIE : KÖ ! ! ! « – –
: da versetzte mein Herz mir nun aber doch den Schlack :! (Und dann noch, erbarmunxlos, unzählichvielekleine Punche, soschnellhintereinander daß ich den Mund nach Luft aufzerren mußte – was er selbstredend, stolz verglastn Auges (von der Anstrengung) seinen stimmlichen Mitteln zuschrieb.) : Was'n Moment Mensch !; nach überdreißich Jahren *SIE* wieder zu sehen ! Also wenn *das*, dachte ich lallend, meiner Lyriek nich zugute kam : amo amas amat. (Ämóu-Ämǽss : Ei lawwd ä Läss & schie w's tåll änd slender. Ich hörte die Tür gehen, und schloß für ein paar feige Bruchteile die runden Augen. Vernahm den Wirt ordonannzn : » Zeik dem

Herrn sein Zimmer.« Biß die Kinnbacken mit einiger Macht auf-einander. Daß ich wieder Mann würde. Öffnete..... ?)

: ..... ?!

: ..... !!!

– und sah mittn in 1 breites gußeisernes Gesicht.....: *die* Ehre hatt'ich heute doch schon mehrfach gehabt!? / Mir mußten die Augen zweifellos etwas aus dem Kopf getreten sein; denn der Wirt betrachtete mich aufmerksam. Schrieb die Starrheit meines Blix dann aber wohl einer (ihm vielleicht gar aus der lit'ratour bekanntn) pimpernucklijen Gier Großer Herren nach auchma anderer Kost zu. Schmundselte befriedicht; (überschlug wohl die Anzahl der Tage, um die sich mein Besuch nun voraussichtlich verlängern möchte). Flüsterte Jener gleich etwas in einem, mir bei meiner augenblicklichen Seelenlage unbegreiflichen (vielleicht ‹toten›?) Dialekt zu. Und reichte mir dann, mit dem bedeutsamen Anwunsch des Schlafes, eine Rechte, aus der ein normaler Schöpfer zweie gemacht hätte: – . –

– . – / – – – . – –

und allein mit der Rose von Schadewalde. / (‹Se mistig Rous›: meine Verwirrunk war so groß, wie ich in meinem Alter nie mehr für möglich gehalten hätte! Ich schaute immer nur *SIE* an.) / : wie Sie da stand, im blauen Leinenkleid – (hatten nich die Mitgliederinnen eines gewissen ‹Louisen-Bundes› in meiner Jugend?) – die Bett-rolljum-Lampe auf der linken Servierhand: das ringförmije Flämmchen, (nenn'n wa's fuffzn wat?), wartete, auch vom Schicksal gekuscht, (abhängig), in seinem (zu engen) gläsernen Haus. – Mensch, das war doch einwandfrei Die vorhin genietrembelte!!! – / (Und was *war* das früher für ein hoffärtijer Balkh gewesn! (Der Vater Drogist?) : ich hatte michnich 1-einzijes Mal getraut, sie auch nur an zu reden!). Aber dies ging ja doch wohl zu weit, daß ich den Hintersassen & Dammwärtel eines stinkenden Knechtes, total verstunken bis in den Wurzelschtock? (Beziehungsweise Hinternwärtel & Damm-Sassen : Äm'æs-äM'ǽt, Ei läid her flätt); Sie wartete immer noch vor der halboffenen (natürlich wiedermal leinölfarbenen) Tür. –

: ‹ Die Stumme-Taube unter dem Fernwohnenden ›; (ich erkannte Sie schon allmählich; Stück für Stück, mit Mühe, nach & nach : Schwanenhals Busen Bauch & Tschinellen : warum weine ich so sehr? / Bloß weltmänniglich zusamm'raffm : ‹ Rafn der Skalde ›. Nochma runter schlukkn; so –) :

: » Ä- . . . : zeigen Sie mir's doch bitte – «. – / (: das waren die aller-ersten Worte, Mann, die ich überhaupt mit Ihr wechselte! Und natürlich gleich von auserlesener Zwei-Deutigkeit); sie antwortete auch nur unverbindlich : » Och – «. Drehte mir den Rücken; und hob an, wuchtig voranzuschreiten. / An dem Bild vorbei; (und das Bild konnte mir nichts tun; konnte den Krückstock nicht heben – demnach aber doch wohl mehr 'ne Variante vom Altn Fritzn, was?; ich nickte dem Betreffenden jedenfalls herablassend zu) : die *Stimme* schien auch noch ähnlich; genauderselbe schartige Alt, vermittelst dessen Sie sich damals mit ihren Freundinnen unterhalten (und mich dann & wann durchtrieben gemustert) hatte. Heute musterte ich-meinerseits ihren Ringerinnen-Rükken, (der hinten auch schon wieder mehr alte Eichenblätter drauf hatte, als Wind & Wahrscheinlichkeitsrechnung erlaubtn : der Wirt war sowieso davon überzeugt, daß ich sie bis aufs Cambium bimsen würde.) Ja wenn ich sie nich vorhin..... dann Hetman ja allenfalls..... ich gab mir wirklich alle Mühe, was wie'n steatopyges Gelüst in mir zu erzeugen..... : aber unter den voraufgegangenen Um-Ständen konnte ich doch garantiert nich! – Sie stieg immerfort Treppen voran; änd presänntid sömm Äppärischns to mie : den blaukreuzenen Küraß; unten dran 1 Hintern, doppeltn Gewichz, (‹ al manach › der Ort, wo die Kamele knien; und man an-beetet. – Nee : doch wohl Ohne Mich –) –

: »Hier. –« / Sie hatte feldwaibblich eine Tür auf gebockst. Stellte sich seitlich am Foßtn auf; (und hatte eine Brust, die Frau, daß ich ohne anzustoßn kaum vorbei konnte : als Jüngling-damals, hätt ich glatt ab gestrittn, daß sie dergleichen bei sich habe; so hatt'ich Die veretherisiert à la ‹ Boyisch Poe-it laww › : muß *ich* ein Hanswurst gewesen sein! : Beurisch Po-Loch, das hetz weit präziser getroffen!). Ich brauchte Ihr jetzt-nur huldvoll die Hand in den geräumijen Ausschnitt zu versenkn, und durfte nach Perlen fischen, daß ich's bis in mein selig Ende spürte. (Über-Uns begann eine Maus zu galoppieren. Und die Nacht tat gleich ihre akußtische Schuldigkeit; es hörte sich an, als wöge sie 10 Pfund & schteppte & tripplte auf einer Tromml : ebeneben; um mir se Cläpp zu hohlen, hätte es nicht unabdinglich einer Fahrkarte einmalerster nach Schadewalde bedurft! Ich schritt wieder *noch* unentschlossener.) Auf einen hundertjährigen durchlöcherten Tisch zu, (vorsichtshalber an die Wand geschoben; er schien sich dennoch nur mit Mühe auf den Beinen zu halten); und legte, langsamig, das Sünntags-Täschchen neben meinen neuesten Krug : den hatte *SIE* mir nach-oben getragen.....

Mir auch jetzt kalt zugesehen – (nich etwa ‹ mich beobachtet ›; so sehr engagierte Die sich wo' prinzipiell nich) – nikkte 1-mal kurz her : ?! – Als ich noch immer keine Worte fand, drehte sie sich um und begann davon zu m'arschieren. / Mir wurde fast schlecht vor lauter Ent-Scheidung! Ich rannte in die Tür; ich wollte ihr nach rufen, im Sinne von ‹ Erinnyen Sie sich-nich – ? › – Sie hatte mich gehört. Sie drehte sich, schon mitten auf der Treppe, noch einmal um : ? ! –

– (mein, was'n Blauer Engel! – Nee. –) / Außerdem würde sie ja todmüde sein, (begann es, verlogen-human, in mir zu plappern : sie hatte schließlich schon Einijes hinter sich, des Tages Mühen & so, Nenie). Ich nahm meine Zunge gewissermaßen fest in beide Hände. Ich äußerte in gebrochenem Hochdeutsch (aber fließend) : »Wecken Sie mich bitte. Morgn Früh um Sex.« Sie horchte 1 Moment dem Klang der Ziffer nach, (‹ die 6 ist die Kupplerin des Einmaleins ›; oder die Nutte); nickte dann geschäftsmäßig. Wandte sich. Da machte die verflicksDe Funzl ihren Um-Riß überscharf. Begabte sie auch zusätzlich mit einer (lachhaft kurzn) Schattn-Schleppe; die hinter ihr her rukkte, (‹ Mahdl ruck-ruck-ruck ›) : ich verlor *SIE*, sie verlor sich, die (leinölfarbenen) Stufen hinunter : !. ; , – . . . . .

1 Schpieglein an der Wand? Ich tat ein'n Schritt auf mich zu; und betrachtete aufmerksam die Maske des (ja nu nich bloß ‹ Zwei ›- sondern) Drei-fels. Die verwünschte Scherbe war zusätzlich noch so voller Wellen & Schlieren, daß man für den Blick-hinein getrost hätte Geld fordern dürfen – ich verzook angewidert den Mund, op des wullstijen Bocks-dorrt : ! (dessen ‹ Gesicht › darob jedoch einen derart quasi-modrijen Aus-

druck annahm, daß ich ihm freiwillich das Feld räumte: tuat twam asi, oh weh!). / Vor der Schlafkiste; allein wie Pieck-Siebm: ich befühlte's gedankenlos. – 1 Kopfküssen mit Moos gestopft, ‹Unsrer Lieben Frauen Bettstroh›: ich bemühte mich, ziemlich ohne Erfolg, mir die wüste Schöne drauf zu projizieren: ? (Als Gesamtleip gelang mir's nicht; se Juni-wörsl Hewwn is in se Schäip off ä SWEDNBORG meint Männ.) Oder einzelne schöne Wüstn? (Daß man kümftich Pornografie lesen, und, wenn man an die richtigen Stellen kommt, das Buch sinken lassen & an *SIE* denkn kann? – – : NICHTS! Er dachte nich daran, sich zu entrunzln.)
PFFF: dies also das letzte Wort der Sentimental Journey? (Und schon wieder ein neues Staunen, das mich selbst betraf: sicher; ne dumme Frau iss ne Strafe; (obschon ne ‹Intellektuelle› platterdings unerträglich sein müßte); aber nu ausgerechnet wieder *die* Sorte hier – Mäuschen, halt die Füße ruhig! – wer *die* längere Zeit ‹am Halse› gehabt hätte, würde garantiert 100 Glas Grog ausgeben, wenn er sie dadurch wieder los würde! (Warum grinste ich jetz? – Achso. Mir war eingefallen, wie kluge Soldaten in Norwegen, gleich zu Anfang der Besatzung, mit Inflationsgeld von 1922 gearbeitet hatten: ‹1000 Mark für 1 Nacht!›?; da hatte kaum Eine widerstan ... : war *die* Wendung heute nich *auch* schon ma gefallen?).
Na immerhin: ich würde mich künftig rühmen können, ihren Nabel gesehen zu haben. (Murmeln-probieren – sicherlich würde mein Gesicht ein'n Grand-ßeigneurischen Ausdruck; aber zu *dem* Spiegel ging *ich* freiwillich nich mehr hin! – also ganz blasiert, halb John halb Tenor ä: ‹*Der*-Ihr'n Nabl hab'ich auch schon ma ge-

sehn. ›). Die ‹ Antwort der Tiefe › blieb nicht aus : es schtöhnte von irgendwoher, (wenn's der Deuwel wollte, kam das aus *meinem* Mund !); aber da ich Tiefen nicht schätze, (‹ Aquarien › ja; das iss was für Uns), erwiderte ich nichts; sondern empfand nur, gedrückt & amüsiert in Einem, wie meine heutige Basislosigkeit immer noch zunahm. Aber a) soll man als Reisender ja wohl so sein; und b) wird halt alles kleiner-gröber, wenn man altered.

Im Kruk Wonngällon – : auch das der blanke Tiefsinn, ‹ Wonne + Galle ›; kam ich, Ichindenbestenjahren, mir etwa schon vor, wie der Alte aus ‹ Immensee › ? – noch ein Vützchen Vlüssichkeit ? Libethrisch-pimplejisch. Ich bemächtichte mich seiner mit ruhig-fester Besitzerhand, (‹ Heuteblau, & Morgenblau ›) : Nein ! ; es hatte keinen Sinn, DAS GANZE. Mit andern, deutlicheren Worten : 1 großen Schluck. (Und zwar *IHR*, der ‹ seltsamen Tochter Jovis › ! ; ich nickte ihr auch gleich ein heiseres ‹ Alaaf › an die hölzerne Kammerwand.) Selbstverständlich gerät das Alter immer mehr zu einem Selbstgespräch in einer verfallenen Ziegelei, einem Mono-Mimus vor einem welligen Spiegel, (das dritte Gleichnis erfand ich absichtlich nich : speziell diesen Drei-Zwang meinen Bekannten zu überlassen, hatte ich mich sorgfältig erzogen. Und auch elegisch ans schwitzende Fenster zu schreiben, lag kein Grund vor.) Eine, in meiner Situation sehr begrüßenswerte, gummi-nasty'je Unverbindlichkeit schien Kontakt mit mir aufnehmen zu wollen ? – : » Angenehm; Düsterhenn. «

Ich bückte mich über den Tisch, (‹ Roßkamm mit Windlicht › fiel mir ein : so trüb funzlte das); ich beschrieb einen Zettel – halt ! ; ja in unsrer ältlichen spitzen Schulfraktur; (die, ich hatt'es neulich erst staunend wieder vernommen, die Jüngeren gar nicht mehr entziffern konnten : ich hatte ihnen hoffnungslos passé geschienen, ein Zeitgenosse des ‹ STRICKERS ›; well, that's life) – :

FÜR RIEKE

1 Ecke um-knikkn, (ich nehm' da immer die rechte-obere), und 1 güldenes 20-Frank-Stück drunterlegen : das würde sie also dann, morgen um 6 Uhr in der Frühe, (nachdem sie sich vergeblich-zärtlich über's leere Bett geneigt hätte), finden. Ich muß mich ja fürs Krug-Rauftragen revanchieren; dachte ich listig. (Wie komisch : ‹ Keine-Liebe › mehr; auch nicht auf den 5. oder 6. Blick ! –.) Bis mir endlich einfiel, itzt auf meine alten Tage : daß das-damals ja mit ‹ Liebe › überhaupt nichts zu tun gehabt hatte ! Ebenso wenig wie POE's Definition : schönfarbige Gedankenspiele waren das, nichts weiter; durch Zuphall an zu-Felligem befesticht; (obwohl selbstredend irgendwie-läppisch de terre miniert : ‹ Das LG ist wichtiger als sein Anlaß ›; mir viel auf einmal Sophiles ein . . . . .). / : ‹ Noch n Schluck, Orje ? › – : klar; noch'n Schluck. Der erwähnte ‹ Anlaß › war ja wohl danach. (Immerhin aufpassen, daß die Gegen-Stände & Vor-Stellungen kein minuit-Menuett begännen.)
Noch einmal den Zettel weg gehoben – : da lag das Ding; 1 goldrundes Chryse-Inselchen im runzlijn Holz-Meer; mundus nicht sonderlich intelligibilis. (Da müßte Einer schon weit sein, um sich als Pseudonym ‹ PONTUS EUXINUS › zu wählen – nå, vielleicht komm'ich noch da hin. / Kopfschütteln, & wieder draufdecken; behutsam.)

Nee : lieber die Nacht durch wandern, wenn's sein muß. Direkt regnen würd's hoffentlich nich; und meine Rechnung mit diesem Teil der Welt hatt'ich nachweisbar abgeschlossen. Und wenn's nur bis zum nächsten Dorf wäre. (Dessen Gasthaus hoffentlich noch offen stand; das heißt : Wer in Gold zahlt, darf sich fast-Jeden 'rauszuklopfen erkühnen.) Auch war ich lange nicht durch solch Spezialgemisch aus Herbstnacht & Milchglashimmel notierend gewallfahrtet – : wie unternehmend dieser Orje war; ich kannte ihn kaum wieder; (falls er nich bloß Angst hatte). / Aber vorher nochma auf'n Topf : daß ich die erste halbe Stunde zumindest unbehindert-wacker ausschreiten kann. (Unwürdig, dies unterm Bett Hervorangeln !). – Und stehen; und warten; (‹ Der Kopf groß & stumpf, mit weitem Maul ›); einen beschund'nen Ämalie-Hohlraum in der Rechten; am Bauch 1 schlafes Hörnchen, es roch, (‹ Das Buch ESROCH ›); Bifurkationen von Adern, Stachel-Beerijes, (Übermir die Maus), und das nahm wiederma kein Ende : soviel hatt'ich doch gar nich . . . . : hf-hf-ä, hf-hf-ä : *stinken* tat der Dreck ! – Mensch Ichidiot : das würde Sie ja morgen Früh nun *auch* finden ! Ich schämte mich aufs absurdeste. (Und verfiel, um wenigstens das Aroma zu verbessern, darauf, 1 Schuß Schnaps hinein zu tun : – ? – worauf das Odeur, und zwar schlagartig, so höllisch wurde, daß mir der Kopf davor zurückprallte. – Bloß schaudernd abstellen !). –

: hatte ich sonst Alles ? : Mütze auf; Krug in der Hand; Tasche unter denselben Arm geklemmt. – Achso, das Ende Wurst noch; falls Kirby draußen rumstrich, sollte er's doch haben. (Übrigens ooch wieder 'ne ziemlich verrückte Ausrüstung für eine Nachtfahrt; zumal ich mir, um die Rechte für's Treppengeländer frei zu haben, die Wurst behelfsmäßig noch würde in den Mund stecken müssen – na, man war halt Künstler.) Ich öffnete, leis', die Tür.....? –

In den Tiefen des Hauses hatte es begonnen, auf eine widerliche Art Null Uhr zu schlagen. Was ich, als alter Taktiker, (und im Augenblick sowieso ä ßädder änd ä ueiser Männ), sehr bald benützte, um meine Tappung zu tarnen. / Unten: zur großen Haustür ging ich gar nich erst hin, (die würde eh versperrt sein); dafür aber zum nächsten Flur-Fenster. Ehe ich es auf-wirbelte noch 1 letzter Blick-zurück –: Tz!; Wahnsinn, Du siegst. (Ob ich dem Wirt, dem Angeber, aus schierer Bosheit 1 Duftmarkierung zurücklasse? Ich hätte grade einen schönen auf der Fanne gehabt. Musterte dann aber, etwas nüchterner, den vielzu geräumigen Vorraum: nou juhs. Erstens vertater sich bis morgen; und zweitens waren derihre Nasen viel zu taub.) Ich schwang mich lieber, über den eigenen Hintern weg, zum Fenster hinaus: anmutig ist's, der Jugendlieb' begegnen.

: stand ich auch fest? – Doch. (Und erstma die Augen schließen; daß sie sich an die Nacht gewöhnen: Vor allem, wenn die Heirat unterblieben!). –

TERPSICHORE

Als zweiter meiner Sinne meldete sich, ich hatte mir's fast schon gedacht, die Nase. Ich, als Laie, unterschied zwar nur Kuhdreck und verfaulte Rüben; drückte derweil aber, um nicht gänzlich untätig zu sein, nochmal mit dem Rücken die Fensterflügel etwas fester an. / Dann

Augen auf : – ; – : die Straße war es, (worauf ich mich dito gefaßt gemacht hatte), nicht. Dazu waren die schwarzen Auf- & Seitenrisse der Hausförmichkeiten zu nahe; ergo ein Hofraum. Ich begann, und zwar aus besten Gründen *nicht* der Nase nach, sehr langsam vor zu schreiten : schier bei jedem Schritt wurde der Himmel bleicher, (und in diesem Fall folglich freundlicher : richtig; der Mond würde sich ja, wenn auch schon beträchtlich tiefer, noch irgendwo rumzutummeln haben). Schon roch ich den 10 m langen Rüben-Marmorkuchen, links neben mir, nicht nur; sondern erkannte auch die Stroh-Spitzen, mit denen man ihn oben garniert hatte. Als ich um ihn herumbog, tat sich in dem hohen Schattenwall ein gewölbt Portal auf : ins Freie. Ich trat, versteht sich, sofort darunter, und lukte – ? Dann umdrehen – : Mensch, das war doch der Hof von vorhin ! Wo der Knecht sie auf's schlafende Auge okuliert hatte; (gab es nicht auch ein hort-i-cules ‹ Pfropfen in den Spalt ›, bebend unsäglich immerneu ? S-top, nichts da : ein großer Gedankenreisender (‹ Reisender in Gedanken ›) das ja; aber bitte kein Globen-Trottel mehr.) Jetz wußt'ich genau, wo ich war : links runter; links rum. Und dann immer grade aus; 3-fach merkwürdjen Geisterschritts.

Noch ein bißchen zögern; und die Abschiedsstimmung genießen. (Einmal konnte ich mir's, ohnehin zur Nacht entschlossen, jetzt leisten; und außerdem wurde Alles, selbst für ein tiefliegendes Auge, ja nur immer noch deutlicher : es war doch schon verdammt wüst & winterlich !). Hm. – Wäre, ehe ich des Teufels Tenne endgültig verließe, um allein die Herbstnacht zu erproben (richtiger wohl zu übertreiben), nicht vielleicht doch noch

1 kleinster Schluck prophylaktisch angezeigt ? Ich trat zu diesem Behuf, verschämt wie ich immer war, nochmals etwas in den Hofraum zurück. Hob den Krug, den erdwärts gekehrt- mit Umsicht getragnen, mühsam zum Sängermund – (auch wieder eine Attitüde, des alten Herrn SHANDY würdig : unterm linken den SYNTAX geklemmt; 3 Finger der Rechten mühten sich, mit 1 Fuß Wurst das gleiche zu leisten; in der Mitte ein Gallonen-Sklave, dem sich gemästetster Mief plattfootig nahte : ‹ Absetzen Orje. ›) Beim Befestigen des Korkens ergab sich (nicht etwa aus List; vielmehr ganz en passant) unweit von mir ein Licht-Ritz; schmal aber sehr scharf : ! Ich mußte säufzen; denn zweifelsohne wollte hier wieder etwas notiert sein; (und wozu ist schließlich der Sänger da, wenn nicht um das Uni- sive Perversum mitzustenografieren ? Allen zum Anstoß, Keinem zur rechten Freude. Ich echste noch einmal; und begab mich dann, ‹ flicht bewußt ›, in Richtung Leuchtschlitz). Dieses war gar nich so einfach, und mein Nahen mehr ein Klimmen : man hatte anschein'nd eine größere Anzahl Fichtenstämme hier gelagert; um sie dann, am stillen Herd zur Winterszeit, brutal durch den Ersteren zu jagen – ich erklomm das Gerüll, kummervoll & möglichstleise, vermittelst jener Mühe, die so langes-rundes uns Nichtmehr-Greiff-Füßern zu bereiten pflegt. Regelte dann meinen, gewürzig gewordenen, Sänger-Odem. Und bettet das große Auge .....

..... : Madonna mia Cara !

: Jägerinnen, wie ich sie so noch ny sah; (‹ das sag ich Euch : 1 Kerl, der onaniert ? ! ›). Wer Unrecht hatte, war natürlich wieder ma einwandfrei Ben Akiba; (im Gegensatz zu ihm ich, schlitzhäutig, leicht an Verschalung

lehnend..... : mi follere canzon, was'n Landstrich das-hier!). –
Das Innere einer (schlecht beleuchteten) Riesinnen-Scheune : irische Gardinen schwankten; Strohe bündelten; um MEG mit dem Fötnantlitz. / LENE, das Schlangenmensch, über ein Aluminiumwännchen gekniet, die nassn Zähne vor irgendeinem Einphalls-Winkel goldschimmernd; (und zwischen ihren Schulterblättern ereignete sich doch allerlei Zier & Ausbündigkeit. / Jene HERMINE, ganz rock-&-roull-Schinkn, ließ ihre Kot'letz wimmeln. / Und endlich die Letzte, die ALEX gerufen wurde, mit blondbraunem Haar bis auf die gottesgabigen Schultern. – Ihre dreiviertellangen Hirschkalbfelle, die Bekleidung der Eingeweihden, (wie sie auch in WILSEDE die Leute auf jenen gar nicht unbloxbergijn Hügel kutschieren), hing von einem dicken Ständer herunter; (und daneben 1 armseliges, vor Kürzestem noch lustiglebendes Kleinst-Kaninchen : ich trampelte mentaliter & fluchte auf das grausam-flexible Volk!).
Senkrecht aus dem geschlagenen Lehm eine hohe pintförmije Taschenlampe (3 Batterien über'nander, mindestens). Niedlich befleischte Händchen im kleinen Koffer; Füßchen mit hohem Spann auf Kamelhaardecken (‹von Nordchinesischen Tieren› : Fastgans entpuppte Puppm auf sogutwie Unverwüstlichem). / Der Einen stand die bunt-gepantherte Bluse noch offen; (sonst hatte sie freilich nichts mehr an; der Powaritsch ein glatter CANOVA). – Begegenseitigung; (‹Der Mimus von Mir, Ihr & den Mäggis›), sie gingen sich um die Bärte : hie ein titt-anischer Mop, zwie-Bäckig akrobatschelnd. Dort 1 Ohrkuß samt Babysprache der Liebenden, (und vielfettes Stieren : sie ölten sich hastig mit Gelees, und

schienen sich selbst gehören zu wollen.) LENE LANGE hatte sich aus dem Hand-Köfferchen (das demnach die Heiligengeräte barg) den über-mäßigen Zapfen aus Kunstharz geholt; bestreute ihn mit einem Gemisch, (sagnwa ‹Salz Asche & Feffer›?), Fibel-Hände zu feeble-Augen band sie ihn vor; näherte sich, im verrenktn Drittn Gang der rossig MEGgerndn (dies die Novizin, was?). Sie küßten sich aneinander empor; trampelten, auf der Spitze des Hügels angelangt, furchtbar auf; alberten in Gallertfalbeln, beperlt – und dann Wienerte sie ihr agathodärmiges Cunteßchen, (Vermischung diverser Techniken übrigens; ein rechter Hexenstich) – bis übers Perlmutterknie war sie-in-sie eingesunken.
Aber auch die-hier, ALEX auf HERMIONE, schonten sich nicht: mi sur le do paukten sie sich mit dummfschallenden H'enden, bauchbläsich unterschlechtich schleebäuchich, Haarich contra Haarich, (STRECKFUSZ' Liebesprobe), Potz Tittsian & Pimporetto, Giorgionenhäuptich & Bellynistielig. Beine ringelritten (kleine Aluminium-Sporen an den blühenden Mennige-Hakken), frigstressig Poly-Pritscheln in speib'reiten Mitteltümern, überwölbt vom hohen Rückenbogen, Klo-to'sch Minnetutn & Lach-Gesiss. Wo sonst Worte waren, hausten itzt Schnatter, Minyasmen & Gluckchern, süße Mundkunst beim Riekengevipe (oh, bloß nicht *da*ran denkn!). / Übrigens ein klarer Phall: die blondstählerne ALEX ebenso, wie LENE'ns gepflegte Magerkeit: die Stierin mit dem Silberhorn; (sie tauschtn just; und die jungen Punzn unktn & quakkertngleich, mehrbusich-gensefettich): auch dieser neue Mengling, mort auf mort, micksDe nicht minder bausprit änd radder, ein menschlichster Takt. (1 hohler Zahn, 1 hohler Berg; eine jägliche ihr Brunzgespons.)

Aber die Schatten verknauften sich, Händl-süchtich, vor meinen überforderten Blicken, ob Klinkermädchen ob Mahoganygörl, die waldigen Berge das Tal, (auch kurzes Haar müßte Einem eigentlich zu Berge stehen dürfen : wenn man in einem wirklich Freien Staate lebte, wären durchaus ‹ Gesangbücher für Lesbierinnen › möglich, für Bielweise Bockschickerinnen Druthen & Galsterweiber). / Freilich was diese LENE hier wieder stichlinks trieb, schweißgeschmeidig, schmuck & schnippe, (und die Leffzn der Unteren schnepperten & quicksalbten ; Halla-Li Halla-loh – mir fiel gleich wieder die Jägertapete ein : wenn ich bloß diese Herstellerfirma gewußt hätte ; *ein'* Raum würd'ich mir bestimmt damit austappezieren, feinsinnijen Besuchern zum Tort !). / Ihr Bauch fing an zu pfauchen, so tat sie den Diana-Dip ! Und ob auch die andre Dyke neben-ihr co-puhlierte, daß HERMINCHEN schimmelgeritten zu wiehern begunnte, (Wadenrundum, eberhardt oder auch schlotternd, je nach Aggregatzustand), die feuchte Fixe, hüfthornissig durch duftende Sackgäßchen biegelnd, hetzte, Hufe im Kreuz, winzbräutlich voran, so schlamm wie sie nur cunt, in einem Tem-Po fatschend, daß die Echos, stotternd vom Sims, nich mehr mit kam'. (Einmal, da ich, kopfschüttelnd, den Krug an setzte – manchma habich soden eindruck – jammerte die Wand ; und sie stutsten : ? – schrieben's aber dann tuttltaub, doch dem Himmlischn Kind aufs Konto.) Obschon sie-sich, surr-summ, bald darauf erhoben, (: 4 tiefgespaltene Bleichmonde erhellten da die Tenne). / : » Nahaddas weh getan ? «, erkundigte sich LENE ? Und MEG schüttelte sich begeistert : au countraire : ‹ Mehr-Mère ! › (Sie blähtn schon wieder die Bäuche.)

Aber auch meine ‹ Stellung › konnte ohne Übertreibung als kompliziert bezeichnet werden : nur an 3 Punkten befestigt, rechter Fuß, linker Fuß, linke Schulter, (die rechte bog ich soeben möglichst weit wandab, um ein Filosofenschlücklein zu tätigen – ein im höchsten Stehen Hinschmälzender, Allegorie intensiver Gegenwart – hoffentlich waren die Schtemme nich allzu harzick, ‹ Schwan von Schadewalde kleb an › : sehr riektick, auch Zecken würde ich mir demnächst ein paar zu ziehen haben; (hoffentlich nich wieder an der Eichel, wie einmal als Twen; das war sehr onangenehm gewesen). Und was das Verdienstvolle frühzeitiger Beesexualität anbetrifft, so wahr ich nicht entfernt Kenner. Immerhin schien's den armen Dingern ein'n Morts-Spaß zu machen.) /

? Und warum ei'ntlich ‹ arm › ? : ‹ Wenn Liegen stehen heißt, so stand es gut um sie ›. Jawwarúmm ?; ich wußt' es selber nich. / Aber, savvey, das wäre was für Meister Roland gewesen; der hatte ständig irgend'ne Arbeit in dieser Richtung unter der Feder; jegliche davon mit Aufnahmen, die einen auch nur einigermaßen ideal veranlagten Jüngling im Blattumdrehen zum Atheisten gemacht hätten, und zwar für die restlichen 20 Jahre seines Lebens ! Diese Ärzte ha'm ja Möglichkeiten, von den' sich der normale Erdenwurm, mit 3 *lll*, nichts träumen läßt, (bzw. wenn schon träumen, so doch nicht annähernd das Wahre : stiellose Pfannen, oval runzlich behaart, die sich nach Eiern sehnten; von denen gleich einhalb S-tieg faulster Sorte daneben; dann wieder 'ne allerblauste Blum' der Ritterschaft, und so ging es fürder, möglichst Alles farbich-tz). Dabei war er, (Roland), was die Aktivseite anbelangt, nicht einmal halb so schlimm –

unsre Fähigkeit, Schwarze Messen zu celebriren, ist, Mutter Natur sey Danck, ja ziemlich begrinzt – aber vielleicht gibt schon das bloße Wörtlein ‹ Höhensonne › zu denken? Der bombylophorme Summsang des Schmalfilmapparates werde (wie er uns erklärt, auch ad o culus dämonstriert hatte) nicht nur begierich als lab'oratorisch-hinreißender Mille-lieu-Klang akzeptiert, sondern wirke überdem hipp-notisch auflokkernd : die eigene Hand schlendere unwillkürlich an Einer hinunter. In besonders verkrampften Fellen credenze die Sprechstundenhilfe, maskulin weißgewappnet, halb Templeisin halb Engelserscheinung, ein harmloses Schlückchen Äther; (‹ Das Buch ETHER › : er wisse es jetzt, wie die Seele gebaut sei, pflegte er neuerdings ruhig zu erklären; und dabei einen queer-Schnitt von dem Ding rum gehen zu lassen, daß allen Anwesenden graute; übrigens sei FREUD der Mann; und JUNG, schnippisch & unklar, nich viel mehr als 'n Rückschritt). Und was Denen an statistisch-tausensassijem Material noch gemangelt hatte, lieferte, in selbst Die überraschender Fülle, der ‹ Röntgen-Bus ›, MEGanthropoussirend von Dorf zu Dorf, elfenbeintürmend gürtelrossig busserlbusig – einmal, im vertrauten Zirkel, weit hinter Mitternacht, hatte er's, bei der Flasche, angedeutet : wie man da die intressantesten Phormen ein Stück zurück treten ließe – : ‹ Bitte ma die Hände im Genick verschränken. – Tiefatmen : *und* anhaltn – › – während unermüdliche Tonbandapparate, (das Mikrofon draußen, neben der Gangway), indes die Gespräche der Dorfbewohner aufzeichneten, fröstelnd & geil : die bekamen dann Volkskundler zur Auswertung, beziehungsweise die Germanisten von der Slang-Lexikon-Redaktion, (‹ einst hört in salva terra Perilous süß

Getön ›; eines der Nebenergebnisse bestand jetzt schon in der, selbstredend sorgsam ‹ im Fach › gehüteten, Einsicht in die lächerliche Unrealistik sämtlicher bisherijen Literatur). Daß Meinungsforscher und einzelne Parteien, gegen hohe Gebühren, im Abonnement Auszüge daraus erhielten, versteht sich wohl von selbst, (damit finanzierten Die dann ‹ weitere Teile › ihrer entsagungsfollen wissenschaftlichen Tätigkeit); als sich jedoch 1 Regierung (die er nicht näher bezeichnen wollte) samt den ihr unterstellten Geheimorganisationen gratis ebenfalls einzuschalten gedachte, habe man – in ungeheuchelter Entrüstung, wie sie dem aufrechten Forscher so wohl ansteht – die drohend bepißtoltn Emissäre schon im Vorraum derart mit Strahlen gefoltert, daß sie's bis ins Ultraviolette Ende gespürt & freiwillig um Pardon gebeten hätten; (den ‹ Drogen-Anhauch › oder gar das ‹ Dreimal Glühende Licht › hätte man sich sparen können). Und mußte doch nach innen kichern : irgendwie wurde die gesamte Umgebung der Kerls, und zwar gewissermaßen ganz organisch, so leicht meschugge : Roland besaß, als besondere Rarität, *2 schwule Kater* ! Er hatte selbstverständlich in seiner Fachzeitschrift sofort über diesen ‹ Fall von Homoerotik im Tierreich › berichtet, ‹ mit Abbildungen ›, versteht sich; ja, anfangs sogar unter voller Namensnennung der beiden Beteiligten – nur mit Mühe hatten wir ihn davon abbringen können; (sowas gehört sich ja nich; er hatte sich am Ende denn auch, obschon unter ständigem Protestieren, zu ‹ Hodge › und ‹ Hidigeigei › verstanden). Es mag völlig unglaubwürdig klingen, aber es gibt noch nicht 1 ausführliche, werk-gerechte Beschreibung des, nennen wir's ‹ Bleistiftanspitzens ›; vom Röntgen-Busen ganz zu schweigen.

Man *könnte* das *schon;* und gar nich etwa bloß schokkierend unter Tittln wie ‹ Hosn runter! ›, sondern hochkünstlerisch & dem gewaltigen Triebe angemessen; aber das würde mit unziemlicher Sicherheit bei uns nicht nur diffamiert (nach der Losung ‹ heimlich Wein, öffentlich Wasser ›), sondern schlankweg bestraft werden : wenn die Regierungen 1 Sorte Künstler ganz besonders hassen, dann sind das die ‹ Naturalisten ›. Ich hatte einmal, mit diesen meinen eigenen Ohren, einen ‹ führenden Politiker › in vollster Überzeugung erklären hören : ‹ Kunst brauche's eigentlich gar nich zu geben › – von seinem Standpunkt aus verständlich; denn ‹ Kunst › setzt ‹ Beobachtung › der Umwelt voraus, diese wiederum ‹ Tatsachensinn › : und *der* ist ja so ziemlich das Überflüssigste in den Augen der Regierenden; (zumindest bei den Regierten : je weitreichender die Artillerie, desto kurzsichtiger dürfen die Kanoniere sein.) / Besser abbrechen; gefährliche Gedankengänge, die vor allem meinem augenblicklichen lyrischen Vorhaben nicht nur nichtsnutzten, sondern mir sogar die Leier verstimmen konnten – ich legte lieber nochma das Auge an ..... : ?

: sie steckten sich gerade Obst. In den Mund : ein blasser breiter Wanst, heiße MEG, unter him-bear-Spitzen. Teelöffelte eine halbierte Grapefruit aus deren eigener Schale. LENE's sexförtige Heidexigkeit, ein Genie des Kreuzes. Müßige Hüfthalter an unberußter Wand. HERMINE'ns Mitte proustete ALPdrükkich, eine unerhört Bleiche braut. Mir über die Schulter, bis an die Augen verschleiert, eine Sorte Mond, never seen in the settlements. Die körperlich FittesDe schien immer noch jene ALEX, (ein Typ, hinter der wohl schon Jeder einmal hergeschaut hat; auch diesmal reekte sie ihren Stern mir zu;

und jenes so oft mir schon Gekommene schien mir wieder zu kommen wie Neues). Sie gaben sich ein paar mädchenwonderschnarrije Stichworte; rieben sich hastig die pulse (Hülsenfrüchtchen) mit Balsam. Und begannen dann den Großen GORMAGON!
: ‹Gomorrha Dir!› : ‹Und Dir ein Sodom!› : so drehten sie sich im Höheren MALTHUSiasmus, und Schattn nikktn Beyphall reyn, (in Menschenrittsn wildverworrn), ein Rundlauf ventres à terre. Allihre Laute kamen allmählich auf Rollschuhen einher; oder auf w'abb-Wegen : LENdn schlanktn um weichselbezopfte mennig Grottn, knorpeltolle Patschchen wollhandkrabbelten, Flammingoarme halsten bestoßene Becken, zeitweilig unerfaßte Rundungen hupften auf der Stelle, chaokoontisch, j'Allah & injalbärtich : Zottel klebten zwerchfell dünten vögelfüßlich wipes Gewhippe hüfte Küssen glocken bammeln heute spreizen Blumen muskeln Irißschiff aus Honichkimmung das verschlang sich pimpelbunter arseblond in der Sahaara : ein kottytischer Hornpeip, mit obligaten Firlefórtzen, (deren duodäzije Laute man freilich mit dem eifrich-süchtigsten Munde nicht mehr hätte nachbilden können : Die zeugete kein sterblich Howth!).
/ Immerhin wurde es fühlbar kühler hierbei mir. Und auch langweilig. (Nicht daß ich das Leben en bloc zu verleumden gedächte : *ich* weiß sehr wohl noch zu unterscheiden, ob der ganze Kosmos abnimmt, oder man bloß ich-selber; aber das Meiste war schon ziemlich doof. Natürlich gab's auch ab & an ne gelungene Stelle im Universum; aber die Mehrzahl der Produkte jenes sete Boss war Fusch-Werk, schnell & schludrich, wie vo'm alten-frechen Handwerksburschen : wenn's n Buch wär', würde der Autor schon das seinige zu hören bekomm'm.

Aber so kuschschtn se Alle.) – Ich unternahm noch einmal etwas gegen die Kühlte; (keine Angst; ich kenn' mein Maß). Und begann eine letzte Blickungs-Serie; (bevor ich ab ging) :
: genug gebauscht genug gebogen ! / LENE – (: *auch* Medizinerin, genau wie Roland : *das* müßte eine Brut ergeben !) – puderte bereits alle erreich-baren Achselhöhlen; (wenn *ich* ein'n Rat geben darf : mit Jacutin; Vermeidung des Gewanz : ‹ Verwanzung des Gemaids ›). Sie trellerte dazu, phallsch & heiseler, ein langes Lied; (die Schlimmsten von Dehnen sollten, Roland behauptete das jedenfalls, einen Geheim-Zinken eintätowiert haben – ich könnte ihn wohl hersetzen, und die genaue Stelle nicht minder; aber darauf steht bei uns Karlsruhe). / Gegacktes brunste : ein MiegeMEGken. / ALEX, ganz stolz-besonnene Heroinnen-Profi, (naive Kolben hätten sie glatt als ‹ Kniende › in einen Bildband mit Rassefratzen aufgenommen. Und sich dann womöglich furchtbar gewundert), barg bereits die Verspunderschurze und Zureiterwischhandtücher im Stiftskoffer. / Während HERMIN'chen, rot wie'n Carfi, noch den False-Staff beprilte; ihn auch, er Götzlich, gegen's Licht hob, und ‹ ablaufen › ließ, thyrsinnig lang & dikk, (& ab-Trokknung & hin-Gebung). / Sie bekleideten sich, die Jägerinen; zum überwiegenden Teil gegenseitig, wobei sie sich fleißig Komplimente machten; (allerdings nicht mit ‹ Jäger ›-Hemden, ‹ Mein System › : das war auch so ein Vogel gewesen, dieser spezielle Gustav, der seine Seele, zwar spät aber doch, auf dem Umweg über die Nase entdeckt hatte !). Neinein : hier wurde der eine Rücken dunkelgrün, (der Bauch dafür hochgelb & schwarz getüpfelt : Zunge glatt, Hände fahl). Hier ein

violetter Schlafanzug, mittelbraun gestreift, (dolle Zusamm'stellung!). Dort der hauchigste Morgenrock meiner Bekanntschaft, ganz grau & seidig. Und LENE natürlich in engsten Strumpfhosen und ei'm Dittopullower, kohlschwarz wie eine Gottesanbeterin aus der Tiefsee. (Ihre Ruten Schwippen Gerten Geißeln lehnten gesellig um einen Pfosten. Der sich nach oben in dämmernde Balkengespinste verlor.) / Kauern & ‹Gesichter machen›; (wie wenn sie zuvor keine gehabt hätten!). Sie belegten ihre Augen mit Puk; und belousch'ntn einander die abgeschweißtesten Stellen. Sie benannten die Salben, die sie sich, genau dosiert, an die richtigen Plätzchen strichen, auf gut Kosmetisch; d.i. eine von Mittelschülerinnen erfundene (& gesprochene) Lingua Franca, Chná, use it freely: sie schüttelten die Fläschelchen wie baare Mixerinnen, aparte Farben apartere Formen; sie raunten von Bess BOG und Ruben Stejn; sie knieten zwangloser, und bewunderten laß ihre rosigen Kiemen. / Naschten auch Nahrung; (diese ‹Nüsse› sind ja prächtige Gebilde: die Gehirne der Wällschen, die Süßherzen der Haseln, die Monde der Paras; das Paradies & die Peri). Sie löffelten Crème de la Crème und Melassen; mit rauhen halbverbrannten Lippen, (die nach Senoussi schmecken mußten: ich hatte eig'ntlich noch nie ne Rauche rinn; wohl weil ich selber nich). Schaumschlucke aus fanta-vollen Flaschen (‹Da sitzt Kraft dahinter!›); sie leuchteten auch gar zu schön; um Mitternacht. / LENE hatte einen langen roten Faden aufgetrieben; knotete ihn, verschlagen lachend, zu einem Groß-Kreis: ! Da kniete ihre MEG, porz'llanputtanaköpfigbegeistert, gleich zu ihr hinüberer; sie hoben kundrysche Hände, zum zweimal 10-Finger-System – – und legten dann doch ein Cat's Cradle hin, daß selbst ich erstaunte; (unsre Mutter hatte uns-Kindern wohl auch solch ‹ Abheben › beigebracht; aber was Die-hier am Faden spielten, schlug alles pornisch-narzisch Dagewesene! – Grade daß sie an den schwierigeren Stellen die Köpfe etwas schief legten) : »Hatschi!!« – verflucht, jetzt hatt'ich geniest! Ausgerechnet ins Klaff. – : ? – hoffentlich –. Aber sie schienen nichts vernommen zu haben. (Nur LENE bog den hohen Kopf noch etwas schräger. HERMINE sah von ihrem Lehrbuch des Autofahrens auf & memorierte was. Und ALEX mußte anschein'nd ma ausgiebiger; sie entschuldigte sich kurz.) ‹ Auto-Ausdrückungen ›; auch so was : die ganze Sprache ist ja irgendwie sexuell superfoetirt! Wenn man Die jetz wieder so von ‹ Pumpen-Kühlung › bühnenflüstern hörte – und die Andern nikktn ihr gleich aufmunternd zu – von ‹ Auspuff › und ‹ Ansaugen ›; alles aus halbgedämpfter ‹ Drosselklappe ›; irgendein, mir unbekanntes, ‹ Kreuzgelenk › ‹ gab Gas ›; und ihre 6 ‹ Kuppler-Pedale › traten brommstremmlijer auf die .....

: !!! – :

: und

torkelte doch hinter mich, wie von einer Tribade gestochen : *SOEINE RECHTSVERKEHRTE* hatt'ich in meinem ganzen Leben noch nich einstecken müssen! – Hyänentrittlynx : ich starrte in ALEX' Rasseprofil; deren Blondhaar sich zu schlängeln an hoop : sie lachte Wut-Thränen bei meinem Anblick; und heulte zwischendurch auf, wie die Bohra persönlich – ich verlor gleich den Kopf! Die Fichtenstämme auf denen ich fußte, gerieten ins Rollen, (prompt war's, als ob etwas den Fuß mir versehrte!); GOttlob mußte auch sie dem teufels-

klemmigen Geflöße erst einmal ausweichen : ‹ Des Sengers Phall › .....
..... Rennenmensch ! Nischt wie renn'n : ..... ! / ..... : ! ! : fing's nicht im scheunen All zu rascheln, dann zu toben an ? ..... : ! ! !

THALIA

: ochsengroßes Hundegebell ? ! – Ich war aus Verwirrung (und wohl auch, weil mich die Gällon, am freien rechten Arm, schlenkernd necessitirte) ein Stückchen rechts sandwegan gelaufen. Wurde nun aber hellwach; riß mich auf dem Absatz herum, und fing ernstlich an, zu entspringen : *das* war nun *kein* Spaß mehr ! Für mich alterndes Halbweltergewicht hätten vermutlich 2 der Elastischen mehr als genügt ..... : rennen Mensch ! : wenn nich gar LENE allein; diese Medici wissen so schmerzhafte Stellen, daß man sofort zusamm'bricht. Geschweige denn 4 solcher Focksmäidns *plus* Kirby : ich Floh & flitzte, daß es mich selbst erstaunte ! (Ändrue O'Phlegeton, you really make haste to fly !).
: » *HETZ ! HETZ ! ! !* « – Keile aus Kreischen, und : » Faß, Kirby faß ! ! ! « : ándaándaánda-dáledáledále meine Kunststoffsohlen ertönten wie Kastagnetten : *GO*spodin pomilui Die nahm' bestimmt kein Wergeld ! Wenn ich bloß den linken Arm nich so ankneifn brauchte – : » *HAZZA ! VITE-VITE ! ! !* «, und ein Gegrölze scholl hinter mir auf, derart baßdicht, daß der Hund bis jetz lautlos galoppiert sein mußte, so freute er sich, daß er mich hatte, noch 2 Sprünge & ich speiste ...... beziehungsweise als Aufwärter bei dessen

Tafelrunde von 12 a Posslnreißern – anschein'nd erleuchtete mich der Hohe Name automatisch ob ich wollte oder nicht, denn meine Linke schlenkerte kümmerlich das Ende Wurst nach hintn weg – : ? – er schien es im Lauf gefangen zu haben (und leidlich bestechlich zu sein; denn ich spürte sein' heißn Atem nich mehr direkt so im Genick) : aber *meiner* wurde kolben-stößich –
: » *TSCHITO-TSCHITO ! ! !* « gehessich hell & grell : *so nahe* para-diddeltn jetz *die* harten Hufe, so fiff die mir adherrierende Luft bereiz von Rutn-Streichn – ich spürte, wie sich mir der Bast von'n Hakken schälte Wie flogn rächz wie flogn lynx die dörrferschtet & Flekkn ! Ich sprintete dahin unterm blutigen Schaffott des Monz, ich hing ihm unwillkürlich die flehende Hechelzunge hinüber, und während ich Allahkaronjunior übers Brückchen trommelschlegelte däddie-mämmie däddie-mämmie hatte mich's erwischt : !
: 1 erster Querhieb von links, schädelstreifig, daß mir wurd' als flöge mit der Monteromütze der Skalp mit : die sich fledermausig machte übers Geländer in den Beck segelflugte (und ihn nun zweifellos in alle Zukunft hinuntertreiben würde) : 4 Er-folgtihm-Lachen quittierten mir so schrill in beidn Ohrn : wenn ich mich um zingeln ließ, war ich futtsch : Schaß oh Poet !
: *ich muß den linken Arm frei haben ! !* Ich ließ blutenden Herzens den köstlichen SYNTAX mitsamt Täschchen fallen : es klattschDe, als träfe ihn mitten in der Luft der Hieb, der im Grunde mir gallt (welch treuer Diener seines Herrn : ob Die dem herzelloidn Klang nach sogar mit ihren Cypriporen drein schlugen ? ! : ‹ MIT DEN ZÄHNEN ENTMANNT ! › ich sah die Schlagzeile förmlich, undeutlich-thermofaxig, wie in einem Nachrichter-Magazin nur

gut daß an mir so viel nich mehr zu entmann'n war dennoch hätt'ich ungern grade *die* Haare gelassen : wären Die nich schon vorher entscheidend geschwächt gewesen ich geb auf ich –
– : ? : !!! und erkannte das Lieferauto den Straßenkreuzer! Von vorhin..... Neue Kraft!..... ich hechtete einfach röchelnd an dem Grauen vorbei..... mittn zwischn die Überzieherkartongs hinein..... röch : ‹ *WECK!* › – .....

* * *

(Drei Tausend Meter weiter haltend.)
Er, durch ein KZ-Leben zu schnellstem-klügstem Reagieren geschult, war, ohne groß zu fragen, hinters bibbernde-brabbelnde Steuerrad gesprungen; und hatte die Wilde Jagd erst einmal hoffnungslos distanziert. Jetzt kam er herum, und besah mich kopfschüttelnd; (er hatte das trübleuchtende Hinterteil, mitsamt mir-darin, erstmal einfach offen gelassen). » Danke «, hörte ich ihn sagen. (Bei mir gingen Lunge & Herz noch immer derartig, daß mir war, als bestünde ich nur noch aus diesen Beiden.) – : » Danke – « wiederholte er schärfer, und sah mich an. (Mir war in einem Maße übel, wie seit'm Militär nich mehr, wenn uns die Jabos über die Wiesen hetzten.) Er hatte sich eben achselzukkend abwenden wollen. Erkannte aber anscheinend erst jetzt, *wie hin* ich war. Er legte mir die Hand auf die Schulter; er sagte besorgt : » Nanu – – Menschnskint; schlafm Se mir bloß nich ein hier in mei'm Wagn. «; meinte aber eindeutig den *Bruder* des Schlafes. (Und sitzen; & hechchln. – . –)

Ganz langsam. : nahm die Nacht wieder Formen an. / Links ein Waldstück. Schwarze Weberbäume, finster & still (: aber *schön* still!). Jappm. – Rechts freies Feld : ‹ frei ›! Wunderbar. –. –. –
» Sie könnt'n aber tatsäch'ch noch NURMI beschem'm, « sagte er; erleichterter, als er merkte, daß ich endgültig zu überleben begann. (Achso : ich hätte mich natürlich längst bedanken müssen! – Aber ich vermochte's selbst jetz noch nich, so versagte mir die Stimme am Staube. Ich saß lieber, und wartete, ob der Infarkt noch einmal mit sich hatte spaßen lassen.?) Er schüttelte schon wieder den aschfarbenen Kopf; er zeigte in meinen Schoß : » Was ha'm Se'nn *da* mitgebracht? «, erkundigte er sich neugierig. – Auch ich sah da hin –?
: WONN GÄLLON ! Total unbeschädicht. Ja, sogar noch was *drin* : ich hob ihn mit beiden schlappm Hendn zum Munt; ich schtülpte ihn, ich soff & soff; (daß ihm Angst wurde, und er ihn mir vom Munde ab-bog – da, bei meinem Widerstand, merkte ich erst den fein-schneidenden Schmerz im rechten Fußknöchel : auch das noch! Da würde ich in den nächsten 4 Wochen einen solennen Bluterguß nörsn könn'n.) / Ich barg ihn in meinem Schoß : *wenigstens etwas*! Den würd'ich also künftig 1 Mal pro Monat mit edlem Whisky füllen. Und ihn dann, gedankenvoll, zum Tands der Tausend Stunden leeren können; das haucht aus Aschen noch die Glut empor. (‹ Rote Nase, ein Stadium der Reife ›.) Er harrte geduldig, daß ich zu berichten anfinge. Half mir auch zwischendurch mit nach vorn; neben sich; auf den ‹ Todessitz ›; (nu wenn schonn : bei einem anständigen Menschen lebt am Ende nur noch der Kopf!). –

DIE WASSERSTRASSE

1

Nicht, daß ich meinen Vater nicht gekannt hätte : die Hälfte von ihm, die untere Hälfte, hab' ich peinlich gut gekannt – sie roch mir fast immer zu stark. (Oben drüber dann ein geräucherter hoher Bariton; von der Sorte, wie ich sie folglich heute noch nicht mag); unwillkürlich mußte ich nach oben peilen, astigmatischen Adlerblix : – ? –
– 1 verschleierte, sehr hitzige Nachmittagssonne; (‹ Die Verschleiertn sind die Schlimmstn ›). Und doch auch schon die erste Wolke; die es so eilig über den Himmel hatte, daß sie ein Stück verlor; (immerhin, ‹ des jares tiurste quarte ›; bis zum Abend müßte sich's eigentlich halten –). Ergo den Wanderstab fester fassen, (der sieht bloß so mächtig aus; ist in Wahrheit aus Wacholderholz : ganz leicht, aber natür'ch zähe, ‹ zähe müßt ma noch ma sein ›) : » Halt den Dam'm die Karte etwas gefälliger hin, Felix. « Er grunzte, und gehorsamte. Und die Damen, die bisher, befremdet & gerührt, die sie geschäftig umgebende Ländlichkeit gewürdigt hatten – die beredsamen Gänse; die grasende Pferdesilhouette, ganz ‹ Spielbein ›, aus schmutzigem Kupferblech; das Hundewägelchen, mit dem Eine, die Oberarme breit wie die Beine von Städterinnen, in Wiesenweiten steuerte; die weißgrau-schweigende Katze auf dem Erlenstumpf : » Ich schätze diese Tiere – doch : Pflanzen auch – fast über Gebühr; allein schon deshalb,

weil sie sämtlich Nicht-Kristn sind«. Die Damen also traten näher.

Ruth, Vollebüste-Füllebauch, (ein Wüstenscheich hätte 2 Oasen für sie geboten), griff mit nach dem Rand des Meßtischblattes; (und ihr Nirosta-Ring, mit dem Stein aus der Berliner Mauer, glinste doch schon verdammt ‹angelaufen›: einerseits muß man ja froh sein, daß man Junggeselle ist!). Auch Hel tat 1 Schritt (von völlig unglaubwürdiger Weite) herzu, alle ihre Teens bei sich; und ich sah wieder einmal mehr an ihren 80 Zoll hinauf : 16½, und ein Knochengespinst, das mühelos auf meine 1-83 herabschaute! (Aber das hatte sie vom Vater; der war auch ‹six feet eleven›, oben drauf den zu kleinen, lächerlich bebaretteten Kopf. / ‹Gewachsen› war sie im letzten Jahr anscheinend nicht – was ja auch völlig unnötig gewesen wäre; sie würde's sowieso schwer haben : wenn man wenigstens die *Andeutung* eines Busens gesehen hätte! Aber nichts, garnichts, nich'die Spur jener Äppi-Cycl; was Die-dort im düsteren Bikini barg, war garantiert nichts als ein Werk der Kunst. Dafür um den Hals, auf mitteldünne Schnur gefädelt, ein Zodiakuß aus Haselnüssen : ‹Kein Schmeerbauch, der im mächtigen Armstuhl dampft, wird Dich beleidigen›; oder auch : ‹Abgeleget die Glieder, ausgezogen den Körperbau, ward ich Schatte. – Noch des Staubes 1 wenig : und ich glüh wie ein Funk empor!›; Überschrift ‹Mein Patchen›.) Frau Ruth jedoch, in hochschwarzen Gummistiefeln & rotbraunen Shorts – wie 2 Mandolinenfutterale, nebeneinander, sahen die prallen Buxen aus – stach den (zum Ausgleich überschlanken) Schirm bereits ungeduldig in den leichten Alluvialboden. Und ich sprach's, hagestolzig, aus :

» ‹ Da noch kein Gold nicht war, : da war die Goldne Zeit! › – « (und, nach Kräften feierlich, mit der freien Linken in die Runde weisen : – ! –). » Läidies änd Dschennts : Wir befinden uns an der Mündung des Schmalen Wassers; auf 10 Grad, 20 Minuten, 50 Sekunden östlicher Länge; dagegen 52 Grad, 42 Minuten, 30 Sekunden nördlicher Breite. « (Und kleinste Pause : mein, zugegeben, idiotisches ‹ dagegen › beanstandete Keiner! Sehr merkwürdig. Folglich desto kühner fürderfahren) : » In rund 62 Meter Höhe, *über* dem Meeresspiegel – in ausgesprochenem Gegensatz zu ‹ Kapitän Nemo ›, : kwott wiede! «. Da tat, nur Felix hatte sofort genickt, der bereits erwähnte Kupfergaul im Sehr-Grünen ein paar geile Sprünge auf der Vorderhand : ! : !! : !!! : (und forzte dabei, daß es gellte : GOtt bewahre uns vor einer starken Regierung! Eine schwache aber kunstsinnige wäre mir weit lieber – – wieso aber mir das grade jetzt einfiel? – Ich knaupelte mir an der linken Zeigefingerspitze herum. Ich wußte es dennoch nicht.)
: » Seine Länge : beträgt nicht mehr & nicht weniger, als 10 – in Worten : Zehn! – Kilometer; vom griechischen ‹ Chilios ›, das ist ‹ Tausend ›. Die Damen werden sie ja jetzt-gleich abschreiten : eine ‹ Wasserstraße ›. « (Die Herren nebenher gehen; wir hatten's so vereinbart.) /
» Die innenpolitische Situation ist ebenfalls nicht ganz uninteressant : das Uns vorliegende, vermutlich immerhin einige zehntausend Jahre alte Wesen, entspringt nahe dem Dorfe Blickwedel, im Kreise Gifhorn. – Der übrigens einst ein selbständiges Herzogtum war : Felix, erinnere mich, daß wir uns demnächst ma Schloß Gifhorn ansehen, ja? – : Was bleckst Du mich so an?! «. Denn sein Gesicht, oben, zeigte einen irgendwie ‹ wüten-

den› Ausdruck; (hatte er etwa Hunger? Dabei waren die Pellkartoffeln heut Mittag ausgesprochen gut gewesen; und die sie ‹begleitende› Sülze-in-Essig reichlich & leidlich-wohlschmeckend, ja saftig. (‹Heiß & mehlig› fiel mir zu den Erdäpfeln noch ein.) Na, nachher ma erkundigen; wenn wir allein sind.) : »Ich wiederhole : die Quelle auf 10° 25′ öh-Lambda; 52° 40′ Enn-Phi; Höhe 90 Komma zwo Meter. Mit anderen, einprägsameren Worten : ein Gefälle von über 28 Metern auf den Gesamt-Lauf, wie?« Sie schienen nicht übermäßig begeistert. (Demnach rasch-weiter; Details häufen; überwältigen durch ‹Wonnen der Aufzählung›, durch Ritt-mick)
: »Weite, um nicht direkt zu sagen ‹endlose› Waldungen : Tannen- & Föhrenfräulein, zackenröckig mannshoch grünhaarig« – nun noch etwas für die Damen – : »Eichenbengel, knorrig, ebenso hart wie lang, nicht zu umspannen. Trigonometrische Punkte säumen seinen friedlichen Lauf : speist Teiche . . .« : »Möch'sDú ein' komplettn Teich speisen?«, erkundigte sich Ruth, (und schüttelte sich, als Antwort, bereits : Brrr!). »Kinder, verdreht Ei'm die Worte nich schon im Broca'schen Centrum!«. / Zuflüsse? : »Oh doch, Hel! – Von links, diesmal also von Osten her, den ‹Räderloh-Bach›; ein ebenfalls nicht uninteressantes – und auch noch viel zu wenig erforschtes – Gewässer, von, schlecht gerechnet, 4 Kilometern Länge. Mehrere Rinnsale, die ich Euch demnächst vielleicht auch noch einmal vorführe – ?«. Sie machten hübsche-dikke Unter-Lippm, und wiegten in wohlwollender Neutralität die Köpfe. / – . / : »Bildet's Inseln?«, erkundigte sich Hel, und sah mich, unter ihren schwarzen Ponyzotteln hervor, hinreißend finster an.

(Wenn sie bloß'n halben Zentner mehr gewogen hätte ! Und an dies Vonobenherabanschauen durch eine Frau konnt' & konnte ich mich nich gewöhnen. Auch galt es ihrer kaptios-herabsetzenden Frage auszuweichen) : » Inseln – «, (ich wußte eigentlich keine . . .); » woll'n Wir erst ma die Geografie-im-Großen, als unerläßliches Fundament, weiter überschauen, ja ? « sagte ich strenge. » Es ergießt sich also in die Lutter : hier : an eben dieser Stelle : jawohl ! – «; und lang den Arm gemacht; (und noch den spitzen Finger vorn dran; sie wandten folgsam die Köpfe). » Könnten Wir unsern Standpunkt « (und dekorativ aufstampfen, schtammfnd schteixDu wieder) » demnach füglich ‹ Co-Blenz › nennen; ‹ Conz ›, ja ‹ Cunfluns ›. « / Wohin diese ‹ Lutter › ? : » In die Lachte. « Und die ? : » In die Aller. – Die, bei Verden, in die Weser. Diese wiederum in die Nordsee. : Und so geht es fort. «, schloß ich getragen, (ja, erhaben. Oder wäre ‹ fürder › doch noch ergreifender gewesen ? Felix fuhr sich mit der Hand um sein Kinn; eine Geste, die, es war mir bekannt, ein fruchtbares Gemisch aus Ungeduld plus Unentschlossenheit anzudeuten pflegte. Es konnte aber auch ‹ selbstredend › nur der Bart sein.) Ich nickte ihm ermutigend zu. Legte den Arm um Hel, sie heran zu ziehen; (ans Meßtischblatt natürlich nur, m'lastisch bett, und es war wiederum, wie wenn man ein breites Brett umarme, die Arme); und tippte mit 1 ihrer Finger, (ohnehin die geborenen Zeigestöckchen), nacheinander, wie ich sie herzählte, auf die diversen Ortschaften-ringsum :
» Das betriebsame ELDINGEN – schlechte Gegend für Regenbogen, « mußte ich allerdings hinzusetzen; (und ein bedenkliches Scharlatansgesicht erzeugen). Frau Ruth

sah mir auch gleich verblüfft hinein. Kopfschüttelte kurz; und fragte : » Wieso d'nn *das* ? «. Auch Felix hatte sein Kinnreiben eingestellt; er hielt das Dings nur noch, und sah mich an; (Zweifel + Unsicherheit bei Ihnen-Allen : heute gelingt mir's!) Die einzige, die überlegte, war wiederum Hel. Fixierte erst das Confluentes-Örtchen neben uns. Dann mich; dann die Karte. Und begann, langsam, das Warum meines So abzuleiten. : » Im Südn – «, sagte sie, gezogen & knurrig : » Und da die Sonne sich überwiegend im Südn aufhält. Und Regenbogn grundsätzlich *gegenüber* der Sonne . . . «. Schon unterbrach ich sie; schon tätschelte ich lobend den weißen Stab ihres Unterarmes : » Sofort 1 Platz rauf, Hel! – Beziehungsweise, falls Dir das lieber sein *sollte*, 1 meteorologischen Weihekuß Deines Paten – ? «. Sie zog den Mund breit; und schniefte frech; und äußerte durchtrieben : » *Das* will natür'ch überlegt sein. « (Dann *noch* verbuhltere Schultergestik + Grinsen wie bei Bietnick's : » Gipp ma lieber 'ne Mark. «).

» HEESE – : wo Wir vor'jes Jahr den schweren Hagelschlag erlebten. Ihr erinnert Euch, wir saßen im Auto, wie in einer Blechtrommel! «. Sie erinnerten sich. » Heißt übrigens eigentlich ‹ Spitz-Heese ›; zur Unterscheidung von einem ‹ Breiten-Hees ›, auf Ülzen zu. Von dem hier beziehen wir meist unsern Schnee. « / Die mächtige Gemeinde ENDEHOLZ. / Das waldreiche MARWEDE : » Zwischen beiden auffällig viele Hasen! – *Und* Fasanen, « gab ich noch zu, da sie mir nicht begeistert genug zu folgen schienen. (Also weiter.) / : » WEYHAUSEN, weyland ein churfürstlich Jagdschloß. Man merkt das selbst heutzutage noch, an einzelnen, herrlichen, Einzelbäumen. « : » Was soll das zweimal ‹ einzel › ? «

fragte Felix ungehalten, (ganz Buchhändler & re-Printen-Freund); was jedoch Ruth dadurch kompensierte, daß sie hauchte : » Du, hängt das mit ‹ Weyrauch › zusamm'm ? Das Sägemehl vom Wacholder neulich roch ja so ähnlich – «; sie bemächtigte sich, ohne vorherige Anfrage, meines Wanderstabes, und beschnupperte süchtig dessen Knauf; (hielt ihn auch genau so. Ich schlug mich nur rasch ins Mittel) : » Nach Norden und Osten zu, dann die herrlich-einsamen « – (wieso nickten Beide, Ruth wie Hel, denn schon wieder so finster-verträumt ? ‹ samen ? › : ‹ herrlich Herr & ein-samen › ?) – » die mehreren Fischteiche von RÄDERLOH, trefflich zum drin-Schwimmen. / Dann kommen große Moore, und die ZONE ist nåh – « (geheimisvoll dies; mit lauter langen ‹ ooo ›. Sie lieferte uns aber auch täglich die Sonne; und åbends den Mooond) – » unschätzbar verödete Gegenden, zumal bei Gewitterluft, ganz heiß & schwarzgrau : riedhohes Gras; stiere Kühe, von Bremsen geplagt, wie Autoren von Rezensenten : in den einen Baum war eine *Kette* eingewachsen ! – «, hier ging Hel's Mund nun doch langsam auf; (es war aber auch tatsächlich ein toller Hunds-Tag gewesen : erst die ganz schmalen, tiefgrünen Schneisen, in dem einen Waldstück, vor STEINHORST da. Ein Sandgruben-Halbmondswall dessen Rand oben qualmte; mußte irgendein Gannef geschmökt haben. Und der Weg zerfingerte sich bald in dreie. Und jedweder davon, ich war ihn verbissen abgeschritten, endete blind in Sumpf- & Bogfenflat – darüber ließe sich noch berichten. Aber ich rückte mir lieber die Kartentasche zurecht; das führte im Augenblick entschieden zu weit. Die Damen rükkten an ihren Brotbeuteln, (wie das ansteckt); und auch Felix legte fühlend die

Hand auf den Schnappsack – ‹ Schnaps-Sack › : ich hatte sehr wohl bemerkt, wie er sich vorhin das Kwan-Tum abfüllte !).). –
Also : » Darf ich die Damen bitten, einzusteigen ? – « –

2

: » Moment ! – Noch nich. « –
Ruth. Leckte sich die Lefzen. (Zeigte sogar das Gebiß.) Und kommandierte auf einmal derart kommißmäßig, daß wir, ‹ alte Kriegsteilnehmer ›, sofort mechanisch gehorchten
: » HANDS UP ! ! « –
Da standen wir, wie nur je in jener Ehrenkleid-Epoche. Ich hätte meine ja sofort wieder runter genommen; aber Felix, der Poltron, ragte weiter, ein ehekrüpplichtes ‹ Victoire ›-Signalement, (und da tat ich gewissermaßen zur Gesellschaft noch mit). Ruth trat, grimmig lächelnd, auf ihn zu. Was mich anbelangt, ließ sie lediglich ihren Daumen schulterüber tikken – : » Hel – – «.
Und tasteten uns doch tatsächlich ab, die TAMPAX-Typen ! Ja, ‹ klopften ›, mit sinistrer Dexterität. / – / – : ! Schon zog Frau Ruth ihm das Fläschchen. Hob rüstig das Lid der Gesäßtasche – / Und Hel befingerte indessen mich, mit nornischem Freimut. Ging tiefer. (Aber das hatt'ich mir, aufgrund von Felix' neuesten Andeutungen, längst gedacht : woll'n doch ma sehn, was hier siegt; Mannesmuth gegen Weibestükke !). Aber sie entdeckte bereits *meinen* Labetrunk. Und knaupelte derart fürder !, daß ich leise mahnte : » Hel – « – und griente zwar; ging aber etwas sachlicher bis dahin, wo mir die Socken in die

hohen Schuhe mündeten. (Zum schwachen Ersatz wenigstens Frau Ruth in den Ausschnitt des einteiligen Badeanzugs linsen : links 1 Gäspe ; rechts 1 Gäspe. Arme Hel.)
Richteten sich auf. Traten hinter sich ; und bargen währenddessen das uns abbeschlagnahmte Gut im Brotbeutel. Dann Ruth's silberbräutig Grinsen : » So *jetz'* kann's losgehen. – 'n hübscher Bauplatz übrigens – « fügte sie stirnrunzelnd & sachlich um sich blickend, hinzu. / Aber nun war doch wohl die Reihe an mir. Grollend : » Moment ! – Woll'n zumindest noch die Breite messen. « Schon stieg Hel, das eine Ende des Bandmaßes in der Rechten, (gleich übernahm's die Linke), gewendig hinein – (was'n Bild : die ganz flachen grünen Sandalen ; ein winziges Höschen, ein noch schmaleres Büstenband !) – todtentanzte ans ‹ andere Ufer › : ?. Und ich las's, gewittrig, ab – : » Drei. – Zehn. «
Dann stellten sie sich, frogemut & fixebrud anzuschauen, auf. Und Wir setzten uns, Alle Vier, bachauf, in Marsch. (: ‹ Cop you late ! ›) : . . . . .

3

Vor allem sein Barett hatte heut noch zusätzlich ein so plattes und brandgelbes Wesen ! Und er frottierte, gewohntermaßen, den Ohrlappen, (der ohnehin schon wie ein halbes Hörnchen nach vorn stand) ; zischte : » Mensch ! – hättn wir Den'n *nich* ein Pároli biegen können ? – Jetz sind wir ohne jeglichen Tropfm : Du wirst aber ooch immer weniger ! «. : » Kümmer Dich um

Du! « gab ich empört zurück: » Wenn Ruth *meine* wäre ...«: » Da gingsDe längst am Schtokk-Du! « ergänste er giftig.
Und bösartiges Schweigen. Dahinschreiten auf der Halb-Straße. (Während drüben, in Wiesengrünheiten, 1 schtramme und eine vielgrätige UNDINE langsam entlang, lang-tapertn. / Zuweilen durch Erlen-Vorhänge parziell verdeckt, windows into Eden, mazes of delight.) Aber noch waren wir in ‹bewohnten Gegenden›; noch fummelten mehrfach die Herren Landwirte um uns rum. / (Frage: *muß* es Leute geben, die 1 vorbildlich gewachsene Einzel-Birke lediglich deswegen um-hakken, weil die nächst-brennbare 10 Traktor-Sekunden weiter steht? Von Erlen-Gruppen ganz zu schweigen; Meisn in den grünen Haaren, ‹Schulen› von Fischchen mäusehuschen drunter-weck. Am Uferrand dürfen sich die Bauern-Menschen meinetwegn ‹in den Haaren liegen›: ‹nichtz Tierisches soll mir fremd sein: HOMOSUMM!›).
: » ‹So verstreichet dem Landmann der noon in schuldlosn Freudn›: ZACHARIAE. «, begann ich versöhnlich; wies auch auf den, von einem ‹Krümler› sexfach perforiertn, Sand-Weg: ?. / Aber Felix schüttelte immer noch ablehnend den Kopf. Tief-in-Gedankn: » Du. – Ruth hat sich, zur Silberhochzeit-neu-lich, 'n Schwebe-Reck, schprich ‹Trappeez›, gewünscht. : Was soll Mann dazu sag'n? «. / : » Vielleicht ‹vital›? «. Aber er, kurz angebundn, » FinzDe? «. / Und wurde, anscheinend, wieder *noch* wütender; und betrachtete bösartiger diese, ganz leicht zu vereidigenden, Typen auf den Feldern neben Uns. – : » Kuck ma! – «; denn 1 Knechtlein schlich, unter dem Vorwande des Unkraut-Jätens, tiefer durch

Shamrock & Reënklee. Legte die Pratze statt dessn aber ans nächste Mägde-Gesäß – ! – ! ! –
: » Das Geschrei einer Gekniffenen ist noch kein Maßstab für einen, etwa dabei empfundenen, Schmerz, « sagte Felix strenge; nachdem er doch kurz hatte grienen müssen; : » Wie groß ist eigentlich die Bevölkerungsdichte bei Euch ? «. 21 pro Quadratkilometer. » Erfreulich wenich, « sagte er : » Warum Du-Dich mit *dem* Vieh-da schleppst – ? ! « – er warf 1 giftigen Seitenblick auf das Fern-Rohr, im dikkn-braun'n Ledercylinder, der mir (zugegebm, schwerfällich) vor der (breitn) Brust penndlte : schwarz sah die hart-gummiene Okularmuschschl, und fingerbreit, daraus hervor. / Während wir, freislich, neben den Ebereschen dahin wandelten : die Beeren noch in frühem Stadium, gelb, oder ganz hellbraun; (eigentlich schöner als die spätere, fast zu energische, Feuerfarbe). / : » So ein Kerl ist capabel, und beneidet Einen womöglich – «; Felix war, in Gedanken, noch immer bei jenem Kneifenden. (Und andere, sich irgendwie ‹ logisch › daraus ergebende Themen kurz abhandeln : ‹ Ob es 1 Zeichen von Gutmütigkeit wäre, wenn man den hiesigen Bäuerinnen gratis Kinder zeugte ? ›. Einiges über ‹ Graupen ›; die, auch mir fiel es jetzt erst auf, seit unserer Kindheit – so um die 1920 herum – vielviel seltener geworden waren; komisch. « Kann man mit abgeschnittener Nase Bundestagsabgeordneter werden ? «).
: » Plagt Dich die Güldene Ader ? ! « –. / » Nee. : goldwässern tut mich «; entgegnete er trübe. / Um ihn heilsam abzulenken, erzählte ich ihm mein jüngstes Erleidnis : wie ich bei der rheinischen Papierfabrik, um bevorzugte Belieferung zu bewirken, mich als ‹ Schriftsteller ›

ausgegeben hatte – ich, der arme Registermacher in der Osthaide – schon begann Felix, ahnend & unfroh, zu mekkern : »Na? Und was ha'm se geantwortet?« : »‹Bitte, Vorkasse›!«. Und trübe mekkern. / : »Dallalla-Hű-Hüh!« – kam es gans von färrn & süs & runnt herangejodlt. Sirenenpack. (Entenflott. Zitterpappelnd hinter schwarzgrünen Gardinen. »Backfeigen könnt'ich mich!«, knirschte er, in gut ausgebildetem Selbst-Haß. Wir antworteten nicht.) –

Wieso rechts ab? : »Na, zum erstn Rendezvous-Platz doch.« / Durch ein Wäldchen; das aber, kaum betreten, auch schon wieder lichter wurde; gleich senkte sich der Weg ein bißchen. Und ein langes-langes-flaches Thalmüldchen, mit Gras fast zu hoch gefüllt. An dessen Rand wir standen. / »'ch weeß nich,« gestand er, weit glimpflicher denn zuvor : »Wenn ich sonne große-summfije Wiese betreten soll, bedarf ich immer erst 'ner gewissen kuonheit.« Ich bewegte nur kühl die Mundspitze : normale Erscheinung bei Großstädtern : »Komm man; wirst nich ertrinkn. *Du* kuckst aus jedem Teich-hier noch mit'n Kopp raus.« Und voran-hinein ins wuschelköpfige Gras. An Geilstellen vorbei; (»Von Kuhfladen verursacht«). Auf dem Dorn einer Distel eine Florfliege? : »Der issdas so wenig ‹spitz›, wie Dir'n Küchenhokker.« »Maffoá –« machte er betroffen.

Und sprach doch erfreut sein »Ach –«, als wir am Bächlein standen. (Diese Städter merken ja wirklich nichts : Unsereins hätte, wenn nicht schon am bloßen Urstromtälchen, so doch mindestens an den begleitenden Büschen, unfehlbar, gleichsam a priori, erkannt, daß hier der Aufenthalt eines dezidierten Gewässerleins sein müsse.) Schön die Erlen, oh ja; schöner der einfältige

Steg. Schön das Wasser über'm Sand; schöner die langsam wehenden Flannzn darinn. Und hin & her den Blick; und das gläserne Wesen betrachtet. (» Potz Bach & As-Bach « murmelte er nachdenklich.) / Aber da kamen sie bereits an : 1 schwarz-weiß gestreifte Hopfenstange; eine Derbe-Runde : Undine Melusine Anna Dyomene Anna Livia Russalka. » Och, ich liebe sie schon, « sprach er gleichmütig; » hätte aber trotzdem nicht übel Lust, anständig ein'n zu nehm'm. « Dann, indem die Damen, aufgeräumt mit den knie- bzw. wadenhohen Fluten kämpfend, näher kamen – » SiehsDu : ‹ Frau Fluth › «, unterbrach mich Felix anerkennend; wieder trüber : » ‹ mit den Fluthen kämpfen › : so man in Flaschen heget; achja. « (‹ Und vergib uns-unsre Wortspiele › : » Du bist ein Asot. « stellte ich rasch noch fest. Dann waren sie, für Diavologe unserer Art, zu nahe. – ‹ Naila › kam noch.)

4

Wir *auf* dem Steg; (2 lange Rundhölzer; dicht drüber genagelt Brettchen, 80 mal 20). Die Damen, schräg unterhalb von uns, im Wasser. Frau Ruth legte die Hände dran, (und rieb wohlig die Oberschenkel aneinander); Hel lümmelte sich ellbogig eins, (Waden wie ein Kondor hatte das Ding). Ehe ich noch eingreifen konnte, fing Felix bereits aufs unseligste an, zu kwattschn à la » ein Schlukk-plies ! « – aber Die lächelten nur kalt ob des Schwächlings, (mit vollem Recht übrigens); während ich gelassen dozierte : von Sand wegen, von Reh tränken, von Weißfisch sorten, von Wasser pflanzen : » ‹ Vingt

Mille Lieues sous les Mers ›; ich les'Euch gern heut Abend das ein- oder andre Kapitel daraus vor. – Aber zuvor noch die Breite hier messen, ja ? «

: Zwo-zwanzich naja. (Aber das schwankte mächtig. Gerade an dieser Stelle. Hel mußte mehrfach mit mir 1 Entchen am Wasserlauf hinauf & hinab – die Steinhorster Seite ihres Brust-Corps war auffallend heller, als die gegenüberliegende; reine Frage des Sonnenstandes wohl; ich notierte in mein Schreibbüchlein.) Felix indessen versetzte mehreren Erlenruten Stipse, (‹ Rechtsausleger mit Berührungszwang ›). Ruth watitte geduldig auf der Stelle. Hel legte sich, (nach getaner Arbeit ißt Gudrun), auf den eigenen Rükken, bên ze bêna; (‹ Soße Gelimida › : ich kenne Dich, Du, sous les mères. Sie lächelte auch gleich, traurig und gelüstig, nach oben, etwas-links an mir vorüber.) Ich sprach immerfort, wie es einem Wirte Wundermild geziemt. Während sie auf dem Rücken lag und sich kühlte. Sich auch rasch & völlig ungegründet wieder erhob. Und triefend stand; (‹ bezwang ihn, daß er triefend stand › – oder ‹ zitternd stand › ? Ich wußte's im Augenblick tatsächlich nich). Was dies hier sei ? – : » Porst. Aus den Blättern bereiteten sich die hiesigen Erdentsprossenen in unerleuchteteren Säkuln Tee, ‹ Labradortee ›. – Oder auch *grade* nich; denn das Zeux wirkt gegebenenfalls scharf narkotisch, ja offizinell. Deshalb pflegten es kluge Brauer ihrerzeit dem Biere zuzusetzen, um es sieghafter zu machen. « Schon wollte Felix sich unauffällig 1 Reis brechen, mit der offenkundigen Absicht, es zum breiten Munde zu führen; aber Ruth's Schirm scorpionte (cor-spionte, ja stachelrochte) von unten herauf, und piekste leichthin sein (wahrlich nicht pieksenswertes) Unterbein : ! . » Nimm

lieber ’n Blättchen Beyfuß; wirsDe nich müde beim Laufen. – : ‹ Fouk-Lor › «, gab ich höhnisch noch zu; und er blickte wieder giftiger.
Und wir Alle anschließend auf Hel : die hatte, während Wir rüstig den Baum der Erkenntnis bestiegen, (bzw. den der m’Alice), stumm die Lange-Rechte in den eigenen Busen versenkt. Und daraus, nach beträchtlichem Grabbln, das Biest, einen *Korken* hervorgezogen. (Wieso das ? Soff sie etwa heimlich ? ! Biologisch war sie genaumittn in jener Periode, wenn nicht gar Epoche; und Keiner, der ihr zu Hülfe, mit ü, kam; weder theoretisch durch FREUD, weder praktisch durch großmögende Gaben von Penis vulgaris. ‹ DIE AUFGABE DER ONKEL › schon recht; aber da hätt’ich zehn lange Jahre jünger sein müssen.) / Dennoch wurde es, wie schier immer im Leben, wieder mal *noch* etwas anders. Sie drehte den oberen Rand jenes Korkens – : und hob ihn drehend ab ? – : da war der hohl ! Sie stülpte den Hohlen um, auf eines der vielen Steg-Brettchen : ! . (Sah erst noch einmal zu Uns auf – : irrte ich mich; oder ruhte ihr Blick tatsächlich in meiner Leistengegend ? ‹ Leistenwein ›, bocksbeutlijer : ‹ an sich › war sie genau in dem Alter !). / Und also 3 winzige Würfel. Die hier, zu meinen Füßen, in einem (gedachten) Periferiekreise von 5 Centimetern Durchmesser ruhten. (Ruten. Marschrouten.) : eine schwarze 5; eine weiße 5 : eine rote 6 ! – (: » ’n Apotheker, aus Brem’m; ’n Kunde, « wisperte Felix, » hat das zu Neujahr an *seine* Kundn verschickt : ‹ DAS BREMISCHE WÜRFELFASS ›. Das hat sie sich sofort geschnappt. Warum ?, weiß ich nich. « : » Ich erstaune mit Deiner Erlaubnis – «; denn es sah wirklich wie’n ganz gewöhnlicher Korkn aus ! Immerhin behielt ich so viel Besinnung)

: » Ich möchte sagen, diese rote Sex-Hel gibt den Ausschlag. – HasDu ein'tlich ma festgestellt – durch Versuchsreihen; also statistisch – was *mehr* ‹ Gewicht › hat : eine weiße 6, oder eine rote ? «. Sie beschaute erneut (& grüblerisch) erst die 3 vertracktn Würfel. (Jedweder 216 Cubicmillimeter, möcht'ich schätzn). Dann wieder mich. Und schüttelte schließlich den langen, schwarzgesäumten Schädel. (Das hab'ich mir aber nich verdient, Du !).
Also besser weiter. / : » Mesdames ! – Nach rund-ä 7, achthundert Metern, sehen wir uns, nahe der Kreisgrenze, wieder. « / Sie ducktn (vom englischen ‹ duck ›) unter dem, nunmehr zu den bewürfelten gehörenden, Steg hindurch. Wir-dagegen schritten, barsch, durch eine kleine farnige Ecke rechtsab, davon : ‹ Sotte bollen ! › –

5

Ich gab 1 Bühnen-Lauschen von mir : ? – » HörsDu das ? Das Wässerchen ? «. Legte auch, ihm zur Hülfe, (wieder-mit-ü !), die Hände hinter seine haarigen Ohrmuscheln. (Vorn ging ihm da der Mund auf; vermittelst solcher Vorrichtung vernahm er's dann anscheinend.) Nickte leicht; oberflächlich ‹ gefesselt ›, (oder nur schon verwirrt, wie Städter so sind, die nach dem 100. Baum keinen mehr unterscheiden können ? Möglich ist bei diesen Asfaltbolden ja Alles.) Sagte aber doch endlich : » Hübsch. – So'ne Art Gewischel, nich. «
Aber eben auch die Stimmen der Damen zuweilen-dazwischen. / Er grübelte eine zeitlang in der Nase. Fuhr

dann auf : » Wieso hab'ich heute eig'ntlich so wenig Selbstbewußtsein ? ! «. Ich zukkte lediglich die schönen Axeln : man kann schließlich nich Alles wissn. (Fühlte jedoch ein Lächeln um meine Lippm. Ließ ihn ein Stück voraus. Vorbey am Großn Ameisnhaufn ; (daneben der Wacholder; der aussieht, wie der doppelspitzige gekonterte Bart eines Spielkartenkönix : Ahhhh !) .) / Hörte ihn, wie von weither, hadern : » Was hasDn Du andauernd durchs Fernrohr zu kukkn ? « ; auch, hämischer : » Weg'n dem Bissel Hel ... . « Ich musterte ihn dafür kalt : ein Mensch, dessen eines Auge kleiner war, als das andere-pff ! / Und weiter pilgern. Erect im Grünen. Den zähen-schteiffn. Schtab im Handknauf. Er begann, unlustig zu lachen

: » Du – kennsDe das ? : ‹ EIN STRÄUSSLEIN AM HUTE › ? – «. Da ich schüttelköpfte, verlangte er mein'n Stock ; und ich, ausgesprochen überrascht, ließ ihm denselben ; erstaunt. Er wandte sich kurz von mir. (Entfernte sich dabei auch 4, 5 Meter.) Kam bereits wieder auf mich zu ; und sang dazu, tönend & einförmig :

» ‹ EIN SCHTRÄUSSLEIN AM HUTE DEN SCHTABINDERHÁND › – « er schwenkte ihn derart, daß man hinsehen *mußte* : (‹ weitgebärdig › wäre der dichterisch-forcierte Ausdruck für sein Verhalten gewesen) :

» ‹ ZIEHT EINSAM 1 WANDRER VON LANDÉ-ZU-LANT › – « er blickte, wegmüde-lebenssatt, ins Weite zur Seite ; die Hand, die bisher so dekorativ den Knüttl geführt hatte, wurde irgendwie ‹ frei › – :

» ‹ SEIN HAAR IST BESCHTAU-HAUPT, SEIN ANT-LÍTZ VERBRANNT › – «

sang Felix. Mein Blick wurde immer starrer : wieso hielt sich der Stock denn so ? Schräg vor seinem Körper ! Im

Hosenschlitz : jaaberdaswardoch ! Der Kerl hatte doch keinen Greif-Schwanz ! ! – :
» ‹ Vo-honn wem wird der Búrschwohl, zu-e-héerst erkannt ? › «
(Und irgendwo, waid lynx drübm, lachte es leise, aus grasigster Öde, fraulichst im bechlein k'anal.) Auch mir zerrte's den Mund sehr breit – : » Ein capitaler Bog – «, flüsterte ich, unwillkürlich-bewundernd. Er verneigte sich 1 erstes Mal dankend. Wieder übernahm die Hand; (während der durch den Schlitz gesteckte Zeigefinger sich, höllenbreuchlich, krümmte & ringelte); Felix schrummfte ein, er alterte (‹ to alter ›) sichtlich :
» ‹ Da wanket am Schtabe 1 Mütterlein hehr › – «
: er sah mich, über meinen eigenen Wacholder gekrümmt, so greisinnenmäßig-prüfend an, eisgrau gebückt star-äugig : ? – / Richtete sich, gefaßter, zu seinen vollen 2 Meter 10 auf. Lüftete gemessen am Barett; (während der Pint-Krake den Prügel schon wieder schräghielt) :
» ‹ Grüss Go-hott ! so schpricht-eer. Und so-hónnst nichts meer › – «
und da konnte ich ja wohl schwerlich anders : ich lehnte mich an die nächste haltbar-stammhafte Fichte; und wieherte in Richtung Kreisgrenze : » ‹ Pittschaft der Unaufhaltsame ! › – Wenn Dein Pech bloß nich immer so stark nach Fosfor schwefelte, Du ! «. Auch, da er gar so frustriert fletschte : » Na komm her : kuck auch ma durchs Perspektiv ! «. Und dem, ungläubig herannahenden, Ferkel Stille gebieten : » Die basseuse Deines mauvais goût ist mir zur Genüge bekannt : wert bissDe's nich, aber sehr bedürftig . . . «. / Erst besah er die, leicht hervorragende, Okularmuschel noch angewidert. Die

ich, dito leicht, anhob – noch höher? – : ! Dann erst erkannte er die Flasche darunter; die Luft blieb ihm förmlich weg : !. » Aber erst über ein ‹ unpraktisches Gerät › langelästern, gelt ja? – : Ruhema ! – «. (Denn, ganz von fern, kam es. Wie 1 süßes Gelächter; 1 süßes Plattschn. Wendungen wie ‹ biß an den Gürtl › fielen Einem ein) : » ‹ Ydor oder der Wanderer aus dem Wasserreich ›. Von Josef All-Wies GLEICH. « Und : » RAIMUND's Schwiegervater, « ergänzte er, » na wenn schonn. – : Großer Frans! « : dô huob er ûf unde tranc. (‹ Setzt das Fernrohr an den Mund : In den Rosen. Ihr trinket den Heiligen Geist zur Stund ›) : » Mensch, lächle mir Beifall oder . . . ! «. Aber er lächelte schon freiwillig, erkwikkt & süchtich; ein freier Säufer in zylindrischen Zeitläufen : der Farn-hier wucherte selbst-ihm bis an den hohen Gürtel. Und 1 anmuthiger Geruch hatte sich, traun, in dem betreffenden Nadelholzwinkel verbreitet : » NimmsDu Alles zurück?! « : » Ich nehme *alles* zurück – « sagte er hastig.

Ich hatte ihn tiefer in Zweigjurten geführt; ‹ noch einmal, Robert, eh' Wir scheiden müssen ›; und er erschrak dennoch. : » Wenn aber zufällig Eine reinkommt? « : » Die geht rückwärts wieder raus. «, beschwichtigte ich ihn : » TusD, als wenn De Dich löst. « Und sah doch so gierig ins Gewölk, daß ich ihm das Okular vom Munde riß – ! – / Aachchch – . : » Kost'nn das Zeuk? «. ALTE KANZLEI : » Halb so viel wie Asbach. « Er wiegte dennoch anerkennend den hohen Kopf : gärättätt! / : » Komm weiter, Felix. Wir müssen sie zumindest vom Hohen Rand herab an-grüßn. « –

– : » SiehsDu?! – «

denn die beiden Nelkenkräuslerinnen waren schon

rechtrecht nahe. / » : Gattung ‹ fünfzehige Patschfüße ›! « rief ich ihnen durchs Handmeckerfon entgegen; und, leiser, zu Felix-neben-mir, hin : » Los. Sursum cauda : tu auch ein'n Zu-Ruf. « Der Alte Herr Kanzlei-Rat überlegte. (Forzte statt dessen, als wolle er mit Gewalt seinen Aggregatzustand verändern; erfreulicherweise stand ich ihm über'm Winde : » Das wird nich ganz genügn, Felix. «). » Lust hätt'ich zugákeem, « versetzte er bedächtig. (Ergänze ‹ Zuruf ›. Während das Gedam, rundherum Seesandmandelkleie (oder wie die Schmirakel neuerdings heißen), mit 4 Beinen auf uns zu stapfte : 2 schtramme kegelförmige, darauf 1 Danaidenbauch : RUTH. Und Felix sprach dazu, mit seltsam bauschiger Zunge) :

: » Unsre sogenannten ‹ Alt-Vordern › waren aber ooch doof wie Mist. : Daß 1 Mann ein Frauenzimmer ‹ schwäche ›! – « (da hatte er ja Recht : umgekehrt wird'n Schuh draus) – : » Schtell Dir ma vor-Du : ich komme neulich, es ist wahrlich seltn gewordn, ganz Lust & Liebe angehüpft, alla ‹ Wolln Wa ? ! › « – (‹ Bang fleht ein liebkranker Mann ›, und dann diese störrischen Adamsrippchen; oh, ich konnte mir's schon vorstellen !) – » Nehm se uff'n Schoß. Häkl ihr hintn-gescheffticch die Hafte auf – « (ich nickte nur, bitter & sex-starved : ‹ Langlang ist's her, lang ist'er › !) – » fang-an, ihr sämmtliche r-o-gähnen Zonen zu streicheln « – (seine Hände bildeten's, Eidu Dikketitte, nach; ich bat ihn, durch Gebärden, rascher fortzuschreiten, war doch auch ich sexuelles Brachland. / Und sie kamen unterdessen näher herangetreten : 2 langedürre Beine, Hel hob das 1 gar noch, & besah sich die eigene Sole – : » Grünfüßl : Grünfüßl ! «, schrie ich ihr da ins 50-Meta-ferne Gesicht.

Sie vermerkte's sehr wohl, und ernsthaft. Felix, der Unaufhaltsame, indessen weiter) – : » gerate in Oberschenklichkeiten – : ! und, anstatt mir wollüstige Lippm entgegen zu wöllbm, bibbert Die doch auf : !, und muß angeblich sofort auf'n Topp : Meine Hände wären so kalt gewesn ! – Ausnatürlich ! «. (‹ Studie für die rechte Hand › : ‹ Sie ist für Lou-Mumba; weil Er, europäischdenkend, für Tschomm-Bey ist ›. Dennoch lag, wieder mal, alles weitere mir allein ob) :

: » Geht, bitte, noch rund fünf Hundertmeter weiter – « schrie ich, verbindlich lächelnd, zu Ruths falbem Bauch hinunter; (ein unangenehm breitgezogener Nabel eigentlich; der Einen förmlich an-feixte. / Und wieder mal 1 Ziel, das von Uns-Vieren ich-allein sehe : ist das nun beneidenswert oder aber 1 Fluch ? (Schon daraus, daß es sich als Frage formulieren ließ, ergab sich mir genug.) Aber weiter meinen instruierenden Lootsenruf) : » – da kommt, inmitten Wiesenweiten, ein dreiviertels verfallener Steg : da ahfternunen Wir ! – «. Schon biegte Hel sich – nicht simpel ‹ bog ›; dazu waren's viel zu viele Gliedmaßen (und diese vielen alle zu lang) – über's steinerne Stau-Stüfchen; ‹ Das Gebieg einer Jungfrau ›. Felix nickte kopfschüttelnd hinterdrein; dann : » Es ist Dir bekannt, daß Du nich der erste Onkel-Typ wärst, den es jückt, mit seinem Niftel eine Lanze zu brechen ? «. Und ich, sofort-entrüstet : » Ich stehe nur noch an, ob ich Dir bloß die Lästerzunge zwicke, oder gleich E 605 – «. Er winkte lässig-wissend ab; und wir kletterten, uns dennoch gegenseitig unterstützend, über den Grenzgraben & seinen Stacheldrahtverhau : 'm Arsch der Spanischen Reiterei ! –

» Diese Pantomime vom ‹ Schträusslein › übrigens – «,

(und ich spannte doch neugierig das Gesicht auf : ?), – » sowas ist das *einzige Mittel*, daß ‹ breite Kreise › diesen speziellen Kitsch & Schmalz nicht mehr hören können, ohne sofort vor Lachen wiehern zu müssen. « Hob auch den endlosen Zeigefinger; bedeutend : » Verlaß Dich drauf : *nur-so* !, kannst Du dem Normalpöbel seinen Tinnef aus den Gehirnwindungen spotten. « Ein Gesichtspunkt, aus dem ich das Genrebildchen . . . demnach nicht nur ein Narr in foolio ? . . . oder halt : » Durch was aber ersetzestu ihn mit Deiner Methode ? ! «. Worauf er verdrießlich wieder das Telescop anforderte, und hindurchsah, daß ihm die Flächsen am Halse hervortraten – » Vorsicht, Felix : wir müssen nachher doch bestimmt unsern Mundgeruch rechtfertigen ! Daß Du ja sofort zur Tarnung 1 Schluck aus den beschlagnahmten Hüftfläschchen anforderst, zum Rachenausschwenken. «
» HasDu als junger Mensch eig'ntlich auch ma dran gedacht, Dich zu kastrier'n ? «, erkundigte er sich, (anscheinend noch bei einem anderen Thema; sagte allerdings von selber » Arschloch « zu einem derben Ast, der ihm quer den Weg verlegte : wer hätte als junger Edelmensch wohl *nich* ma daran gedacht ?). Ich dissentierte auch nur gans plapprich & kurz; dann : » Felix – könnzDe Dir nich lieber ma'n paar Bücherwünsche notiern ? «. Er squarte die (kärglichen) Schultern; und trat mir dann, mit aufgepflanztem Kugelschreiber, herausfordernd gegenüber : ? / Also was mich zur Zeit int'ressierte . . . : » Worte, Felix, die *nich* in der BIBEL vorkomm'm. « Sogleich zog sich sein Gesicht fachmännisch zusammen (ein Walnuß-Teint) – : » Das mußDe umgekehrt angreifen; mit Hülfe einer BIBEL-Konkordanz : die gibt Dir die Worte an, die *in-der-BIBEL* vorkomm'm. – CALWER – «

hörte ich ihn noch murmeln; auch : » Viel willsDe nich dran wenden. « » Wie immer : Nein ! « sagte ich entrüstet; (worauf ich ihn das ‹ Calwer › unterstreichen sah). / » Von der alten Knabenzeitschrift, ‹ DER GUTE KAMERAD ›, den zweiten Jahrgang von 1888; wo KARL MAY's ‹ Geist der Llano › drin steht. – Stempel' die Sachen aber möglichst nich wieder uff'm Schnitt. « Und er reagierte wie immer : » Meingott; weil ich das 1 Mal aus Versehen ! Oder vielmehr Gewohnheit : das *mußDe* mit Leihbüchern einfach machen; sonst hasDe se am längsten im Laden gehabt ! Und's gibt trotzdem *ganz* Eiskalte. « Während wir uns durch grün & braune Pieksigkeiten drängelten.
Und doch wieder, irgendwie auf's Neue ‹ ergriffen ›, in die teils lockige, mehr aber strähnige, Wiese schauten. –
– : » Ississ hier ? Das Rendezvous ? « –

6

Und endlich sitzen, und ruhen, (sogar entspannt; man hatte uns 1 winzigen Schluck genehmigt; nun war jedweder unserer Dunstkreise, ob Schweiß ob Kanzlei, gerechtfertigt : » Ihr freilich habt gut überall feucht & kühlig sein ! «. Sie nickten selbstgerecht; und tranken aus bachgekühlter Flasche dieses nervöse Zeugs, ‹ Schprudl › oder wie das heißt.)
: » Es ist für Euch getischet – « / – : wohlbebutterter Pumpernickel, und ‹ kalter Kasseler ›. Er eine Schmalzstulle, zusätzlich mit FONDOR geschwefelt; Sklave der Gewürze. » Hand hoch, Wer noch nie an der MAGGI-Flasche geleckt hat, « parierte er gleichmütig. Und ich,

(Bekennermut ist nie meine Force gewesen; aber im Ablenken war ich immer geschickt), wie in plötzlicher Erleuchtung: »Wie wäre's eig'ntlich: wenn wir uns, zur Feier des Lunch, mit Doppelnamen anreden würden? Bloß für ein paar Minutn jetz.« Sie strahlten angeregt; auch sie, ihrer Stadt entnommen, trugen der seltenen Gelegenheit gerne Rechnung; (Ruth ruckte bereits, in schwer-gewichtiger Koketterie, mit Schultern & Hüftn. Also die Bahn brechen)

ä –: »Helene-Franziska? –: KönntesDu mir mal den Salzstreuer rüberreichn?«; (und fäustig langen, nach der fäustig dargebotenen langen Büxe, im Penis-Format, mit porträtähnlich feuerrotem Dickkopf, SUPERCHIC: die war'n ja raffiniert, diese Fabrikantn; »Danke Dir.«: »Nichts zu dankn. Frans-Friedrich.« versetzte sie langsam, und sehr unpatenkindlich.) / »Ist Euch übrigens bekannt, daß es in einigen Bächen der Lüneburger Haide – zum Beispiel auch in eben diesem Schmalen Wasser hier – *Perlmuscheln* gibt? Im Kloster Isenhagen kann man großebreite Altardecken damit bestikkt erblikken. Bräunliche Haidinnen trugen ganze Kettchen davon: MARGARITANA MARGARITIFERA!«. (Groß wie Taubeneier nich grade; ‹taube Eier›). »Ä – Felix-Oswald,« hob Frau Ruth auch gleich an: »Gib ma-ma 1 von den hartgekochtn Eiern –«; wickelte auch eine neue Brotscheibe aus dem Rhabarberblatt, in welches man sie (mein Rat!) zum Frischbleiben ländlich geschlagen hatte; uralte Sitte. Aber ‹Eier das sauberste Essen›?: »Ich hab schon ma 1 gehabt, da war ein wriggel-lebendijer Ohrwurm drin! – Und wenn ich nicht irre, berichtet eine ‹Bremische Naturforschende Gesellschaft› noch ganz andere Sachen: Neenee!«. / Überhaupt schien die

Luft voller Fehlleistungen : Felix bezeichnete die Rippelmarken, unten im Bachsand, mit dem angeblich-englischen Ausdruck dafür als ‹ nipples ›, (eine Behauptung, die, seltsam nichtzuhören, unberichtigt blieb). Nur Ruth-Susanna rückte versonnen am Trägerband, daß es götterspeisig wakkelte. Und Hel räkelte ein Bein bis ans jenseitige Ufer; hielt es eine zeitlang in der Luft, (wie überlegend : wo nun hin damit ?); und stellte es dann, in einen polizeiwidrig spitzen Winkel geknickt, neben sich. Seufzte auch, nach jenem Mann, ‹ der ihr dazu sey gemeß, an der gepurt & dem geseß ›. (Was nicht ganz einfach sein würde; THEUERDANCK freilich meint dort nur die Ahnenzahl & die der Hecktare.) / » Was däust & deutesDu, Felix-Oswald ? ! « – : ! –

: ‹ 2 Hasen treten auf ! › / Und wir erstarrtn; die Unterkieferschüsselchen voller Kau-Pamms – : wie Die-da Männchen machtn ! Und halb-kopfstandn : Hoppeldipopp. Und überhaupt rechte Lust-Kerlchen waren. Bis Ruth hikkte, (ein Böswilliger hätte's als ‹ Rülpsn › bezeichnet) : worauf jene Herren stutzten. Sehr geschickt mit den Ohren figuriertn : ? : ! Und sich koppheister dem nächstn Tännchen in den Petticoat stürzten. / Da durften wir wieder atmen; (erst schlukkn; und tatn beides auch ausgiebich). » Die BIBEL erklärt den Hasen für ‹ unrein › : weil wir vorhin davon sprachn «; (Felix). » Total vernagelt « knurrte Hel; (an der war ja bestimmt noch einiges zu retten. Eine ‹ Aufgabe ›, der ich aber doch lieber feige auswich; und dafür über die notorische Gewitterfurcht der Hasn & Rehe sprach) : » Der Donner schallt aber auch wirklich unangenehm in den Wäldern ! – Übrigens ‹ Salat aus den Hörnchenstumpen von Hirschen › : das gab's im 18. Jahrhundert ! «. (Wogegen wir

uns mit Mortadella begnügtn; Felix sogar mit Fischkonserven) : »Wenn die Heringe Namen hätten, äße keen Mensch mehr Rollmops«, sagte er, ebenso ablehnend wie filosofisch; kaute, (fair ißt fowl & foul ißt fair); und verneinte nochmals mit der ‹Freien Linken›. »Wie wenn der Affe Kleister kaut«, merkte die Gattin an; wundersam unbarmherzig, wie Gattinnen pflegen; schüttelte auch noch den Kopf ob des so rüstigen Spiels seiner Kinnlade. Und bot dann, ‹zum Ausgleich›, mir, mit dem hin-reißendsten Mons-Veneris-Löchln, die von Jenem verschmähte Johannisbrottüte : –. Nun hätte zwar auch ich lieber auf unser gemeinsames Wohl . . . mußte aber, in dieser Form aufgefordert, ja doch wohl ‹besser› sein, als er ?. . . also verbindlich zulangen (‹zu langen›; wenn möglich die kleinste der Schoten. Hel mampfte schon, kindlich & gedankenlos). »Ist Euch bekannt, daß es sich bei jenen berühmten ‹Trebern, von denen die Säue fraßen› lediglich wieder mal um 1 von Luther's 18000 Übersetzungsfehlern handelt ? Im Heiligen Original steht schlicht was ? – : ‹Johannisbrot›.«
Und lehnen. Dösen-verdauen. / Selbst mit zuen Augen wäre immer noch der Wind in den Wäldern. (Int'ressant, wie ich das Wörtlein ‹blind› vermied; guck an.) Die Schnalzlaute des Schmalen Wassers hier. Gras begehrte hauchend auf; (und wieder ab. / 1 Mal Gebelle ? – Gar nicht so weit weg; oder doch ? / Da paßte, trown, (‹Konzert schien heute angesagt›), der überferne, subleise in sich hineinrammelnde Traktor, he just keeps Rohling a long, schätzungsweise von WSW her, besser zu Ruths Raschelgriffen, mit denen sie die Felleisen packte : das war für mich schon als Kind immer an- & aufregend (es ist wohl auch dasselbe ?) gewesen, wenn da so, im frü-

hen Rundfunk der Jahre ab 1924, nachts ein halb Dutzend Sender durcheinander maccaronisirten; (und wenn man sich *sehr* zusammennahm, konnte man sie durchaus noch von-einander ‹ trennen › : wie der Eine von ‹ Tscherna-gorra › räuberwischelte, und sofort das Nebenmännlein hellstimmig widersprüchte : ‹ Neenee monnte Näggro ! ›; (und windsig-unerschütterlich unterstammelten die ganze Scala die Nurzweiwortigen mit ‹ Diddidd-dáa-didd : ditt-dáa-dáa-ditt ! ›). Welcher Verarmung unterwerfen wir uns heutzutage dadurch, daß wir ‹ Die Regierungen › samt ihren UKW- oder Fernsehprogrammen so hammelburgisch gewähren lassen, ja, den Dreck ‹ hin-nehmen › ! Vor 1930 hätte man dem Radiohändler, der Einem nicht das Umfassendste in Kurz- & Langwelle vorlegte, eine Rechtsverkehrte offeriert. Ich meine doch, wenn ich Englisch kann : dann will ich die Sender Groß-Britanniens aber auch hören. (Und die des Größeren Britannien erst recht : nischt wie ‹ Ottawa › und ‹ Melbourne speaking ›.) Und wer sich wirklich auf Deutsch beschränken will, sollte auf jeden abgehörten Bundessender 1 von der DDR setzen; und anschließend noch 1 Österreicher und 1 Schweizer : dann wird er wenigstens ungefähr 20 % von der ‹ Wahrheit › wissen. (Wir sind ja Alle furch-bar dämlich; und die Bonner Bassen haben Recht, wenn sie ihr Volk à la ‹ Zweites Programm › traktieren.) Es gibt aber noch Firmen, die schöne Export-Apparate, mit trefflichen Kurz- & Langwellen-Bereichen herstellen, zumal für Südamerika, SÜDFUNK CONSOLE TANGO; so ein'n müßte man haben, Potz Kalundborg & Motala.) / Und immer noch das Rascheln von Butterbrotpapier über der Haide.

Wieso blutete Hel da am Bein ? : » Gib ma her, Du : Dich

werd'ich pädiküren, daß Du's bis an Dein selig Ende spüren sollst. « Sie lag lank über dehn verfallenen Steg: unten moquant schnipsende Zehen; oben schlang sich die schlaksije Zunge um einen süß-breiigen Rest Johannisbrot, (und weg damit, in die Maultasche). Sie tat sich gleichmütig auseinander, und legte mir das grüne feuchte Ende ihres Gliedes, Färse Enkel, mittn in den Schoß; (wogegen schier *mein* selig Ende rebellieren wollte. Klebte ihr aber den Hansaplaststreifen mit fester Hand um den Wadenansatz.): »‹Hasn unrein› – « sagte sie in ihrer langsamen Art, und schüttelte faul & mißbilligend den Kopf: » So ‹Krist› – : ich glaub', das iss was sehr Dummes, nich? «. Ließ ihr Bein wie einen Schlagbaum hochgehen, bis in die Vertikale; begutachtete meine Klebearbeit, legte den Kopf wohlgefällig schiefer, und nickte mehrmals hintereinander. (Künste des Unglaubens eben. Und es bellte doch wohl irgendwie ‹näher›?). » Gar kein schlechter Bau-Platz eig'ntlich. Dieser Hohe Rand «, murmelte Ruth kritisch; und richtete sich endgültig auf. – » *Mein* Vorschlag – «, Felix brach energisch die Bahn: » ich verschwinde ma. « Auch Ruth stemmte sich auf der Stelle hoch; in einer so zügigen Bewegung, daß sie kein ‹Ei tu› mehr benötigte; Hel folgte dem Beispiel der Mutter. / Ich wartete erst noch höflich, bis alle Drei in der Lärchenschonung unsichtbar geworden waren – wie schnell das doch im Wald so ging – und tat dann, am Fuß einer remarkablen Fichte, (‹es ist ein Douglas doch›?; jawohl, es war eine), desgleichen. (Aber wieder eine dieser modischen Unterhosen, mit dreifach-sittiger Schlitzsicherung! Ich trampelte vor Verzweiflung, und fluchte, gefletschten Gebrächs, auf die betreffende Firma, sie sei, wer sie auch immer sei: zu

Tode sucht man sich! – endlich . . .) . . . : revolving many mem'ries : ob Felix wieder den rechten Fuß dabei vorgesetzt haben mochte?; er war der Einzige, bei dem ich das je erblickt hatte; (wie er denn überhaupt in vielem eigen war. Und Hel war seine Tochter.) Nahe-fern hörte ich Ruth sich durch die buschgroßen Lärchen drängeln, bereiz wieder zum Steg hinunter; (Frauen könn' ja viel schneller ping-kölln). / Aber hübsche-gesunde Bäumchen alles, beide Sorten, (die mit gelbgrünem, und solche mit dem blaugrünen Nadel-Laub – ich hatte doch unwillkürlich ein paar Schritte vor mich hin getan. Und erstarrte folglich vor dem langen, schneeweiß-bretternen Rükken, der dort aus Moos & Rasen ragte! Inmitten bärenmützigger Leibwachen von Wach-Holdern : eine kurze Kupferstange schob sich langsam aus Hel heraus. Legte sich untn-um; (riß dafür obm-app). Dann entstand noch ein schmächtiger aber sehr langer Thon – wie wenn Einer nachdenklich durch die Zähne feift – und ich ent-fernte mich hastigst wieder. Auch unentdeckt : entschuldicht, belauschte Lärchn : verzeih mir, überraschelte Hel! – Das Wort ‹ Bitumen › hatte ich, schon vom ersten Hören & Sehen an, nie leidn können : bloß zurükk!).

Und blieb doch stehen : *so plump* hatte die fremde Stimme gefragt » Was mach'n *Sie* d'nn hier?! «. / Kuck an : 'n winziges Hündchn; mit 'ner halbm Portion Jung-Förster an der Leine hintn dran. (Das Gewehr trug er natürlich ganz à la ‹ Herr über Leebm & Tot › – woll'n wa doch gleich ma etwas auf ihn zu schreitn. (Obschon Ruth Frau's genug war, um von *der* Sorte 6 Stück zu sich zu nehmen, noch vor'm Lunch.) Er hörte mich auch komm'm.) / Und stehen bleibm; die Hände (verächtlich!) auf dem Rükkn. (Sogar *ich* war'n halbm Kopp größer als das Grüne Bürschl : Du wirsDich noch wundern!). Er wurde auch sofort etwas höflicher, (aber eben nur ‹etwas‹). : »Was-äh – : ha'm Sie hier abgekocht?!«. – (Würde ma 'n ‹guten Soldatn› abgeben); ich bückte mich lediglich, und nahm meinen Stab vom Boden auf. Sah mit Befriedigung, wie sich unmittelbar hinter-ihm, und lautlos, die ‹Büsche teiltn›. . . – : »Wie heiß'n Sie?«, rief er unwillkürlich, als er das stille-kallte Gesicht hoch über sich am Himmel hängen sah. / (Du Arschloch! Alles was freiwillig ‹Uniform trägt›. . . aber ‹schweig stille, mein Herze!›; denn ich lebe in einem Rechts-Staat.) Und, oh, der herrlichen, jung-knochigen Hülfe! . . . / : »Ich bin die Prinzessin Ilse. – Und wohne im Ilsenstein« : Hel kam seiner, voraussichtlich nächsten Frage, nach ihrem ‹ständigen Wohnsitz›, freiwillig & traurig zuvor – so jung sie war : wozu ‹Behörden› fähig sind, wußte sie anscheinend-bereits. Der ‹Holzfürst› (NEHEMIA zwo-acht : wieder so'n LUTHER'scher Übersetzerscherz!), suchte immer noch verwirrt nach dem Stuhl-untn, (auf dem das Schöne Kind ja zweifellos stehen mußte). Als ihn, von einer andern Seite her, ein mißtönend-verbindliches »Hah-Lalí!« grüßte : ! – : Gelt? : Der war *noch* größer?!. (Auch entstand ein langsamer, dumpfiger Ton hinter Felix – *was* es war, erhellte unmittelbar darauf aus dem Geruch.) / Es sah aber auch, rein bildmäßig betrachtet, ‹gefressen› aus : die kleene, für ihr Alter viel zu großschnauzige, feiste-Tüpe von Jagdgehülfe, rundum Loden plus Jägerhemd. Zwischen den beiden Gespensteraspiranntn, Schpierietuß-Asbach. / : »Geh'n Se man weiter,« sagte ich, versöhnlich; ja, mitleidich. / Und Der gink tatsächlich! Ließ

sich von seinem Pinscherchen, (dem anschein'nd ooch nich ganz wohl war!), den schön gewundenen Weg hierdavon führen: –, –; –. –
Ruth (amüsiert-strafend): »Also Felix – –.« Wogegen ich, ernsthaft ungehalten ob des fün'schen Trottels: »Wißt Ihr, was man in Deutschland unbedingt wieder einführen müßte?: Die Nobilitierung. Ich würde sagen, wir sind reif dafür: kuckt ihm doch bloß ma hinterher! – Und von der Sorte gibt's ja Mülljohn'n. Wie könnte man nich ‹treue Beamte›, ‹verdiente Officiers›, ja ‹Abgeordnete aller Parteien› damit belohnen: die würden sich zu Tode dienen für die bloße Aussicht. Die Regierung könnte sich 1 Drittel der Gehälter & Bezüge sparen; beziehungsweise wir Steuerzahler würden um ebensoviel entlastet.« »Dies Letztere nun wohl schwerlich,« sagte Felix sinnend; »da müßte ja sogleich ein neues Adelsministerium ‹errichtet› werden, sampt Troßbuben & Heh-Rolden, ‹Le Noir Fainéant›. – Aber Recht hasDe selbstrednd; das würde dem Jroßn Janzn die letzte 5-, 7- oder auch 9-zackije Krone aufsetzen. Apropos ‹Krone›: könntn wir nich auf unsern Sieg über das hiesige Oberforstamt? 1 ganzn klein'n Lüttn, Ruth? – «; (und sank bittend-anbetend ins Knie; da waren ihre Gesichter endlich mal wieder in gleicher Höhe – sofort zog sich Ruthihres mißtrauisch zusamm'm; ob des ungewohntn Anblix). / »Also Felix. – Wieviel iss d'nn das bei Dir, ‹1 Lütter›?«, erkundigte sie sich, nicht ohne Schärfe. (Asperität Aspermont Aspermatismus.) Woraufhin mir natürlich »‹Crater Helenae›« einfallen mußte; und mir die Erläuterung abgepreßt wurde, Felix' entsetzt drohendem Gesicht zum Tort: »Wir würden selbstverständlich das Maß von *Dir* nehmen, Ruth«, schmeichelte ich.

Aber sie, hämisch : » Dein Mund iss wie'n Portemonnaie, in dem sich lauter falsche Fuffzijer befinden : nich'doch : hier : Ihr sollt Euern ‹ Crater Helenae › habm – «; wies dabei auf ihre eigene Tochter, die, schwermütig & schwarzbebändert, neben ihr aus dem Urstromtal ragte. Und dann bekamen wir eben diesen ungewollt bestellten Fingerhut. » Dein Wohl ! « sagte Felix giftig, als ich betrübt in den Borkenmeier schaute – kaum der Boden des Birkenrindenbecherchens war bedeckt ! – (und er würde in Zukunft, weit korrekter, den Doppelnamen ‹ Also-Felix › führen). / » So, mein Kind – «, Ruth, geschäftsmäßig : « jetzt werden auch wir uns gütlich tun – «. Und schenkte ein – immer noch ‹ ein › – : das Vielfache von unserm Deputat – : » Ruuuth ! «. Doch sie : » Neenee «; und, noch härter : » Deine Nase sieht sowieso schon aus wie – wie'n Weinpilz. « : » HättzDe mir das doch vor 25 Jahren gesagt : als ich um Dich warp-Du ! «, knirschte Felix; und erhielt die sachliche Antwort : » Da sah se noch nich so aus. – Komm, meine Tochter : hier – « . Und Hel verlängerte ihren Arm, ohne Müh', um ein'n Meter. Setzte den Becher an ihr stilles Gesicht; (und verzog keine Ikonenmiene : dabei hatte ich mir, mit klugem Bedacht, 50%igen eingefüllt gehabt ! – » Dein Trank war gut, Mutter. «, äußerte sie nach einer Weile.) Dann Ruth desgleichen; kwott lie-zett Juno; (und mein armes Buddelchen glinzte mich, beim Weggestecktwerden, gläsern & trübe an : seinen getreuen Herrn). Da legte ich aber nun doch, unauffällig viel sagend, die Hand um's Fernrohr – ; (und Felix nickte, entschlossner denn der grimme Hagen : !).

» Die Brotkrümchen aber bitte, als Lectisternium, hier :

auf dies Sandfleckchen : Die Meisen wollen auch leben ! « –
: » Wir dagegen trennen uns jetzt für eine Viertelstunde – *müssen* uns trennen – «, fügte ich gleisnerisch-bedauernd hinzu. Wir verneigten uns leicht & gehässig, wie auf Verabredung. Und entfernten uns, fast unmittelbar darauf, mitten durch die Coniferen-Armeen. / (» Vielleicht finden wir jetzt welche, « hörten wir Hel noch sagen. Umsehen : ? Sie befanden sich be-reiz wieder auf der Wasserstraße. Fühlten jedoch – man erkannte's an der leicht-unnatürlich zurückgelehnten Haltung der Ober-Körper – unauffällig mit den Füßen vor sich her. Aha ! Zu Felix : » Ergänze ‹ Perlmuscheln › . «).

7

‹ No hay atajo sin trabajo. › –
» Immerhin sind se endlich ma außer Sicht, « erwiderte Felix gierig : » Komm ; gib'm Ehrentrünklein. « : » Du übst woll schonn für's ‹ Heroldsamt ›, was ? « ; gab auch anstandshalber zu bedenken : » Du, *weit* weg sind Die uns nie : und das Tanzn geht verdammt schnell durch den Wald. – Na ; tobäffl de ihwl tschaans – « . / : ! . – : ! ! » Ahhh – « . / » Eig'ntlich ne herrliche Gegend ! « ; Felix, während wir aufgekratzter durchs spitze Gestrüpp lustwandelten : ein Rundtrüppchen Pilze ; 1 Blitzbaum, die Rinde spiralig geschält, auch den Splint : ‹ Das Land der Feuersteine ›. / Dort freilich auch die Spuren von Panzerfahrzeugen, (die jedoch erfreulicherweise bald wieder von uns ab-bogen, nach Westen zu, wo die Sonne schon ziemlich dicht über gewissen Wipfeln schwebte.) : » Na,

was sind's für Bäume ? «. Aber er, Ruth-Susannas beWeinter, wich geschickt aus : » Ich lehne es von mir ab, Bäume zu kennen, die habituell Panzer auf sich zu fahren lassen. « Nicht ohne Würde; war was dran. Dennoch : » ‹ Ash, when green, is fire for a queen › «. : » Wieso das ? «, erkundigte er sich nach einem Päuschen; (schon über 50, und immer noch lernbegierig : aber so soll es sein !). Und ich schilderte ihm den Wohlgeruch brennender Esche, (soweit man 1 neuen-fremden Geruch mit Worten malen kann) : » Aber ja keine extra deswegen fällen ! Nur für den Fall, daß Klütnpedder schon mit dem Beil mist-schief gemacht hättn : dann giepßtn'ne Mark, und nimms'das Bündl mit. « –

– : » FinzDenich daß es kühler wird ? «. » Nich übermäßich « entgegnete ich spitzschnutich-leichthin; » Übrigens ehrt Dich Deine Besorgnis natürlich : werden wir uns also beim nächsten Übergang erlaub'm, die Oberkörper der Damen 'n büschn einzuhüllen : *das meintesDu* doch ? ! «. Und hatte ihn, ehe er noch schmollend das Gegenteil versichern konnte, bereits streng zum Randhin geführt; leiser auch drohender : » Da; kuck ma *da* hin – ! « – / Denn da, keine 30 Urstrom-Meter von uns, standen sie, auf einem Damm zwischen 2 Teichen; sie kraulten sich denkend am Damm. – » Interlaken « flüsterte Felix betroffen; ich, strafender : » Sehr wohl : ‹ Inverlochy ›. Wenn Du das man einsiehst. – Komm. Wir gehn hin. « –

» Ohne Uns würdet Ihr die 80-Meter-Schichtlinie schwerlich je überwindn, « verkündete ich barsch; zeigte sie ihnen auch, auf dem Kartnblatt, dick & drohend-schwarz-gezogen : mittn über ihren Weg ! (Und sie waren lieb; und spieltn mit; und verschränktn sich – hinreißend unterstützungsbedürftig; ganz ‹ schwächeres Geschlecht › – um unsere Stahlarme : ‹ unverzagget mannes muot, als agelstern varwe tuot › ! (‹ Der mac dennoch wesen geil ›.) Wir also ganz Heldentrotz; ganz schwarzes (fekete) Regiment des Hunyadi Matyjas; (1 Auge freilich stets in der-ihre konvexen oder auch konkaven Wunder gerichtet, wie Heldn flegn – Ruth's beleibter Schatte war aber auch sehens würdig; selbst Felix, der doch ihrer Attraktionen, gelinde formuliert, gewohnt sein mußte, drückte sich ihren Unterarm heißhungrig unter die Nase.) / : » Und 1 Jäckchen zieht Ihr Euch jetzt auch Jede an ! «. Wir zerrten das leichte-bunte Krämchen (sicher ungeschickt genug) ihnen heraus. Und ging'n dann ran : diesmal hieß es für sie ‹ hands up ! ›. Sie hielten sie aber auch so gerührt & lächelnd nach oben, ob unserer Fürsorge ; (und wir ließen die unseren aber auch *sooo* an ihnen herabgleiten, ja -rutschn. Felix, das Ferkl, benützte die Gelegenheit, da ich Hel den Kopf verhüllte, um Ruth auf eine Art ‹ unter die Arme zu greifn ›, die Freud höchlichst gebilligt hätte, ‹ The Man who Touched ›. » Alsofelix-tz – « , Ruth-verträumt. Dann allerdings mußte ich Hel ja wohl auch, zwangsläufig, etwas dilatorisch be-handeln; so eck-statisch steiff reckte sie die Arme, die Arme. Ein etwas sehr langes Schtückglück. Während der Hämmling nebenan, die Nüsternhaare beeptn ihm lüstern, immer noch handgemein war. Da streifte ich das bunte Dinx – früher, zu meiner Zeit, hätte man die Pranghadern ‹ Kasack › genannt; wie es heute heißt, will ich nicht wissen – an ihr hinab, hinapper – (so wenig Knöpfe waren daran, als sei sie die strengste Wiedertäuferin : ihr hohler Magen) – : » Felix : Beeilunk. «). –

» Kommt : Wir stützen Euch an dem so glummen Teich

vorbey – ‹ gloomy › ist'as englische Äquivalent. – Habt Ihr nun Perlen gefundn ? Oder gar Aale ? « : » Ach, Aale gibt's *auch* hier ? «; und ich mußte der hausfraulich-genäschigen Ruth gleich Näheres vom nächtlichen Fang-derselbm berichtn : bey Fakkelschein; in der Lutter; mit Wasserstiefln angetan; » fürchterliche Ge-legen-heitn für Pärchen, Du ! : 10% der Ein-heimischen verdanken eben-dieser Belustigung ihr Da-Sein. « Aber sie bewegte nur vorurteilslos den hüpschn-dikkn Kopf : » Pfann-tastische Ekke, « sagte sie nüchtern. Und, im Fürder-Schreitn, (mit schier-genau den gleichn Wortn, wie Felix-vorhin) : » WeißDu – « vertraute sie mir an; » wir überlegn immer : opp wir nich doch-auch 'n Stück Land kaufn solltn ? Zuerst hab'm wir an die SCHWEIZ gedacht – «; hier unter-brach ich sie schon : » Als GOtt die Schweiz schuf, hat ER alle seine Gabm so gans an die Natur verschwendet, daß sie schon nicht mehr schön ist – und für die Menschn-dort ist gleich gar nichts übrig gebliebm : neenee-Ruth ! ‹ Flachland & Nachschlagwerke › ! : *mein* CREDO. « (Und 1 schön'n Haidekraut verantwortlich ausweichn; 1 Re-Schpur nich-zertretn; 1 Fifferlinks-Gelb würdijin.) / » *Sehr* richtich « versetzte sie mit Nach-Druck : » Mit Dir kann man sich doch noch unter-haltn : HEL & die Schule ! : was aus DER ma werdn soll – « – und schüttelte erneut das Haupt, immer am Teiche entlang. » Na, 'ne Buchhändlerin doch; gans-organisch «; (das ‹ braucht nie'ne Leiter, auch für die höchsten Regale nich ›, konnt' ich mir gerade noch verkneifn). » Ach, Ihr mit Euern verdammtn Büchern ! « fuhr sie beherrscht auf : » Hel iss so schon schwierig genug : richtig herzhaft lachen hab'ich sie seit Monatn nich mehr gehört. « / Und immer am Teich' entlang.

(‹ 1 auf dem See Genezareth kreuzendes israelitisches Schnellboot › war neulich die nett-debunkende Rundfunkmeldung gekommen. Hinter uns das maulfaule Gemähre von Vater und Tochter; neben mir, in Ruth's Brotbeutel, das Geklipper ihrer Strumpfhaltergürtelschnallen, ‹ Phoebus, what a word ! ›). Aber der Wind drehte immer unverkennbarer auf allmählich-Nord, (ein abergläubischer Müller würde's bestimmt ‹ all-mehlich › schreiben); und der Himmel, obwohl noch halb-klar, hatte sich zu bewegen angefangen.
: Schwrrr ! ! ! so fuhren die Drei zurück ! (Hel ‹ instinktiv › gegen mich; und ich legte ihr beruhigend die Hände an beide Hüften, (als wollte ich sie aushosen, (was ich ja vielleicht auch wollte) : wie gut, daß mein, nennen wir's ‹ Arm ›, schon zu schwach war, um auch nur 1 Bruchteil meiner Einfälle ausführen zu können !). Und was'n a-do, die Dreie !) : » Arme Entchen, Herrschaftn. In diesen versumpftn Teichenden, da landn da lebm da laichn die : laßt ihn'n das bißchen Sterbensstandard. « Und flogen da-hin, ins Purpurloch der Sonne. / Mystische Gegend ? : » Ihr seid das bloß nich gewohnt, Schichtlinien mit Wildenten drüber. Und, ‹ Mystik ›, Hel ? : Wir *sind* hier nich für Miß-Tick; wir sind auf dem Lande. « Sie klimperte finster eins auf dem eigenen Magen; und drehte dann meine Sentenz, wie zur Probe, um : » ‹ Realismus › ? Wir *sind* hier nich für Realismus : wir sind auf dem Lande. « (Klang auch gar nicht uneben.) –
: » So. Das wäre geschafft. « (Jene gefährliche-gedachte Linie nämlich.) Ruth sagte sachlich ihr » Gerettet. « Und auch Hel bedankte sich bei mir, vermittelst Handschlacks & Knicks – » Verlorne; Du spottest Deines greisen Paten ? ! « – aber sie machte Winkeraugen, (zu jeder

Seite ihres langen Gesichts 1); und erkundigte sich mit arger List : » MöchtesDu mir die Rute geben ? « . (Und ließ den Blick auf mir ruhen, weiteren tongue-works genäschig-gewärtig : ‹ Verführung älterer Herren durch Minderjährige › : *das* müßte bestraft werden !) .
» Also Ihr steigt hier noch mal – zum letzten Mal – ein : *viel* kann Euch jetz nich mehr passieren. Es sei denn, Ihr Nixn legtet es darauf an, ge-Nöckt zu werdn ! «; und leicht den Knüttl anheben, den wach-holdernen, drohend. Hel nikkte, (‹ Ei nou ! ›); trat gehorsam in den Bach, und neikte sich über die steinerne Querbande; (Fräulein Bandaraneike. Aber das Wasser um ihre Stearinhaut sah schon ganz bleyfarbig drein. Und wieder jrrte & fiff unsichtbares Fittichschlagen über uns weg : es ‹ wurde Zeit ›; in jeglichem Sinne des Wortes.) » Wir tun indessen mutig unsern Querpaß. Und in 1 Viertelstunde . . . «, was hatte Ruth ? Daß sie so zeigte ? (*Noch'n* Bauplatz ? – Aber nein; es war viel schlimmer) :
: » Kinder seht doch ma – : diese Baumwurzel ! Wibizarr ! – «. Wir schauten uns um uns um. Dann einander an : außer einem bank'rottn Kiefernstumpen, wie heut schon hundertmal gehabt, schwarzbraun mit weißgrünem Flechtengefleck (Fleckengeflecht) konnten wir eigentlich nichts. . . . . : » Ja, genau; DEN ! «. / Schon trug Felix den Gezackten galant herzu. Dekorierte ihn auf's Nadel-Kammgarn; (und dann gingen wir Drei bewundernd um ihn herum; wie die Hanswürste. Hel sah uns, mit dem Fünfsextlleib aus dem Wasser ragend, in ihrer gesetzten Art zu. – Ihn aus Gefälligkeit mit irgendwas vergleichen; aber mit was schnell ?; oh, Vorsicht : da konnte man ganz leicht was falsch machen ! ; lieber bloß ergriffen nikkn . . .).

– : » Herrlich – « ; Ruth, versunken flüsternd ; dann, aufgeregter : » Wie'n Roche, was ? ! « – –
: » Du den nehm' wir mit. – Legen ihn im Laden auf eines der Tischchen. Und lauter STIFTER-Ausgaben vom STEFL drumrum : die Leute wer'n verrückt, Felix ! « ; sie machte begeisterte Fäustchen, und strahlte von Einem zum Andern. (Die Ersten, die hätten verrückt werden mögen, waren zweifellos Wir. Noch versuchte Felix das Letzte ; er sagte leichthin) : » Vielleicht gar nich ma schlecht – das heißt : *bestimmt* sogar ! «, verbesserte er hastig, unter der Einwirkung von Ruths befremdet werden wollendem Auge. Wandte sich auch lieber zu mir, und sagte voll Falschheit & vertraulich-geschäftig : » Ä-merken wir uns die Stelle, Franz – morgen fährt dann Einer von Uns hin – mit'n Wagn – – «. (Dies ‹ Einer von Uns › gefiel mir schon recht ! Ich brauchte den Punkt aber nicht zu verfolgen ; denn Ruth griff bereits ein) : » Damit uns in der Zwischenzeit Jemand zuvorkommt, gelt ? Neinein : hebt ma an ; so schwer iss der gar nich. « Schon mit unverhohlener Schärfe : » Ihr seid doch Männer ! «. (Kaum noch ; 2, 3 Mal im Jahr.) Aber sie ließ sich auf nichts mehr ein, und schritt zur Wasserstraße ; der beliebten Kürze halber. Über die Achsel : » Notfalls faßt Ihr eben *Beide* an. « (Und dann nur noch die kalltn Schuldtern.) –
: ? – ? ?. : » Neenee, Felix ! *Ihr* wollt Euer Losa- beziehungsweise Etablissement entscheidend damit auszieren : *al-len-falls*, nachher, mal abwechselnd. Aber im Prinzip nicht. « Er schien immer noch völlig unschlüssig ; (das heißt, er wußte natürlich genau, was ihm oblag). » Da möchte man doch gleich mit dem ganzen Hintereck gegen den Eichenhag hinausfahren ! « : » Mensch tadellos,

Felix : wo hasDu *die Verwünschung* her ? Stell' Dir das ma illustriert vor ! « ; ich setzte die Hände in die Seiten, and made a lusty din ; (GOtt segne mir bei dieser Gelegenheit doch einmal mehr das Coelibat !). » Aus eben jenem STIFTER «, sagte er giftig, » die ‹ Mappe › oder wie der Tinnef heißt. – Oh, wenn sie doch bloß endlich der Deuwl . . . «. (At this curse the sun went down, and the heaven gave a frown : » Muß nich, Felix. « Auch, beruhigender) : » In 10 Minuten sind wir am Ort. Machen 'ne schöne Pause. – Und von da bis ins Dorf sind's bloß noch'n paar Schritte. « (Er hatte den ‹ Rochen › sowieso schon in der Hand. Wir schritten langbeinig.) –

: » Iss Dir was für mein reprint-Unternehm'm eingefalln ? « ; er, knurrig. Und ich, (froh, daß ich ihn ablenken konnte) : » FOUQUÉ's ‹ Parcival › also nich ? «. » Nee ; nie. « erwiderte er bissig. / » Wie wär's mit JEAN PAUL, ‹ Der Papierdrache › ? Kennt kein Mensch ; weil in keiner Werksausgabe mit enthalten. « – » SiehsDu ; das stünde zu überlegen – «, lobte er. / » Vom alten LAFONTAINE der ‹ Quinctius Heymeran von Flaming › ? « : » Nie gehört. « (Als ob das'n Grund wäre !). » Müßt'ich erst ma lesen. « / Ein Auswahlband LEOPOLD SCHEFER ? : » HasDe nich'n paar *unbekanntere* Namen ? «, erkundigte er sich spöttisch. Dann unwirsch : » Wär'n die Kerle frei ? «. Alles frei. / » Apropos ‹ frei › – « sagte er nervös : » Iss denn tatsächlich schon Alles leer ? « Bitte : er durfte eigenhändig die Fernrohrscheide rütteln – ? : nich der schwächlichste Schlenkerklang linkerschlang schwenkte ihm plauschige Antwort. » Wir sind ja sofort da. Kuckma : da'ss schon das erste Dach in Sicht. « / : » Bloß noch hier den Weg links-runter : das iss schon die Wiese ; da müssen sie jeden Augenblick ankomm'm. – Na, gib mir'n auch ma her, Felix – «. (Und der dumme Mensch gab ihn mir tatsächlich, auf den letzten 100 Metern ! Schon würden Ruth & Hel von weitem erkennen, wie ich ihren geschätzten Stachelrochen trug; ‹ voilà un homme › würden sie unfehlbar denken müssen. Ihm dagegen fiel beim Anblick der schönwatenden Füße nur ein : » Stell Dir ma'n Druckfehlerteufel vor : der statt ‹ Fuß › ‹ Fut › setzte – «; und probierte allbereits : » Fußbad; Fußpuder, Fußwaschung. « » Fußwerk, « sagte ich züchtig. Aber er fuhr schon, begeistert, fort : » Fußdienst : Fußkuß ! – Na ? ! «. » Fi donc « äußerte ich; (obwohl mehr mechanisch : sollte man sie irgendeinem plumpm Dickhäuter von ‹ Lehrherrn › überlassen ?. . .) –

: » Läidies änd Dschennts : Ihr seht vor Euch den Quellgrund . . . « : » Laß uns erst ma raus, « sagte Ruth; obschon nich im geringsten ungeduldig, (oder gar ‹ böse › : so hoch ragte Felix neben dem neuen, barbarisch sich spreizenden Möbelstück. Ich schürte sie aber auch an : » Du, das Holz iss noch *ganz* hart & fest : mit'm bißchen Pflege hält sich das *ee-wich* ! – Ich hab's beim Tragen gemerkt. « fügte ich unauffällig hinzu : bescheidneben.)

Kammer-dienern zureichen. : Felix seiner Ruth – : irrte ich mich ? (Ich mußte mich doch zu ihnen wenden : ?). » Ou nine, « erwiderte Ruth : » Du irrsDich mit Nichtn. – Hör ma . . . . . «; und zog das Stoffdreieck gefällig-hurtig auf & nieder : . . . . . . : es knisterte tatsächlich-elektrisch ! Die Frau mit den funkensprühenden Schlüpfern : was mußte Die für eine Stärke haben ! / Hel hatte indes, geduldig, überm Quellgraben gegrätschelt. » Komm doch gleich ma her, Du : zu mir ! «. Ich griff ihr unter die dünnen Gewölbe der Achseln, unfathomed caverns; half ihr ans sichere Ufer; (und zofte dann, Stück um Stück, bei ihr. – » Ich hab mein' angenehmstn Wuschelrock mit. Für alle Felle. «, vertraute sie mir pomadig.) / Und waren doch so dorf-nah, daß oben, vom hohen Rain her, Waue klafften. Der gestutzte Mond sich traute. Von unfern 1 Kind uns anblickte; (das Kunstdüngersäcke angezündet hatte : da wedelten gleich rote Bartzottln aus dem Erdreich. Ich daumte, unangenehm berührt, die meinigen-silbergrauen : Silber-Grauen, ein anderer Ausdruck für Prä-Nocturno : Es wird bald Alles alle seyn ! –).

8

: » Für *wann* iss die Taxe bestellt ? « : » Einundzwanzigdreißig, « auskunftete Felix; und ich konzentrierte das, unwillig, auf » Halbzehn also. « (Hel merkte's gleich, daß hier 2 ältliche Sylben gegen 6 hypermoderne standen; und drückte mir begeistert den Ellenbogen – ich zog mir die 5 langen (unlackierten) Krallen einzeln wieder heraus : war also prinzipiell ‹ in der Opposition › ?).
Was das hier wäre ? : » Na, ein Traktoren-Tanzplatz; unverkennbar. « Denn die grobgeperlten, geriffelten, profilierten, conti-gesohlten Spuren überschnitten, kreuzten, ringelwurmten, walzten, derart um- & durcheinander, daß es rational-rationell schwerlich mehr zu erklären war : » Gleich hinter Mitternacht, wenn sich der träge Nordbär umgekehret, machen sie sich los : brummldieknubbldiebrapp. Ehe sich ihre be-Sitzer, aus dem Rausch des Schlafs wie aus einem Pfuhl der Doofheit herauffahrend, erbauern können. Steuern, selbsttätig, hierher. Circln

umeinander, un-tiring, auf dem GRÜNEN PLAN : dun lop man! 1 feuerroter schwerer KONNTI, um eine Kleine gelbgrün-Abgewetzte vom Typ Miesche-Läng. – Wie Frauen eben so sind. «, schloß ich bitter : » Die ‹ Ergebnisse › dürften etwa ‹ Elektrische Kreiselpumpen › sein, ‹ Motorfräsen ›, wenn's hoch kommt 1 Moped. « Sie nikktn gedankenvoll. (Durchaus glaubhaft, wie? And the clouds ran a race across the bright moon.)

» Ach – « sagte Ruth, angenehm berührt : » Ich seh schon, wir müssen uns tatsächlich noch hier anbauen, Felix : das Haus-selbst ruhig ganz klein « – (worunter sie wahrscheinlich ein Minimum von 8 Zimmern begreifen würde) – » dafür das Grundstück so groß wie möglich; mit Birken drauf & Haide. Ganz einsam : Du, die würden verrückt, wenn die das sähen ! «. Mit andern Worten : dreimal Besuch im Monat; Devise GANZ EINSAM; ‹ Bund der Einsamen ›. Felix wehrte denn auch schon von ganz alleine ab) : » Daran könn' wir denken, wenn Hel ma's Geschäft übernomm'habm wird. – Übrigens : wird's nich allmählich Zeit, uns ins Dorf, zur Bundeswehrstraße hin, zu verfügen? Franz? «. Ich sekundierte ernsthaft; und wir setzten uns, paarweise, nach Osten zu in Bewegung. / Vor uns Ruth & Felix eingehakt. (Der Letztere mit dem unedlen Gang eines Mannes, dem der Bundgummi der Unterhose geborsten ist : wer so tiefe Wälder wagt, muß sich auch darauf gefaßt halten. Ruth stramm & elastisch.) Ihre Schatten hatten sich vereint, und zogen schweigend, nordwestlich neben ihnen, her. (In dieser Richtung auch ein paar Sternschanzen am Himmel. Dagegenüber, auf blaugrauem Grund, nur der Semi-Hemi-Demi-Mond.)

Der uns ziemlich unverschemt betrachtete. So auf die

Art, die ich ganz besonders schätze : den Eierkopf etwas schief gelegt, das Kinn kritisch auf mich zu; (auch Hel griff weiter aus, beharnischt, um in die struppigen Schatten zu gelangen). In denen sofort ein Hund zu krachen begann (ergo ein ‹ Großer ›); wir hielten aber auch alle Viere gefällig an, und gaben ihm Gelegenheit, seine Wachsamkeit ausgiebig unter Beweis zu stellen. / » Singt's da nich auch ? – «; Ruth, das Haupt gedrehbaßt, die volle Wange silbrig gefirnißt. – Doch; ein Kor. Sogar ausgesprochen ‹ getragen ›. ‹ Jauchzet mit, Ihr Sehraffim ! Dankt dem Großen Über-Winder ! › : ähä; Knapp's ‹ Geistlicher Liederschatz ›, Nummer 582 oder so; in ßünnägoug ä ßingäßong. Wir dagegen stumme Windfinder, unterm ge-stir der Gestirne. (Unsre Schatten allerdings schienen, gerade in diesem beweisenden Augenblick, arg gebrochene Beine zu haben) : ‹ Denn mein Herz fliegt ohne Ruh, seinem Uhr-Magnete zu. › – » Vielleicht 'ne Uhrmacher-Tagung ? «, fragte Felix angeregt : » ‹ Unruhe › und ‹ Uhr › – ich glaub' nich, daß ich mich verhört hab'. « » Schwätzer. – Säufer ! «, (Ruth, nach einigem Besinnen; mit Entschiedenheit) : » *Ich* find's romantisch. «; und hielt mir eine auffordernde Handfläche hin : ?. » Das *Ganze* Jaruth «; (inclusive Nachtlandschaft nämlich : da nimmt man einiges mit in Kauf. Wenn nicht gar mehreres.) / Noch im Stehen : » Ihr macht Euch sicher kein' Begriff davon, *wie schnell* das manchmal geht ! In der Nacht vom 1. zum 2. November 1960 erfolgte schlagartig ein *Blätterfall* : weite Gebiete müssen damals sofort rostrot gewirkt haben. « – » Wie manchmal Oberflächenteile des Mars im Fernrohr, « bemerkte Felix, als langjähriger Chaos-Mitleser / Ebenfalls noch im Stehen : das feine Sekundn-Tikkn ?

» Die Batterie eines Elektro-Zauns. Zählt die Nacht durch vor sich hin. « (‹ Die ganze Nacht ›. Wir wandelten ehrbar weiter; Reihenfolge wie zuvor.)
Sie benahm sich schon wieder dornsträuchiger, (spornte mich auch mit der Schulter; aber ich war so tief wie der Polarstern) : » Mutti behauptet – « hörte ich sie, während ich mich selbstbesiegte, kokett grollen : » in meinem Alter brauche man nichts als Kernseife & NIVEA-Creme. « (Da hatte Mutti ausnahmsweise ma Recht. Wir blieben, Alle-Fünf, vor dem, übertrieben schlecht beleuchteten, mit Hühnerdraht gesicherten, Aushängekasten stehen.) :

1000.

MORD !

Am 28. Oktober des Jahres ist bei Radenbeck, Amts Lüneburg, die Leiche einer unbekannten Frauensperson, anscheinend Dienstmagd, etwa 20 Jahre alt, gefunden, mit Spuren einer gewaltsamen Tötung. / Beschreibung der Verstorbenen :
Größe 4 Fuß, 4½ Zoll (preuß. Maß); Körper : gut genährt; Gesicht : rund; Nase : klein; Lippen : aufgeworfen; Augen : hellbraun; Haar : dunkelblond oder braun; Augenbrauen und Augenwimpern : desgleichen. / DIE VERSTORBENE WAR ETWA IM FÜNFTEN MONAT SCHWANGER. / Kleidung : Jacke von schwarzem Orleans, besetzt mit schwarz-weißer baumwollener Litze, gefüttert mit grauem Parchent; Kleid von weißgrauem Lüster, gefüttert mit grauem Shirting, vorn zuzuhaken; Brustleibchen von Leinen mit weißen Punkten, vorn zuzuhaken, gefüttert mit weißem Parchent; grobes leinenes Hemd,

mehrfach geflickt, ohne Zeichen; Strümpfe unten blau, in der Mitte schwarz, oben graubraun, in gutem Zustande; als Strumpfbänder 2 Stücke Zeug, anscheinend von einem Tuche gerissen, weiß mit blau punktiert; alte fahllederne Schnürstiefel, 10 Hann. Zoll lang, an den Seiten in der Naht geflickt, mit Holzflicken unter den Ballen und einer Reihe Nägel unter den Hacken, Schnürlöcher mit Messing eingefaßt; Kopfnetz von schwarzer Seide mit schwarzen Perlen und 1/4 Zoll breiter Gummilitze; kleiner Hut von schwarzer Seide, unten-vorn mit schwarzer Tüllspitze eingefaßt, oben mit künstlichen roten Rosen besetzt, mit schwarz-seidenen Zubindebändern und breiten schwarzseidenen herunterhängenden Bändern mit grünen Punkten, kleinen weißen Punkten, weißen und grünen Streifen; weiß-leinenes Taschentuch ohne Zeichen; Umschlagetuch hellgrau oder -lila, mit brauner Kante und grauen Fransen; Gürtel mit einer Rose, von demselben Stoffe wie das Kleid; Unterrock von Beiderwand mit drei roten Streifen und einem Queder von blau und weiß gestreiftem Leinen; ferner Unterrock von schwarzem Beiderwand mit Queder von blauem Leinen, noch gut; ein eben solcher, schon abgetragen; ein sehr alter Watteunterrock, oben blau und weißgestreift, unten rot und schwarz, unten eingefaßt mit blauem Leinen. / Bei der Leiche ist 1 Schlüssel und 1 Fünfgroschenstück gefunden. / Die Verstorbene ist am Montag, 24. Oktober abends, in Bavendorf, Amts Lüneburg, gesehen; in Begleitung eines Mannes, welcher angegeben hat, daß er mit Jener aus der Gegend von Hitzacker komme, und nach Gifhorn wolle. In Betreff dieses Mannes ist nur ermittelt, daß er plattdeutsch sprach, von mittlerer Größe war, einen blonden Schnurrbart trug, und einen Ring an der linken Hand hatte. / ANTRAG : Nachfor-

schungen nach der Persönlichkeit der Verstorbenen und ihres Begleiters, sowie nach dem Aufenthaltsorte des Letzteren, eventuell Festnahme Desselben, und Benachrichtigung der unterzeichneten Behörde von dem Ermittelten. / LÜNEBURG, den 1. November.

(Demnach vom vor'jen Jahr noch. Und alles handgeschrieben; in einer Tinte, wie aus Haidelbeersaft. / Also doch lieber nicht.) Ich gab Hel's Unterarm, möglichst unauffällig, frei; (‹ Mein Vater, der Schelm, der mich gessen hat › : neenee. Ohne mich.) Sie war auch schon ganz undeutlich geworden.

9

Und stehen. Und warten. Samt Rochen. / Während's uns von der Chaussee her raschwachsend an-, und blitzschnell vorüber-glottsde. / » Fußgänger sinkt, « schlug Felix vor, » verwirrt, vorm Auto auf die Knie : ‹ SPARE ME ! › – «. Und möglichst laut & rüstig lachen : ! (Auch Ihr rannen dunkle Tränen über das Schattengesicht : ich konnte sie Ihr abwischen helfen; aber helfen konnte ich Ihr nicht.)

DER SONN' ENTGEGEN . . .

Es war natürlich schon weit später ‹ an der Uhr ›, und, obwohl noch voller Tag, würde uns binnen 10 und etlichen Minuten ein Mondaufgang vorgeführt werden – wir wölbten angeregte Brauen und lächelten dementsprechend : das hatten wir in der Stadt lange nicht mehr zu sehen bekommen ! Auch die Wolken waren hier längst nicht so geschniegelt, wie bei uns. Beleibte Gänse (mit der dazugehörigen beleibten Zwölfjährigen dahinter). Ein Junge, der mit einem Strickende das Coca-Cola-Schild am Lattenzaun des Dorfkrämers geißelte : auf dem Rasen dahinter, wie zufällig stehen geblieben, die mit Blumen bepflanzte Schiebkarre (sic ! und der Affe in mir amüsierte sich großartig – so ein Landaufenthalt im Herbst hatte mir gleichsam noch gefehlt.) » Schnell ! – Drauf schlagen ! « brüllte Friedrich ô Feral; und ich rannte gehorsam hinter dem glühend gaukelnden Papierleichlein drein, und knüppelte es mit der Mistgabelbreite nieder : !

Die Damen immer noch im Bad ? Bei kunstlos-ländlicher Toilette, (um unsere armen Sinne völlig zu verwirren, was ? : ‹ âne mâzen schône ›.) Wir visierten über die Schraubverschlüsse unserer Taschen-Flaschen hinweg, türhin . . . ? Anscheinend waren die noch lange dabei; gut; sogar sehr gut. Peter trug eben den Karton mit den Stachelbeerdornen herzu; bebte auf – er hatte vor lauter Dichterneugier nachsehen müssen, was darinnen sein

könnte, und sich prompt in die Finger gestochen, (Gewimmere & Gemere : ich sage ja, so ein Landaufenthalt! Kühe, mit Ketten um die schwarzen Gesichter treten Einen unversehens hinter einem Holunderbusch hervor an. Ledum palustre weicht kokett zurück und lockt den unschuldigen Wandrer ins Seichte – wer wäre schon nicht anfällig für so viele ‹ u › ?). Dennoch proponierte Peter, im Kommen, über den belutschten Finger hinweg : » Nicht ‹ Kühe › : FRAUEN ! – Frauen mit Ketten, Goldkettchen, um die weißen Gesichter; stellt Euch das ma vor – na ? «. Wir stellten es uns kurz vor.
Fritz Voß – (wieso wir für ihn auf ‹ ô Feral › gekommen waren, wußte selbst ich nicht mehr; er ärgerte sich auch immer wieder genugsam über das feinsinnige ‹ o-mit-Dächel ›; wohl aus irgendeinem Goethe-Jahrbuch. Demnach konnte es aber auf keinen Fall von Peter stammen; der las, ein echter Dichter, ja nur Krimis.) – Fritz also winkte als Erster ab; war er doch auch als Erster von uns über die 50 gekommen, und schätzte seine rötlich blikkende Barbara vermutlich nur noch theoretisch : klein & hager, dürre weiße Zöpfe neben frechen Augen, (die übrigen Teile des Gesichtes ziemlich einfältig) – und da Goldkettchen drum wickeln ? ! » Laßt bloß kein Wort von sowas fallen. « mahnte er auch gleich besorgt. Dann wieder, feldherren, wie es dem Versicherungsmathematiker, ‹ Du grinsest gelassen über das Schicksal von Tausenden hin ›, so wohl ansteht : » Jetzt 2 große Gabeln Heu drauf ! « –
– : erst ein feines Knistern und Knackern. Dann viele spitze Zünglein unter'm Nessus-Netz aus Halmen. Eine dicke gelbweiße Qualmdecke bauschte sich auf; waberte unentschlossen 1 Handbreit überm Feuerhaufen..... :

und warf sich dann direkt über Peter; (weg war er; man hörte nur noch sein Husten, und wie er protestierend trampelte. Da 1 Schleierlein auch zu uns herwehte, faßte Fritz, vornehm angewidert, den Grützbeutel oben auf seinem Scheitel, und bog daran seinen Kopf zur Seite.)

* * *

: » Da ! «. –
Tatsächlich. Ganz blaß, wie durchsichtig, sah die große leere Miene über die Kiefernborte. (Und die rotgläserne Sonne, nur noch bonbonen-harmlos, empfahl sich eben auf der entgegengesetzten Seite.)
» Hagedorn soll auch so gesoffen haben – «; weil Peter schon wieder sein Fläschchen an die, für einen Lyriker bestimmt zu dicken, Lippen setzte. » Na-und ? ! – « fragte er herausfordernd zurück; dachte dann aber wohl doch an sein Gretchen, und erkundigte sich, wesentlich gesitteter : » Ein'n könn' wir doch noch – oder ? «. Fritz ließ die Mundwinkel tiefer sinken, und überlegte ('ne Krawatte hatte der Arme um, wie der Rand eines Luftpostbriefes ! Aber er konnte ja nichts dafür; die suchte die Frau aus; er sah gar nicht weiter hin) : » Naja – « begann er zögernd, (und wurde auch gleich wieder ‹ systematisch ›) : » – das hängt ab von a) wie lange unsre Schönen noch ihren Leib schmücken. Und b) kommt heute Abend noch Dr. Feger plus Frau. « » Ochmann; 'n Tierarzt. « sagte Peter verächtlich : » Gedichte kann ich überhaupt erst richtig vorlesen, wenn ich so ganz leicht-ä – illuminiert bin : Ihr wißt, ich saufe strategisch . . . « es verschlug ihm das Wort; denn er sah, wie Fritz seinen Stumpen derart zwischen den Fingern preßte, daß der Rauch an mindestens 5 Stellen hervorquoll – Gefahr im Verzuge ?

Atmete aber wieder erleichterter; denn es war nur Frau Barbaras Stimme, die hinter ihm grillte : » Na, mein Kücken ? Wie weit seid Ihr denn ? «. Auch gleich wieder der unvermeidliche, unnötig durchbohrende Rundumblick, (und die Blue Jeans schlotterten ihr um die Beinstöcke – naja, wenn sie nicht immer so sparsam gewesen wäre, hätten sie jetzt bestimmt noch kein eigenes Haus. Dennoch.) » Wenn ich Amor's Flügel hätte, « begann Fritz höflich zu versetzen, (und der Witz dabei ist ja der, daß man das auch plattdeutsch, ‹ am Mors ›, prononcieren kann : wenn doch jetzt bloß ma der Wind von der richtigen Seite käme; so'ne ganz kleine Bö ..... schon hörte ich es im Eichenkamp, hinter uns, aufrauschen; schon in den jungen Birnbäumchen, im ‹ Celler Dickstiel ›; auch Peters Antlitz leuchtete diszipliniert). Sie richtete sich von dem riesigen Rhabarberblatt auf, das sie dekorativ breiter gezogen hatte; noch immer ruhte ihr Blick auf uns, angewidert, als müsse sie ein Binnenmeer von Alkohol überschauen – ich fuhr gleich, wie spielerisch, (zusätzlich schürend !), mit meiner Forke in Flammenwolle und Gestripp – – : da ! Sie war verschwunden. Aus dem Nebel zirpte nur noch ein sich entfernendes Organ : » Laßt Euch getrost Zeit. Gretchen ist in der Wanne. Und dann geht Gerda erst noch. «

Und wie schön still wieder. Der Mond hatte sich höher aufgerichtet; sei's drum.

» Ich hab' vorhin die Zahl 2000 gesehen, « sagte Peter versonnen : » in weißen Ziegelsteinen. – Man müßte viel mehr zu Fuß gehen. « » Du ja, « bestätigte Fritz roh; dann aber, in Jenes Gedankengänge eingehend : » Du meinst, man *sieht* viel mehr, als wenn man im Auto fährt. « Das war so ‹ wahr › (und gleichzeitig so einfältig :

die Wahrheit ist eigentlich was verdammt gewöhnliches, wie ?), daß wir von einer weiteren Ventilierung des Themas absahen. Peter hatte schon wieder den Buddel in der Hand. » Was hast Du heute denn bloß drin ? « wollte Fritz, ganz nervös, wissen. Aber Jener ging nicht darauf ein; fragte vielmehr : » Trinken wir nachher, den ganzen Abend, wieder Kanariensekt ? « (Frau Barbara verstand es, aus weißen Holunderblüten, Zitrone und Zucker ein dörperliches Getränk zu bereiten. Das heißt : so übel schmeckte es eigentlich gar nicht; mit Selter sogar recht apart; wenn man in der richtigen Stimmung dazu war. Aber waren wir das heut ? – Da selbst Fritz'ens weit vorgeschobenes Untergelipp daran zweifelte, zog doch auch ich stumm das Fläschchen. Und ‹ Ick säih Di ! ›. (Wadengucker wir; in Honigmondtracht und Gesellschaft von Bäumen. Der Folle moant auf's äthernelligste.)

Die matten Reize der Dämmerung. Die bunten Großbommeln der Astern waren stumpfer, stoffener, geworden. Zierliches Cosmeenlaub. Auch die Dahlien waren noch nicht sämtlich erfroren; (obwohl das schwarze schlappe Laub dann ‹ hinterher › auch nicht ohne ist !). Das interessanteste war diesmal der Akanthus am Hause : die daumesdicken schwarzen Stengel; (die blaßblauen Blütentrompeten waren uns brieflich beschrieben worden; auch die Säulenkapitäle sollten stimmen); zur Zeit saßen in allen Stengelgabeln, wie kleine Kakteen, die stachligen Samenkapseln. » Wie Kastanienschalen. Würd' ich eher sagen. « hatte Peter einzuwenden : » Und ist tatsächlich durch reinen Zufall dort entstanden ? – Ich hätte nie gedacht, daß das in unserm Klima überhaupt fortkommt : mediterran – « gab er im Flüsterton zu, (er

konnte die dicken Worte nicht lassen; je nun, 's war halt sein Beruf; die Leute wollen's ja auch so.) » Durch reinen Zufall, « bestätigte Fritz, » wir hatten Besuch aus Spanien; das Auto hat, an eben der Stelle, ein paar Tage geparkt – und muß es wohl irgendwie am Chassis mitgebracht haben, das betreffende Samenkorn. « (Der Eine ‹ betreffend ›, der Andere ‹ mediterran › – die Wahrheit würde also irgendwo in der Mitte liegen.)
» Jetzt müßte man'n Mondscheinspaziergang machen. « » Mit den Damen? «. » Nicht doch, « sagte Peter hastig, » ich betone ‹ jetzt › – also wir Drei allein. Denkt doch ma: immer das sanfte Geleucht so vor sich ... «. Aber ich schüttelte nur den Kopf: » Im Finstern Freund? Und in so gut wie unbekanntem Teräng? – Dann schon lieber bei Tage: ‹ Der Sonn' entgegen ›. « » Legt erstma weiter nach, « kommandierte Hausherr Fritz ungehalten: » Du nimmst vom Komposthaufen, den obersten Dreck. Und Du, Peter, den nächsten Heuberg in Angriff. – Man weiß wirklich nicht, wo man mit dem andauernd anfallenden Gras hin soll, « vertraute er mir kopfschüttelnd an: » Manchmal wird's Ei'm zuviel auf dem Lande; dies ewige Abmähen, und Zusammenkratzen, und ‹ Wenden › und ... Sag übrigens bitte kein Wort gegen den Tierarzt, Peter, « fiel ihm ein, als der Dicke neptunen herankeuchte: » Meine Frau schwört auf ihn, seit er ihr die Katzen gegen Staupe geimpft hat. – Das war aber auch süß: die Kleine vom Nachbarn, die auch von ‹ Seuche › gehört hatte, und die sorgenvollen Gesichter sah, brachte ihren Teddybär an, und ruhte nicht eher, bis der Doktor ihm, mit ernsthaftem Gesicht, gleichfalls 'ne ‹ Einspritzung › gegeben hatte. « » ‹ Süß › vielleicht; freilich auch etwas kostspielig, eh? « wandte ich ein; aber Fritz verzog

den dünnen Mund : » Achnaja, « sagte er hastig : » ich hab' eben meine Logarithmentafeln, und Bärbel..... : Jedem sein Steckenpferd, nich ? «.
Peter rüttelte herrscherlich sein Gabelszepter über die Flämmchen, die sogleich gefällig zischelnd höher wucherten; stieß die Zinken in den Boden; drapierte die verschränkten Arme dicker auf den Stiel, und erkundigte sich tiefsinnig : » Wo käm' man da eigentlich hin ? Wenn man immerfort ‹ Der Sonn' entgegen › ginge ? «

* * *

» Von Morgens an ? – Na, da würd's'De Abends wieder am Ausgangspunkt sein. « entschied ich, voreilig wie immer; (oder, richtiger wohl, ‹ überdrüssig › – was'n nichtswürdiges ‹ Problem › aber auch wieder ! Unsereins muß rennen und sich mühen, daß man'n Auftrag über Wehrmachtsuniformen kriegt, und Der-hier...) : » Beim Mond würdest Du am besten 'n Laternenanzünder fragen. « fiel mir spöttisch ein. (Diebe, Polizisten, Mondsüchtige wurden noch, der Reihe nach, vorgeschlagen; auch ‹ Dichter ›; aber empfindlich war Peter nicht mehr : das machten die vielen schlechten Rezensionen.)
Monsignore ô Feral (– oder hatten wir's damals aus ‹ Venezianischen Gesandtschaftsberichten › genommen ? Man liest ja die dollsten Sachen im Laufe des Lebens –) bewegte aber bereits sehr stark den Kopf : » Nein. – Neinein, « sagte er : » Davon kann gar keine Rede sein, daß man Abends wieder am Ausgangspunkt wäre. Das ist sogar ... eine ziemlich komplizierte Angelegenheit..... Geh ma in'n Schuppen; da stehen noch 3 oder 4 Pappkartons mit Altmaterial; Bärbel bildet sich immer

ein, ich könnte im Winter mit alten Bücklingspapieren und Wurstpellen Feuer anmachen – das hauen wir gleich noch mit drauf. « Schritt ich also, quer über'n Rasen, an der ‹ Ebereschengruppe › vorbei, (in Anführungsstrichen deswegen, weil sämtliche 3 Rütchen erst hüfthoch, und als reizend-rotbeerige, graziös im Winde sich gebärdende Großstrauchgruppe lediglich in Frau Barbaras Fantasie vorhanden waren : und die war überall nicht dicker; ich hatte sie, in früheren Jahren, ein paarmal im Badeanzug gesehen – Fritz mußte, seinerzeit, wahrlich übelberaten gewesen sein : ob er die Schwiegermutter nicht mehr gekannt hatte ?). (Und doch wirklich schon verdammt duster hier in dem Schuppen ! Es sah seltsam ‹ nicht ›-aus. Blecherne Geräusche hingen an allen Wänden; von unten fächelte's schwer nach Katzendreck; ein Kratziges tentakelte – 'n Strick also. – Aha-hier : klamme Pappwürfel. Und bloß raus aus dem Waggon aus Finsternis !).

» M-m; nicht nur vom Datum, « hörte ich Fritz schon dozieren; seine Stimme war direkt lebhaft geworden, wie stets bei dergleichen mathematisch-brotlosen Possen : » auch von der Breite Phi des Ausgangspunktes – ein bißchen sogar von Lambda, der Länge. Entscheidend käme es auf die *Marschgeschwindigkeit* an. « Ich stieß den ersten der nicht unschmierigen Kartons in die Glut, (über die Peter zuvor noch rasch, unnötig priesterlicher Gebärde, Heu gesät hatte; drüber dann auch noch etwas). Fritz grüßte unterdessen über den nahen Zaun hinweg, und wir gafften dem Herrn Nachbarn, wie immer – wir konnten nicht anders ! – in das alte gütige Gesicht : also tatsächlich, der Kerl sah genau aus, wie Karl May ! Die gleiche verruchte Bonhommie wie vor

Band 34! »Den hätte Der ohne weiteres als Double verwenden können.« Peter, hingerissen; und, verwildert-begeistert: »Sowas müßte man haben.«
»Was wolltest denn Du mit'm ‹Double›?« erkundigte ich mich erstaunt. Dann fielen mir allerdings einige geschäftliche Möglichkeiten ein; wenn auch längst nicht so viele (und raffinierte) wie Peter sogleich skizzierte – je nun, er war schließlich Dichter, und hatte mehr Fantasie als wir Anderen zu haben.
: »Man könnte an 2 Stellen zugleich ‹aus eigenen Werken› lesen; stellt Euch das vor: doppelte Einnahmen! / Im Kampf mit Verlegern, wenn man um günstige Verträge säuft: man könnte sich ablösen dabei; und auf die Art vielleicht doch ma obsiegen. / Die dollsten Dinger könnte man drehen: immer hätte ja das ‹Alibi› friedlich daheim gesessen; Nachbar May könnte's notfalls beschwören. / Falls man, wegen irgend 'ner ‹Majestätsbeleidigung›, ma eingezogen würde, könnte ‹der Andere› für Ein'n sitzen gehen ... wie?«
Aber Fritz schüttelte stochernd den Kopf: »*So* einfach wäre die Kurve gar nicht.« entschied er grimmig: »Selbst bei Ansatz diverser Vereinfachungen – zuerst ginge man nach Osten. Dann nach Süden ausholend.«
»Mittags genau südwärts,« wagte ich einzuschalten; aber er kräuselte nur die hohe Stirn, er war längst weiter : »Dann, im Laufe des Nachmittags, Süd-West ...« (»Deutsch-Südwest: Lettow-Vorbeck« witzelte Peter hinein, ersichtlich in seinem Double-Traum gekränkt) ... »und schließlich nach Westen: immer der Sonn' entgegen.«
Die graue Himmelsleinwand; die gelbe Maske schief drauf gepappt. »Wie bei Joyce's, was, Peter?« versuchte

ich, ihn wieder in gute Stimmung zu bringen; aber er schüttelte hoheitsvoll das Meisterbrand-Haupt (man roch es jetzt) : »Ich glaube an die Seligmachung durch Dichtung : ich glaube *nicht* an die Allein-Seligmachung durch 1 bestimmten Schriftsteller!«. (Dabei glaubte er alle 14 Tage daran; freilich war es jedesmal 'n anderer; neulich ein STANLEY ELLIN – den Namen hatt'ich in meinem Leben noch nicht gehört! Na, es war ja schließlich auch nicht meines Amtes.) »Am Äquator, mittags, müßte man quasi auf der Stelle treten. Vom Pol aus in einer sich sommerlich immer-erweiternden Spirale südwärts irren, wie?«

»Wir sind hier nicht am Äquator!« lehnte Fritz unwirsch ab : »Nein : man müßte – meiner vorläufigen Schätzung nach – sich bei Sonnuntergang *südlich* des Startplatzes befinden...«. »Wie weit südlich?« fragte ich unvorsichtigerweise; (im Grunde war es ja aber wohl total schnuppe, womit wir unsere Heizerzeit hier verquatschten. Oder doch nicht?). Fritz zuckte die Achseln : »Das käme auf die Jahreszeit an. – Am einfachsten wäre's, man führte das, immer interessante, Experiment einmal *praktisch* durch. : Hol ma Einer die bankerotte Matratze. Aber erst noch Heu herbei!«

* * *

»Ah-Heu : Ahoi!« sagte es süß und kraftvoll hinter uns; wie man eben, 6 Fuß groß und 2 Zentner schwer, es zu sagen vermag. Mit andern Worten : Gretchen. Ergo war die Gefahr nicht so übermäßig; denn sie tat gern verständnisvoll-handfest mit uns Männern; (ob sie's tatsächlich *war*, stand schon wieder auf'm andern Brett – je

nun, binnen kurzem würden wir ja wissen, wie unsere Frauen über uns denken : wir hatten für 1 Tonband zusammengelegt, und Fritz das Gerät im Kleiderschrank der Damen aufgestellt, das Mikrofon, unauffällig, in die Riesenvase mit dem Spargellaub, ganz in Spiegelnähe; da werden wir ja sehen; ‹ Wir ›, mit ausgesprochener Schrumpfpotenz, allen Minderwertigkeitskomplexen unterworfen, Gedankenspieler, ‹ Name ist Alles, Gefühl ist Schall & Rauch › – vielleicht stimmte es so sogar besser.)
Jedenfalls teilte sich der Qualm ehrerbietig vor Gretchen, und helle huschende Lichter umwallten ihr die Beine. Bis oben hin. (In den Monaten mit ‹ r › soll man schlachten; in denen mit ‹ i › liebt sichs; die schönsten sind, meinem Gefühl nach, die mit ‹ o ›.)
» Ja, was ist denn ? «, Gretchen, zierlich, obwohl gar nicht unangenehm, betroffen; (weil wir derart hin stierten). – : » Tz. – Also Ihr macht Ein'n ja direkt verlegen ! «; sie kicherte angeregt; duckte nieder (verschämt ?), und zupfte das stuhlsitzgroße, gelbe Rhabarberblatt breiter. Und stampfte, ganz ‹ Hinterhand › wieder hauswärts; (demnach schickte sich ‹ Meine › jetzt an, in die Wanne zu steigen.)
Aber : » Habt Ihr das gesehen ? ! «. Und selbst Fritz nickte mit dem ganzen konkaven Gesicht : » Wieso kommt da 1 Pfennigstück rein ? – Peter ! «. Denn das war ja doch wohl ebenso rätselhaft wie frappant zu nennen : genau über Gretchens Knie, da, wo der Oberschenkel mächtig zu schwellen begann, (bis er ein Oberst-Schenkel wurde), hatte, zwischen Fleisch und Perlonhaut, ein Kupferpfennig gesteckt – : » Peter ? ! «. Aber auch er, obwohl doch Dichter und also potentieller Dessous-Spezialist, wußte keine Erklärung; ihm

fiel nur Lessing ein ‹ Did you ever see / Mistress Betty's knee ? ›

: » 'n Loch im Portemonnaie etwa ? «. (Quatsch : Frauen haben doch keine Hosentaschen !). » Oder 'n bloßer Trick ? Um die Männer eifersüchtig zu machen ; à la ‹ Da war Einer dran ! › ? «. (‹ What you Betty's thimble call / that is very good for all ! ›. Aber das war ja auch absurd : Wer machte sich wohl die Mühe, und schöbe anschließend da 1 Pfennig dazwischen ? Wahnsinn. Uns gingen die Hypothesen so rasch aus, daß wir uns doch lieber wieder dem zeitlich vorrangigen Problem zuwandten – vermutlich beschloß Jeder heimlich, seine Frau zu fragen.)

» Am einfachsten, wie gesagt : praktisch durchführen. « wiederholte der zähe Fritz : » Einer nimmt'n Kompaß. Der Andre das Meßtischblatt, und trägt, punktweise, den Marschweg ein. – Vielleicht genügte auch die 100-Tausender – « murmelte er noch hinterher, » beziehungsweise wäre sogar angebrachter : die Generalstabskarte. « Das ‹ General › gab den Ausschlag bei Peter; und ich stimmte, aus Aberglauben, ebenfalls zu; (vielleicht kriegte ich doch den Auftrag über die Uniformen : Vom Zwange des Verstandes frei werden wollen; und dabei in den Zwang des Unverstandes geraten; jaja ! Die luftige Figur des Mondes auf der Oberfläche der Dunkelheit.)

Aber am ‹ längsten Tage › ? Das war wieder typisch Theorist Fritze : » Du, die Bauern würden Dir Einiges erzählen, wenn wir ihnen, selbdritt, durch die wogenden Saaten schritten ! Wir müßten doch, rücksichtslos, querfeldein. « Und Peter wußte den noch entscheidenderen Grund gegen ein Experiment zur Zeit der Solstitien :

» Wie lange ist denn da Deine Sonne über'm Horizont ? « » Rund 16 Stunden « entgegnete Fritz zerstreut, und lauschte dann erstaunt Peters bösartiger Lache : » Und dann womöglich die durchschnittlichen 6 Kilometer pro Stunde, was ? ! HasDe schon ma Ein'n gesehen, der am Tage 96 Kilometer, und dazu noch querfeldein, getippelt ist ? – Pfff ! «
Naja; also frühestens zur Stoppelzeit demnach. » Und womöglich ohne Pause; ohne Erfrischung ? « fiel Peter bereits zusätzlich ein : » Pfff ! «. » Ja, getrunken werden dürfte unterwegs natürlich diesmal nicht, « entschied Fritz streng : » daß uns jeder feuchtöhrige Zweifler womöglich einwerfen könnte, wir hätten bei Eintragung der Kurve zu tief ins Meßtischblatt gekuckt ? Neinein. – Anschließend-dann selbstverständlich. « Aber ich – Einer mußte zwischen den beiden Fanatikern hier den klaren Kopf behalten; (wir sind ja letztlich Alle Besessene; und das Fernrohr nehm'*ich* : das verleiht so vornehme Haltung beim Hindurchspähen !) – vermittelte : » Zumindest 1 müßte nüchtern bleiben. – : Zum Wohl ! «. » Zum Wohl – « erwiderten sie; Peter sehr nachdenklich; Fritz mehr mechanisch. Wir setzten ziemlich im Takt ab.

* * *

» Du kannst ja Dein Double schicken « fiel mir boshafterweise ein. Aber Peter, der schon oral reagieren wollte, wurde gerade mit seiner Gabelvoll zurückgewiesen : » Nein; die Brennesseln ja nicht ! Die leg ma vor die Zaunlücke am Schuppen – «; (und wir erkannten's doch an : man wird tatsächlich erfinderisch auf dem Lande : dieses war wahrlich diebssicher !).

» Mein Double ? Der wüßte Besseres zu tun « erklärte Peter mir verächtlich : » Cash-as-cash-can, mein Lieber. – Zugegeben, man hätte auch doppelte Auslagen : immer denselben Anzug zweimal machen lassen. Beziehungsweise von der Stange kaufen « räumte er ein, als er uns zum Hohngelächter ansetzen sah : » Die Unterschrift müßte er üben. / Bonmots müßte man ihm mitgeben; wenn er Ein'n auf 'ner Abendgesellschaft vertritt. / Leserbriefe müßte er beantworten, das Schrecklichste vom Schrecklichen. « » Oder wenn die Verehrerinnen zu Besuch kommen, was ? «, stichelte ich : » ‹ Elemente zahlen › entfiele völlig : jedesmal war's ja, an Blutgruppe und Rhesusfaktor nachweisbar, ‹ der Andere ›, gelt ja ? « (Und wir Biester nickten ältlich-verworfen : zum positiv sündigen zu schwach; aber den Kopf dick voller Raupen noch !). » Laßt über Euern ‹ Elementen › das-hier nicht ausgehen, « sagte Fritz neidisch : » wenn ich bei jedem guten Einfall 1 Denksäule errichten wollte, sähe die Gegend hier längst wie'n Kegelspiel aus. – Haltet wenigstens die Viertelstunde noch durch : natürlich müßte man vorher den Wetterbericht abhören; und nur bei ‹ Hoch › aufbrechen. Denn wenn nachher, mitten auf halbem Wege, Bewölkung einträte . . . ? «. » Oder Nebel, « sagte Peter nachdenklich : » Kuck ma : hier in den Karton; Ihr habt'n ganzes halbes verschimmeltes Kommißbrot weggeschmissen ! Dann wundert Ihr Euch, wenn Ihr zu nichts kommt – wenn's Käse wär', würde man ‹ Roquefort › sagen. – Ich glaube, 1 könn' wir noch, was ? Wo wir auf dem Experimentalmarsch dann doch keinen Tropfen anrühren dürfen ? «
Wir zögerten doch; (gewiß : viel war nicht mehr drin; hm.) Molkige bleiche Schattengesichter hatten wir

schon. » Das kommt lediglich vom Mondschein. « lehnte selbst Fritz ab : » Aber beim Gespräch nachher riechen's die Frauen bestimmt. – Hör' bloß ma … « (denn es sang fern, verwildert, in einer Kachelzelle; und plätscherte dazu, daß wir's bis hierher hörten. Man breitete mir anklagende Handflächen hin : » Deine Gerda ! «.) » Wir könnten ja mit ganz zugekniffenen Lippen reden, « fiel mir ein : » ohne Vokale, Vermeidung des ‹ a › : Worte wie ‹ Wahrheit › darf Keiner aussprechen. «

» Sieh ma an, « sagte Peter sinnend, » das wäre gar nicht so dumm : ein Buch schreiben, bloß in ‹ Konsonantenschrift ›; wie ‹ unpunktierte Bibeln ›. Da könnte man die freiesten Ansichten äußern … «; er kritzelte schon auf einen Zettel, (mit Schreibmaterial war er, wie alle diese Wortweltenerbauer, immer überflüssig versehen); und hielt uns das Ergebnis breit hin : ‹ dnr st n ff › : ?

?. – ?. –

: » Das zweite ‹ ist ›, ja ? «. (Und ‹ n › gleich ‹ ein › ?). Aber der Rest war zu schwierig. Erfreulicherweise fiel, ehe wir uns in endlose Kombinationen verwickeln konnten, fern im Norden 1 Schuß. – » Jäger – « . Im Süden sofort, gleichsam als Ausgleich, aber noch entfernter, Glockenklang. : » Sie hören das Geläut von Sankt Jürgen : ‹ am Strange › der bekannte Publizist Peter Landorf. « Und Peter nickte erst ob des schmeichelhaft-exponierenden Doppelsinns; er kam sich gern als ‹ unbequemer Autor › vor; (dabei war er vollkommen fingerzahm, wie sich's für den meinungsfreien Westen gehört. Auch runzelte sich die fette Stirn sogleich, als er sich den Gehängten, ‹ am Strange ›, vorstellte : wie Der ‹ unwillkürlich › die Glocken läutet ! : Die Heilige Allianz und ihr unheiliges Tun. – Ob ich den Uniformauftrag eventuell eher kriegte, wenn ich 'ne Bescheinigung meines Superintendenten . . .) : » Ach seht ma – ! « unterbrach ich mich selbst; denn drüben, überm Weg, hatte sich die Haustür eines weiteren Nachbarn aufzutun begonnen; 1 Klein-Mädelchen trat heraus. In einer alten Mehltüte 1 Licht; und das ganze baumelnde 'ternchen an einem Rütelchen befestigt : sehr lustig! Stimmte auch unverzüglich und mit heller Stimme das ‹ Wo de Olsche midde Licht / Däi de Lüe betrücht › an; und schwand an der Ligusterhecke entlang – und da fiel es mir auch wieder ein : der Laternenanzünder! :

* * *

» Hör ma mit ‹ dem Mond entgegen › 'n Augenblick auf, Fritz. – Das hat mir damals doch sehr zu denken gegeben – und mir ist eigentlich bis heute keine Widerlegung beigefallen – *falls* überhaupt eine möglich sein *sollte* . . . « (bezüglich der sogenannten ‹ Hintertreppenromane › nämlich; wir hatten uns da bereits mehrfach in den Glatzen gehabt – ‹ Haare › konnte man ja nicht mehr sagen; außer Peter : der Kerl hatte sogar noch nicht 1 einziges graues! Naja, diese Kerls, diese ‹ Dichter ›, schämen und grämen sich eben nicht. ‹ Mit Anstand altern können › fiel mir, neben ähnlichen verzweifelten Formeln, noch ein; aber der Trost war doch wohl zu schwach – neenee : lieber unanständig; aber dafür jung!).

» Aber ich bin durchaus nicht prinzipiell dagegen – « wollte Peter, wie immer, anfangen. Und : » Ich ja! « protestierte Fritz, wie immer, unerbittlich. (Seine Stimme allerdings galt nichts : wenn er was las, war es höchstens Frenssen, den hielt er für das letzte Wort bezüglich Modernität!). » Ich les die Sachen sogar gern, « gestand

Peter, » so 100 Hefte, mit den dollsten Titeln. « Und wir zählten sie, immer abwechselnd, auf, all die ‹ Heinrich Anton Leichtweis, der verwegene Räuber und Wilddieb des Rheinlandes, oder 13 Jahre Liebe und Treue im Felsengrabe › : ‹ Artur Melchior Vogelsang, genannt der ‹ Nebelreiter ›, oder die Räuberhöhle auf dem Monte Viso › : ‹ Das Waldröschen, oder die Verfolgung rund um die Erde, Enthüllungsroman über die Geheimnisse der menschlichen Gesellschaft; von Kapitän Ramon Diaz de la Escosura ›. » Dieses Letztere, nebenbei bemerkt, von Karl May, « sagte Peter nachdenklich : » Euer ‹ Fuchsberg › hier, wo wir gestern dran vorbei kamen, erscheint übrigens im 4. Band des WINNETOU als ‹ Tavuntsit-Payah › oder ‹ Nugget-Tsil ›. – aber was wolltest Du vermittelst Deines ‹ Laternenanzünders › beweisen ? «.

Achso richtig. » Ja; das war vor & im 1. Weltkrieg, « sagte ich : » Ich war noch ein Junge, und unser Nachbar, ein Schuhmachermeister, hatte mit seiner Frau, um sich zusätzlich ein Stück Geld zu verdienen, nächtens das Geschäft übernommen, die Gaslaternen anzuzünden. « » Beziehungsweise auszulöschen; mit so'ner langen Stange, ja ? « zeigte Peter angeregt. Ich nickte; ließ auch Fritz Zeit, sich zu erinnern; und fuhr dann fort : » Da bin ich denn manchmal, aus reinlichem Fürwitz, mitgegangen. « (Und mußte doch 1, ganz kleine, Pause einschieben : diese Erinnerungen ! –).

Der Ölfleck, hinter der Hochspannung – so'n oller gelber; wie mit Fußbodenfarbe auf Zement gespritzt, (Zehntelstropfen, von Portlandkörnchen abgeprallt, ergeben auch ‹ Sternbilder ›; oh leck ! / Und ‹ abgeprallt › : auf der Herfahrt, hierher nach Giffendorf, hatte ich sie, in Sekundenschnelle vorbeikurvend, ‹ Völkerball › spielen

sehen : das 1900 Millimeter lange, spindeldürre Mädchen, (aber mit hübschem Pagenkopf!), endlos langen schneeweißen Beingestöckels, (oben drüber demnach der entsprechende zaundürre Rippenkorb). Der Kleinejunge, auf seinem Miniaturfahrrad, stört durch Dazwischen-Rumfahren : die Lange holt dianen aus – und trifft ihn genau auf den Kopf, sodaß er vom Mikrorad torkelt:! Alles lachte. Ich wußte nunmehr, woher der Dianen-Mythos stammt. Und steuerte vorbei-vorbei. / Und Peters erwartungsvoller Blick – der Kerl wollte ja nur ‹ Material ›!)
: »Bong. Ich übergehe also alle pikanten Einzelheiten ... « (und Peters Hand fuchtelte wirklich nach ‹ Stoff ›; also unwillig tun) : » ... wie wir einmal ‹ Diebe › entdeckten, klaubend an Wäschestücken im Halbmondschein. Oder die Inflationsbutter im Straßengraben deponierten – wir dachten, der Rossestrab wäre der Gendarm. Leute ohne Kopf antrafen – der ‹ Blitzschneider › kriegte's Fieber danach. Und der Polizist Ewald war, meines geringen Erachtens, immer viel zu langsam mit dem ‹ Verhaften › gewesen! – Und da saßen die Beiden eben dann, von 23 Uhr bis 2 Uhr nachts. Er schusterte erst noch eine lustlose zeitlang; sie fummelte an inhaltslosen Kochtöpfen herum, oder Strickstrümpfen – ‹ Hipperle-Hipperle › hieß es, wenn sie 1 Zicklein schlachteten. – Tcha : und dann hockten sie eben da. Stierten ins Gaslicht. Ödeten sich nachgerade an. Und dann griff sie eben zum ‹ Fortsetzungsroman › : ‹ Der Fürst des Elends / Deutsche Herzen, deutsche Helden / Die Liebe des Ulanen / Der Weg zum Glück. › – Und nach der Vorlesung gingen dann Beide, die Brüste übervoll der Situation, wie der Graf die armeabertugendhafte Näherin

heimführt, wieder ihre – tja ‹ Runde › wäre ja viel zu einfältig für die wahnsinnig komplizierten Kurven, die da durch die Gassen beschrieben werden mußten. «
Pause. Fritz gabelte in Dreck und Halmen. Wir standen in Gras & Klee; (Franzosenkraut und Hederich ließ Frau Barbara nicht aufkommen.) » Peter-Plies, den letzten Haufen in Angriff nehmen. « Jener tat's, (er ging so breitbeinig ab, als käme er bereits unter schwersten Lasten an; forderte auch unverzüglich mich zu aktiv-schürenderer Mitarbeit auf.) » Geschichtenerzählen dispensiert von nichts. – Und sagen wolltest Du damit, daß es diese endlosen 5000-Seiten-Schmöker geben *müsse*. Und sei es nur für Laternenanzünder «.
» Beziehungsweise für alle Berufe, « verbesserte ich, (langsam, erinnerungsbefangen) : » die, nach dem fronenden Keinerlei des Tages, nachts dann, mit halbem Gehirn, viel schwarzgelbe Stunden lang, noch wachen müssen. : Für die *muß* eine Lektüre da sein, ganz banal und absurdspannend, gewissermaßen ein Ersatz für flachste Träume ... Du verstehst mich, ja ? «. Ein Stern schneuzte sich. Und :
» Nein, « lehnte Fritz ab : » mir geht vielmehr immerfort durch den Kopf : was machen wir, falls uns die Zonengrenze in den Weg kommen sollte ? «. » Die sogenannte DDR, « sagte Peter grüblerisch; schmiß die neue Last auf die Brandstatt, und stützte sich breiter aufs Gabelende : » Ich versteh Dich schon. Du meinst : man dürfe selbst *diese* kuriose Sprosse nicht aus der Leiter der Literatur ausbrechen. Daß das Publikum, von ganz unten, nachkommen könne ?. – Übrigens : 1 könn' wir doch noch ? ! «

* * *

» Ha ! « fuhr er dramatisch auf, als die Flamme (kümmerlich; ob seines unstrategischen Dreckwurfes) herumqualmte : » Die Welt ist noch auf 1 Abend mein : / Ich will ihn nützen, diesen Abend, daß / kein Pflanzer mir nach Menschenaltern noch / auf dieser Brandstatt ernten soll ! – «; er preßte die Hand aufs Herz und schnappte nach Luft. (Und die Dächer der Häuser ringsum staken gleich wie lauter schwarze Beile im Himmel !). » Du sollst Dich nicht immer so Deiner Leidenschaft überlassen, « tadelte Fritz abwesend : » Leidenschaft & Meteorismus – wenn Du die beiden nicht hättest . . . : nachher, wenn wir das Experiment durchführen wollen, pustest Du wieder. «
Peter keuchte tatsächlich noch ein wenig unter'm beringten Mond. Apropos ‹ Ring › : » Türkise vertragen keine Sonne, « fiel mir ein : » falls wir also mal 1 ganzen Tag lang ‹ der Sonn' entgegen › gehen *sollten*, müßten wir auch darauf achten. « » Ach ? « fragte Peter interessiert : » Gestatte, daß ich mir das Faktum notiere. – Sehr fein. – Und Du wolltest also dartun, daß es für-ä, sagen wir, Krankenschwestern, Menschen in Wartesälen – wenn der Zug erst in 4 Stunden geht – während nächtlicher Eisenbahnfahrten, wo man nicht schlafen kann, für Apotheker bei Nachtdienst – oder, meinetwegen, auch für Laternenanzünder-allgemein – solche wenig-würdigen Großgebilde, meisterlich verworrene, geben *müsse*. Selbst wenn sie dem gebildeten Geist, oder auch nur dem ausgeschlafenen, wie blödsinnige Parodien erscheinen ? «. Ich nickte stumm; (ich bin Pessimist, was ‹ das Volk › anlangt – obwohl ich den Auftrag über 20 000 Uniformen brennend gern gehabt hätte !). Aber Fritz fuhr auf : » Nein ! Es braucht sie *nicht* zu geben ! *Verboten* müßten

sie werden. Man bilde die Leute; daß sie lernen, sich mit ernsthaften Dingen zu beschäftigen. «

» Wie, zum Beispiel, der Sonn' entgegen zu gehen, « ergänzte Peter : » Ich sag' Dir bloß das Eine : wenn ich unterwegs, und sei's mitten auf der Walze, an einem Strunk eine KieferngIucke erblicken sollte : die wird geerntet ! «. » Kannst Du Dir nicht ‹ Sparassis ramosa › merken, Peter ? « tadelte Fritz zart : » Eine Unterbrechung kommt selbstverständlich überhaupt nicht infrage. Und wenn uns ein ganzer Harem verlockend in den Weg tänzelte ! «.

» Dann muß also doch besser mein Double mit, « sagte Peter fest : » Man müßte einen Solchen ja sowieso wohl weit jünger wählen, als man selbst ist : stellt Euch das vor – das Copyright könnte bei Bestsellern praktisch um viele Jahrzehnte verlängert werden; falls man sich, innerhalb der betreffenden Familie, darauf einigte, durch mehrere Generationen hindurch, unauffällig die Söhne, Enkel, undsoweiter, in diesem Sinne einzusetzen. « » Ja, aber « wandte Fritz scharfsinnig ein : » wenn nun ‹ der Alte › ursprünglich, sagen wir, Russisch gekonnt hat ? «. – » Dann erwidert der ‹ Neue › ganz kalt : ‹ Montags nicht. › – Das würde dann sogar noch als besonders geistvoll-spritzige Parade akzeptiert-notiert werden. «

» Oder wenn Der schon 92 ist; und das Temperament ginge mit dem Remplaçant durch; daß er, wenn Mädchen auf einer Waldwiese Weitsprung übten, ä-mitmachte ? «. – : » Dann hieße es bei den hinterherschleichenden Reportern nur ‹ Vital-unverwüstlich : ein Dichter altert nicht : dichte Dich jung ! ›. – Und mit 130 kriegte man den Nobelpreis ja doch, und wenn's nur der Kuriosität halber wäre. Wonach Die, in Stockholm-da,

eigentlich gehen, kriegt man ja sowieso nicht raus.« (Peter, der ihn noch nicht bekommen hatte, verwies verächtlich immer auf Churchill einer-, und James Joyce andererseits : ein Mensch, der was auf sich hielte, würde ihn grundsätzlich ablehnen. – Das Geld freilich wäre nicht zu verachten.) –
Und Stille. Müde wurden wir langsam; (was zum Hinsetzen hätte man haben müssen – auf dem Stumpf des ehemaligen Kirschbaumes hockte bereits Fritz) : »Findlinge fehlen!« faßte Peter unsere Gefühle entscheidend zusammen. Ich gabelte immer noch; und schürte die Reste zusammen, mit der rührenden Treue eines Thermostaten. / Peter wollte erst protestieren – er verband andere, ältlichere, verbrauchte, Symbole mit diesem Wort ‹Treue›; so winkelriedisch-hindenburgisches, einen Pelikan, der sich die Brust aufreißt, so Schlüpfer aus Blech mit Vorhängeschloß, (ich hatte mal 1 Fräulein Pelikan gekannt, die tat ungefähr das Gegenteil – wenn ich bloß den Auftrag erst in der Tasche hätte! Man könnte so viel freier denken.) Aber er sah es dann doch, wenn auch widerstrebend, ein, als ich ihn auf sein morgendlich-heißes Waschwasser hinwies : »Das hält Dir der treue Boiler – ‹eu› : ‹oi›; durch den Diphtong gesichert! – über Nacht, während Du schändlich grunzest, ergötzlichst warm! Na?!«. Und er probierte – es war ihm anzurechnen; denn er gehörte sonst zu den Feinsinnigen, die die Technik ebenso leidenschaftlich verabscheuen wie benützen! – : »Der tigeräugig-wimpernlose Thermostat also bedeutet Treue?« »Der Schukostecker gesicherte Aufklärung...« fiel Fritz ein. »Der Hundertmarkschein ist gepreßte & getrocknete Freiheit!« schloß ich, bedeutsam-dumpf.

» Apropos ‹ Findling › – « begann Fritz, das Gesicht verlegen mondscheinwärts gewendet : » – ä-Barbara hat da 1 Wunsch geäußert. – Wir haben neulich einen unserer weiten Spaziergänge unternommen … « (wir waren gleich im Bilde : die Beiden, im ‹ Kleppermantel ›, waren längst 1 Begriff; überall, wo sie schon gewohnt hatten. Sie dachte vermutlich des ‹ Odenwaldvereins › ihrer darmstädter Kindheit; er zählte verstohlen die Schritte dabei, und trug's zuhause in seine Spezialkarten ein : ‹ Schöne Einzelbäume › / ‹ Wacholderbestände vor Blickwedel ! › / ‹ In den Eichenstamm auf rechts 35 89 801; hoch 58 41 960 : ist eine *Kette* eingewachsen ! : Untersuchen : Warum ! ›).
» Ja-Du : Warum ? ! « wollte Peter begeistert wissen. Aber mir war der Findlingswunsch Frau Barbaras weit verdächtiger, (‹ Wenn die Frauen wünschen, schuften die Männer › !). Und ô Feral : » Tja; wir haben da, am Wege nach Weyhausen, einen – wirklich prachtvollen ! – Stein gesehen. Und den hätte Barbara gern auf unserem Grundstück hier. – Uns fehlt ja tatsächlich sowas – als Sitz für Dich, Peter; zum Beispiel. «
Das Gewicht ? : » 100 mal 100 mal 100; durch 3 etwa. Mal 2 Komma 5. « Fritz, unsicher. » Macht ? « erkundigte sich Peter; (während ich schon das Gesicht verkrauste; denn allein 100 mal 100 macht ja 10 Tausend !). » Also ich schätze ihn auf-ä 15 bis 20 Zentner, « gestand Fritz nervös : » Ich habe bereits mit einem Bauern-hier gesprochen. Der meinte : nur im Winter; auf einer stabilen Schleife. Mit einem derben Traktor davor. – Hintenrum, dort, eingefahren. Nicht über ‹ die Gruben ›; das hielte die Betondecke nicht aus. «
Der Mond glinste hämischer durchs Cirrusgitter. Wir

stellten uns ‹ Schnee › vor: 10 unter Null, (oder 5; das genügt ja auch zur Unbehaglichkeit); total verkonditorte Wälder : Wir-Drei, in Tarn-Bettlaken gehüllt, wälzen mit Hebelstangen – unterstützt von ratzeputzduftenden Bauern, die auf unser Kommando hören – 1 muschelig-gehöhlten Riesenfindling auf ‹ seine › Schleife. – Gar nicht schlecht; Leatherstockingmäßig. (Und beim nächsten Lagerfeuer-hier würden wir dann endlich sitzen können. Ab & zu steht Einer auf, und rührt mit zinkiger Gabel im wildwestenen Rot – man wird ja immer älter, wie?). » Ja : aber kostet das nicht 1 Heidengeld? « fragte Peter mißtrauisch. Und Fritz, erbärmlich : » Höchstens 20, 30 Mark. – Und 1, 2 Flaschen, ‹ Alten Klaren ›. « » Also rund 50 « resümierte Peter. (Immerhin : dann so eine cheruskerne Riesenklamotte hier, à la ‹ Da liegt Hermann begraben! › ? – Sinnen & schüren.)

* * *

Wieso entstand in Richtung Norden dieses Licht-Viereck? Ah : die Haustür war aufgegangen. Schritten 3 Grazien daraus hervor. Frisch gewaschen die ältlichen Glieder; (wir hatten ihnen einst unsere Jugend geopfert; und taten es, womöglich, noch. 3 Sonnen gingen gewissermaßen auf : ‹ der Sonn' entgegen › !).
» Nå?! « (höhnisch-höflich) : » Seid Ihr fleißig gewesen? «.
Kamen triumfierend näher. Gerda, (‹ meine Gerda › ? Wer weiß das schon.) hob genau dasselbe Rhabarberblatt von einer grauen Mikrofon-Blüte : ! : » Und jetzt dürft Ihr mit rein kommen! Und mit anhören, was Ihr über uns gedacht habt. « (Und über den 6 Schlüsselbei-

nen diese 3 Siegerinnenfratzen ! : 2 Zentner, anderthalb Zentner; 1 Zentner. Und der platte Mond.)
(Weiberlist-weiberlist ! : also daher die Nicht-Wäscheleine von Obst- zu Obst- zu Obstgebäum ! Daher das dreifach-breite Niederducken : Mikrofon-Kontrolle ! Daher die scheinheilig fördernden Erkundigungen !)
Und wie gut, daß wir jetzt etwas ‹ zum Tauschen › hatten ! Wir preßten Friedrich ô Feral die kluge Hand. Wir packten die Mistgabeln aufs Hochgestell, unters Vordach. Wir schritten, hinter den, (noch immer ahnungslos Triumfierenden) hinein.
Hupte es nicht schon in naher Ferne ? Tierarzt & Abendbesuch ? – (Nun, komme was soll : ‹ Ripeness is all › !).

Nachwort des Verfassers :

Desoccupado lector – : read; and having sneered duly, consider. –
Die vorstehende Geschichte ist die je nun Einkleidung einer ernsthaften, halb astronomischen, halb geografisch-geodätischen Aufgabe; an der Sie sich – gesetzt den Fall, Sie trauten sich die erforderlichen mathematischen Kenntnisse noch zu – gern die feinen Zähne ausbeißen dürfen.
*Eine ‹ elegante Lösung ›, meine Helden zu belehren baß geeignet, würde etwa darin bestehen, auf einem 100 000-er-*Blatt, ausgehend von meinem Wohnort, (Bargfeld, *Krs. Celle), ausgezogene Kurven für den 23. eines jeden Monats, von Dezember bis Juni einschließlich, unter Voraussetzung einer Bummel-Geschwindigkeit von 5 Stundenkilometern, die Marschwege aufzutragen; (ganz Exakte*

könnten noch, schicklich gestrichelt, die weiter ausholenden Linien für 6 km pro h zugeben.) / (Wissende höre ich hier ‹ CARROLL › flüstern – nicht ganz. Jener Große begnügte sich, in raffinierter Schlichtheit, zumeist mit verführerisch-diophantischen Gleichungen. Nicht also ich : Nicht-Ich!).

Ich warne ergo vor vorgefaßten Hypothesen, wie etwa der, daß solche Lösung binnen 1 Stunde, zwischen Schlaf & Wachen, zu leisten sei! Astronomischerseits kommen Begriffe wie Exakter Sonnenauf- und -untergang; Morgen- beziehungsweise Abendweite reichlich ins Spiel; von Azimuth, Höhe, MEZ, Zeitgleichung und dem geheimnisvollen Pfennig in Gretchens Seidenstrumpf noch ganz zu schweigen. Und was Geografie und -däsie anbelangt, so sei zwar erlaubt, die lokalen Krümmungsdefekte zu vernachlässigen; da es aber immerhin und mit Recht heißt, die Erde sei ein Ei, soll eine simple Kugel-Kalotte mit den entsprechenden Krümmungsradien ‹ meiner › Breite genügen; sowie auch Hindernisse als nicht-existent angesehen zu werden brauchen. Dennoch wird die korrekte Einzeichnung jener 3 Heroen auf Schwierigkeiten stoßen; und je größere, umso genauer man verfährt. (Und in Manitoba, bzw. Lumumba-Land, sähe die Sache wiederum noch anders aus.) –

Richtige Lösungen sind bis zum 1. Oktober 1961, mit dem Stichwort ‹ DER SONN' ENTGEGEN › versehen, an die Ostdeutsche Akademie der Wissenschaften, Berlin W 8, Otto Nuschke Straße 22–23, einzusenden.

KUNDISCHES GESCHIRR

1

Ich steh gern früh auf, (und nicht bloß in fremden Häusern). Aber schon wirklich ‹ früh › – nicht, weil ich meinem Käpplein nun mit Gewalt seinen eigenen Schnitt geben wollte; aber es ist dann so schön still zum Arbeiten, im Winter um 2 und 3 : als HAGESTOLZ, (was ja nicht identisch ist mit ‹ Junggeselle ›), stört man Niemanden, und die Dictionaries sind's gewohnt. Nun gar hier ‹ auf dem Lande ›, sommers um 4, hätte ich ja ein Narr sein müssen, wenn ich dem (mich im Sinus des Einfallswinkels anfunkeln wollenden) Reiseweckergesicht nicht einen Schnipp geschlagen hätte. Denn es war tatsächlich rundum apart so, im leichten Sessel, auf der kleinen Veranda THE HOUSE & THE DISTANCE :
Ruhe faltet die Fluren aus : Stillst'n Dank, 1 τ ! (Das muß ich übersetzen ? ‹ 1 τ = ein Tau = a dew = Adieu › : Sag' lang, Frau Nacht ! Da Lord Sun die Augen öffnet. So viele, uns wunderlich untertane Buchstaben.) Und Weizenkätzchen harren atemlos. Kleinstes plappert. Staare mit Roßtäuscherpfiffen. (Früher, jünger, hab' ich bei solchem Anlaß meist um die Ecke gekuckt : ob man mich meine ? Hochbeinige Zeit damals. Heute bin ich nicht mehr ganz so größenwahnsinnig.)
: » Na, Conte Fosco ? «. (Martin's mächtiger, weißgrauer Kater.) Aber er schmeichelte mir mit nichten : die Katze ist das Sinnbild der uns möglichen (d. h. mit der Zivilisation noch zu vereinbarenden) Freiheit. Deshalb. (Und

das ist ja einer der seltenen Fälle, wo der Singular mehr ist als der Plural : ‹ Freiheiten › gewährt man den Völkern allenfalls noch; DIE FREIHEIT nimmermehr. Was aber vermutlich auch ganz richtig ist; ich komme immer mehr ‹ vom Volke › ab, je älter ich werde. ‹ 40-Stunden-Woche ›, tz ! Bei mir liegt das Minimum bei 70, und öfter werden's über 100.) / : » Laß ja die Meisen in Ruhe ! « – aber sie hatten's bereits gemerkt. / – . – . / : ? – Sehr ferner Glockenklang. Ostsüdost; und auf solche Distanz genehmigt. Wo das ‹ Dix-Huit › der Kiebitze noch lauter ist als Ben Pandera. (Trotzdem 1 Mal den Kopf scheuchend bewegen.) Weiter dösen.

2

Und hoch horchen ! Wer regt sich denn gegen halb 5 in dem Hause hier ? / Martin garantiert nicht; Der war viel zu bequem, seit Menschengedenken. Und da Karl-mit-K samt seiner Ida im Auto schlief, blieb logischerweise nur ‹ Sie ›. (Unangenehm.) / Kam tatsächlich die Treppe heruntergeknarrt ? ! (1 Chance noch : Sie ginge auf's Klo.) Aber nein; schon kratzte & nestelte's an der Haustür rum. Keusch klirrte das Sicherheitskettchen. (Und da räusperte ich, als Gentleman, mich denn doch lieber hörbar – man konnte ja nicht wissen, wie Die da raus kam, morgens um halb 5 .)
Gleich gegenseitige Musterung, kalt & neugierig. / Nacktegrobe Füße. Dann, bis zum Hals hinauf, engst anliegender grauer Trikot (gestern Abend war's schwarzer gewesen; und es ist natürlich auch kein Trikot, ich weiß wohl, aber es läuft auf eines hinaus); kurzer spitzer

Ausschnitt. Und dann eben dies Gesicht! : breit & rotmarmoriert, (wie Sie wohl am ganzen Leibe sein mochte; das gibt's); der Mund ein brutal klaffender Schnitt von genau derselben Farbe (da völlig ungeschminkt); das Haar kurz wie eine Bürste. Nicht die geringste Andeutung von Busen. (Tcha, war das nu besser, als die handgemalten Flittchen, die sonst im allgemeinen so rumlaufen? Weder-noch, würd' ich sagen. Es gelang mir erfreulicherweise, nicht mit den Achseln zu zucken; Die hätt' das ja sofort registriert. / Und auch das erinnernde Grienen unterdrücken : wie Ida gestern Abend, beim Eintreffen, den ‹Jungen Kerl›, der am Zaun saß und mit dem Conte spielte, zur Ordnung gerufen hatte. Das war dann eine rechte Überraschung gewesen.)

Sie stellte ein (gleichfalls graues) kunststoffig glitzerndes Beutelchen auf den Tisch, zwischen uns, und setzte sich. »Ich muß etwas Morgentoilette machen,« sagte sie : »Stört Sie's?«. Nun hatte ich ja längst gemerkt, daß in diesem Fall schlichte gewaltige Ehrlichkeit das klügste wäre, (auch eine Art, sich zu verstellen, zugegeben; aber über Karl's & Ida's bürgerliche Verlogenheit machte sie sich unverkennbar mentaliter noch weit mehr Notizen). Also ernst & ehrlich : »Wenn ich zusehen dürfte ...?«. Dann, (etwas schief & selbstironisch) : »Es wird mir nicht mehr oft so gut.« Nun noch ein Zitat (angedeutet durch leichtes Handanheben, sowie ein bißchen lautere & trockenere Diktion) : »‹Das Grau-Seyn schleicht herbey, Dein Stoltz ist abgebrauchet.›« (Und das Nacheinander der Masken samt den dazugehörigen Witzen gelang einigermaßen – ich geh' ganz gern über meine Leiche.)

Sie nickte billigend. »Ich auch,« bestätigte sie. Saß. In ihrem eigenen mächtigen Knochengestrüppe, den linken Fuß auf der rechten Leistengegend, dicht vor'm Bauch; und schnitt sich mit einer großen Scheere das Horn von den (inneren) Fersenrändern; die Überbleibsale legte sie sorgfältig in 1 Häufchen auf den Tisch zusammen. Zwischen uns. (Stücke wie Hobelspäne waren dabei; sie krümmten sich im Lauf der Unterhaltung langsam.) »Von wem?« erkundigte sie sich, gemessen-zerstreut; meinte das Zitat eben; und ich erwiderte einfach: »Opitz. – Laut Adelung.« (Das heißt, ‹einfach› war das ja eigentlich nicht grade; wenn man's auseinandernahm. Und Sie war der Typ, das notfalls zu tun: Psychoanalytikerin, und mitten in ihrer Doktorarbeit. Martin's Hülferuf war schließlich unüberhörbar gewesen; sein Brief (der an Karl fast gleichlautend) sprach von »höllischen Analysen«, die ihn »noch umbrächten«, und wie er fürchten müsse, in medizinischen Fachkreisen »zum Sprüchwort« zu werden – was Karl & Ida ernst genommen hatten; mir waren die auffällig vielen gaumigen Diftonge das bei weitem Anstößigere gewesen: Der hatte doch bisher noch nie Hülfe-mit-ü geschrieben! (Wir waren immerhin alle Vier, inclusive Frau Ida, 9 Jahre lang zusammen in die Schule gegangen, bis zum Abitur; und hatten Uns nie aus den Augen verloren; im Gegenteil.) Aber Karl, für Subtilitäten dieser Art scheinbar immer weniger zu haben, hatte nur unwirsch den Kopf geschüttelt, und grobschlächtig gebrüllt – sie hatten mich im Auto mit her genommen; und der worldwhirlwind pfiff uns an Hut & Fenster –: »Neenee: Die will'n beerben!«. Was Frau Ida, flink über die Schulter vom Steuer her,

ganz Dottermäulchen-Glattzunge, so übersetzt hatte : » Heiraten. «)
Und hier war unterdes der rechte Fuß dran; sie schnippelte. (Wie gut, daß ich gewohnt bin, mich, auch wenn ich um 4 aufstehe, leidlich zu adonisieren. Denn wir sahen uns ab & zu an.) / Idas ‹ Heiraten › war natürlich schlechterdings läppisch; genau die smarte Vernageltheit, die sie, und 80 % der Erwachsenen ihrer Generation überhaupt – naja, dann konnt' ich aber auch nicht mehr von ‹ auszeichnen › reden. Daß Martin, der reiche Martin, der dem Waisenkinde – (und da mußte ich doch, ich konnte nicht anders, hinsehen : mit *der Figur* war der Begriff schwer vereinbar; mit der eisengrauen Tracht schon besser; am unheimlich-besten vermutlich mit dem ‹ Geist ›, der, halb Sheffield halb Solingen, darin zu hausen schien) – also daß Martin, der Ihr, (dem Kinde irgendeiner entfernteren einstigen Cousine), weitgehend das Studium finanziert, und Ihr jetzt wieder für 1, 2 Jahre ein Gratisasyl bezwecks Abfassung Ihrer Dissertation gewährt hatte, mit dem Gedanken geschäkert haben mochte, sich eventuell 'n büschen zu entschädigen, war bei seiner Altgesellenmentalität durchaus denkbar, ja gleichsam ‹ natürlich ›. Aber zum Heiraten war er, wenn nicht gar zu klug, so doch bestimmt zu bequem. (Und seitdem ich *die Zeitgenössin* hier gesehen hatte, war ich von Ida's Fehldiagnose restlos überzeugt : Die sollte sich lieber aufpassen, daß sie dem Waisenmägdlein nicht allzuviele Blößen gäbe !).

Pedikūre beendet. Sie legte die lange Scheere so abscheulich auf den Tisch, daß die Spitzen auf mich zu zeigten, das schmale Maul sich, weißfischlüstern nach mir auftat. Weidete sich 1 Augenblick an meinem Unbehagen darob. Sann 1 Augenblick. (Und da kam mir der Flattervogel von vorhin, dicht über Wies' & Zäune, zu Hülfe – siehe da : auch ich mit ‹ ü ›! Liegen die Dinge so ?). » Iss'n das ? « fragte die Sehr-Gelehrte, leicht gereizt. Und ich machte mir den ältlichen Scherz, und rief Jenen scharf durch's Handsprachrohr an : » Wie heißßß'Du ? ! « – sofort schlug's kampflustig die Flügel gegen mich auf, die schwarzen, mit den breit-weißen Banden : » Ziiii : Wittt ! «. Und ich nickte formvoll mit dem Kopf zu ihr hinüber, als stelle ich die Beiden einander vor : » Fräulein Seidel. « (Auch ein bißchen entschuldigend lächeln ob meines leichtenbunten Krämchens : Wir sind auf dem Lande. Sie war sich des Mankos aber doch bewußt; und daß ich meinen ‹ Sieg › nicht ausnützte, empfand sie, erfreulich um Allwissenheit bemüht, sicher auch als peinlich.)

» Ich muß mich erst spezialisieren, « sagte sie nervös, » dann kann ich an Allgemeine Dinge herangehen. « Machte den Mund starrer, (da 1 Flüchlein heraus gewollt hatte : auf sich selbst, sans doute, wegen der Quasi-Entschuldigung); und wurde angemessen brutal, (wie es dem Waisenkinde, dem jahrzehntelang gedemütigten, dann jahrzwanzichtelang geziemt).

» Sie übersetzen – « fing sie an; » Onkel Martin hat die Bücher ja alle. Ich hab' sie mir gestern Abend noch ma' angesehen : viel Mittelware; aber ein paar Großherren

der Literatur sind immerhin auch dabei. « Und ließ einen Blick auf mir ruhen, wie er ihr noch gar nicht zustand; (obschon er mir, als einem kleinen Handwerker in den weiten Wortwerkstätten, gebührte : hier gab's nur 1 Mittel, sie an dezidierten Dummheiten zu verhindern – schon um ihr für späterhin Nach-Schamen zu ersparen; Ida freilich hätte sie, aus reiner Bosheit, weiter rasseln lassen – nämlich, leise Warnung, abzulenken. War ja ein lustiges Duellchen.)
» Ja – . Gestern Abend – « versetzte ich, nachdenklich an ihr vorbei : » Uhlenflucht sagen die Bauern hier zur Spätdämmerung; wenn sich schon ein Schwänzchen Mond in den Eichen herumtummelt. – «. (Ich sprach absichtlich etwas schleppend : wenn Sie wahrhaft klug ist, macht sie jetzt noch ein bißchen Kosmetik, und geht dann. Wenn rachsüchtig, Gymnastik. / ‹ Gestern Abend › hatte sie uns ein Biermüschen vorgesetzt. Und Martin gewarnt; im Sinne von ‹ Eßt vorsichtig : Die kriegt's fertig, und mixt Euch was rein, daß Ihr Alles sagt ! ›. Lächerlich. Woraufhin Karl & Ida kaum genippt hatten – mir hatte's geschmeckt. / Wiederum, als sie mir die zweite Portion holen ging, hatte Martin uns zugezischelt : » Die haben neuerdings vielleicht Ideen, die Landbevölkerung glücklich zu machen ! Lesen-Schreiben-Rechnen ? : Weg damit ! Dafür Analerotik, wie sie's nennen – muß natürlich 'ne dolle Sache sein. « hatte er sinnend hinzugefügt. Frau Ida sofort anklagend die Hände gebreitet. Und ich abwehrend geschüttelt : erratur.)
Aber sie war eben weder klug noch rachsüchtig; sondern wurde einfach sachlich. » Ich dissertiere nämlich über die Unbewusste Abbildung von Leibreizen in der Literatur, « erklärte sie : » Wenn Sie vielleicht – Sie haben ja

sicher weit mehr gelesen als ich – weitere Beispiele wüßten, die ich mit aufführen könnte ? Ich würde selbstverständlich Ihren Namen an der betreffenden Stelle erwähnen. « fügte sie lässig hinzu. (Hoffentlich konnte ich mein Gesicht auch diesmal am Schmunzeln verhindern : sie mußte schon noch sehr jung sein, um 1 Erwähnung der angedeuteten Art nicht für ein ziemlich wehmütig-kurioses Lebensziel zu halten. Aber Sie merkte nichts; Sie war zu sehr bei der Sache). » SCHERNER – « sagte sie ermutigend, um das kalkhaltige Rinnsal meiner Gedanken in die richtige Bahn zu lenken; » Oder kenn'n Sie den etwa auch nicht ? «. (Das ‹ auch › bezog sich kaum auf meine Belesenheit, (die als immerhin möglich anzunehmen, sie ja eben erst noch höflich genug gewesen war), sondern unverkennbar auf den armen Martin. – Aber das Thema war schon wichtig & interessant. Auch pikant. (Pee-cunt). Anscheinend haben Kluge Jungfrauen heutzutage grundsätzlich etwas Öl bei sich.)
» Ich kann natürlich jetzt, ‹ auf Anhieb ›, nicht sogleich den schieren Tiefsinn von mir geben, « fing ich an; » werd' mir's jedoch überlegen. – Wenn ich eventuell etwas ‹ laut denken › dürfte – ? «. » Schön wär's « versetzte sie, ebenso hart wie materialhungrig; (obwohl deutlich 1 gewisser Zweifel mitschwang. Sehr richtig.) Ich, konternd : » Nicht immer. « Pause. Dann : » Wenn der Akzent nicht auf ‹ unbewußt › läge, würde ich die diversen ‹ Hintern › im JOYCE empfehlen. So aber dürfte sich Ihnen ja längst das eigentümliche Dilemma ergeben haben : daß Sie einerseits gern Beispiele aus der *Hoch*literatur hätten – « (sie nickte) – » da aber gerade die vielviel bewußter – ergo verschlüsselter, ergo schwerer durchschaubar – arbeitet, als Leser sich träumen lassen,

wird das für Sie ergiebigste Material die berühmte Kolportage liefern – « (ihre Miene wurde noch adstringierender) – » denn deren Verfasser pflegen in, Korrekturen nicht nur nicht erlaubender, sondern sogar verschmähender, ‹ schlechter Trance › zu schmieren; was dann wiederum, zwangsläufig, Material von besonderer Transparenz liefert. « Sie hatte derweil die athletischen Handgelenke übereinandergelegt, des Zuhörens gewohnt; » Beispiele. « forderte sie jetzt mechanisch. » *Deutsche* Beispiele? «. (Da hatte ich anscheinend einen schwachen Punkt getroffen; denn sie bewegte 1 Mal die mächtigen grauen Schultern. Merkte, daß ich gemerkt hatte. (Nett. Klare Köpfin.) Verfügte jedoch über Fond genug, und gab's würdig zu): » Möglichst ja. « Also dann: » Kämen infrage Retcliffe-Goedsche; Samarow; Robert Kraft. –: KARL MAY! Der vor allem! «. Auch, da Sie die (ungeschminkten: solche Küsse auszuhalten, würde nicht Vielen gegeben sein!) Lippen unwillig schwirren ließ TONLOSE ROULADEN –: » Jedes Jahr immer noch 1 Milljon Bände! Und Sie brauchen ‹ Unbewußtheit ›. Der Mann wird überdem vermutlich occasionell invertiert gewesen sein – « (ihr gröbliches Antlitz begann zu leuchten) – » und da es sich ja um DAS TOTEMTIER DER DEUTSCHEN handelt, könnten Sie in diesem Fall Qualität durch Quantität ersetzen. – Zum Beispiel – – «

Aber zu den Beispielen kamen wir, sie mochte noch so suggestiv blicken, zumindest jetzt nicht; denn

a) ließ Conte Fosco sich herab, sich auf den Tisch zwischen Uns zu setzen; und das war ja so ehrenvoll, daß ich von meiner superstitiosen & einem Literatus schier unanständigen Vorliebe gegen besagten Autor sogleich zurückkam, und lieber

Dem-hier zusah, wie Der sich am Arsch leckte : dann steht 1 Pelz-Stelz-Bein so hoch in die Luft weg! ..... / Auch : »Der Katze muß das Haus doch wie ein HOHLER BERG sein : mit Schätzen darin; Schlaraffenländern, Wärme – auch ‹ Gefahren › freilich; wie alle hohlen Berge.« / Sie sah mich währenddessen immerfort streng an. (Vermutlich ist meine raffinierte Abgeklärtheit ja nicht viel weniger unmenschlich, als Der-ihre Strebsamkeit.) – Aber

b) kamen hinter'm Schuppen, wo das Auto parkte, zusätzlich Laute hervor..... ‹ Laute ›, sage ich..... Ich bin doch wohl auch an die 20 000 Mal aufgestanden; und der Hauptverantwortliche war einwandfrei Karl, der als Gärtner..... / Wir standen doch Beide im gleichen Takt auf; und stahlen uns, fast Schulter an Schulter, Oberhemd neben Cotte de Mailles, hin.....

4

Unter'm Vordach des Schuppens entlang – die GRAUE SCHRAUBE eines Stricks; der glasige Wurmleib einer Neilon-Leine, in den sich Klammern verbissen hatten – 1 junges Pflaumenbäumchen (noch sahen sie wie Oliven aus) – und durch den Jasmin lugen : – –. Ab & zu blickten wir uns an : – (ausgerechnet meine grauere Schläfe zu ihr hingekehrt : daß mann da immer noch empfindlich ist! Ebenso unleugbar wie lächerlich. Na, dafür hatte sie eben keinen Busen. – Und der Dialog drüben ebenso hörenswert, wie unser Lauschen unanständig.) –

Beide am Hinterteil des Autos rumfummelnd. : » Daß man dafür ‹ Hinterteil › sagt : Unbewusste Abbildung durch die Sprache ! «. (Sie nickte. Der Exkurs war vorgesehen : » Anthropomorphisierende Wendungen in ‹ Wetterberichten › : ‹ Von der Rückseite her strömt Warmluft zu ›. «). / Absurditäten von wahrhaft astrokomischen Ausmaßen : er eine Null, sie eine Nullnull. Sie läpp'schten; zankten sich; läppschten. Kam gebückt heraus – und ihm blieben förmlich die Augen stehen : ! : » Mensch-Weib. Has'Du keene Haare mehr dran ? ! «. (Es handelte sich natürlich um die hautfarbene Strumpfhose Belinde. Sah aber tatsächlich frappant so aus.) Ida lachte, daß es in dem Blechzwinger widerhallte; Karl's Antwort war 1 gellender Schluckauf. (Mir wollte's allmählich peinlich werden; aber Sie bat mich mit der Hand *so* um Aufschub – . Und Material von solcher (wie hatt'ich mich vorhin ausgedrückt ? ‹ Echtheit & Transparenz › ?) würde sich Ihr ja schwerlich bald wieder ergeben. Sie bat noch mal, unhörbar, mit abenteuerlichem Mädchenmaul. Und ich hatte im Kampf zwischen alter Bekanntschaft und wissenschaftlicher Integrität natürlich zu unterliegen. Der Männliche Schweif als Sinnbild der Unbeständigkeit. Obwohl sehr unbehaglich-brauendrückend.)
Streit um irgendein System der Gepäckverstauung – sie haderte ihm zuschlechterletzt 1 dürres » Vonmiraus « ab. Ich (jetzt war's sowieso egal) flüsternd in ein rotes Ohrtütchen : » Als Braut : hat sie mal sein Porträt *gestickt.* « – ? – : » Nee; Kreuzstich. « Und sie nickte gleich à la ‹ Leibreize › : » Kreuz - Stich ! «. (Satanisch.) / Karl-drüben fletscherte eine Weile mit dem Gebiß. (Was er in der Hand hätte ? : » Die Knips-Scheere ! ‹ Kundisches

Geschirr ›. « erklärte ich. – Kein Begriff ? – : » Vor'm Kriege lieferte die unvergleichlichsten Gärtner-Werkzeuge die Firma ‹ Kunde & Sohn › in Dresden. Karl schwört heute noch drauf; Sie kriegen das garantiert irgendwann zu hören. «) Erst erkundigte er sich noch : » Was stöhns' Du ? «. » Och; generell. « (Ob des Einpackens; völlig legitim doch !). – Gänzlich unversehens zog sie den Oberleib aus ihrem ‹ Hohlen Berg ›; drehte sich um, und verpaßte ihm 1 Morgenkuß, daß ihm der Kopf wakkelte. (» Hat 'n Todeswunsch empfunden, « raunte es parzen neben mir. » Oder einen Libido-Schub ? « gab ich höflich, in der gleichen Kunstsprache, zu bedenken. Sie begann an der Unterlippe zu nagen; und bekam sichtlich Zweifel an der Theorie.)

» Komisch'n Traum heut Nacht – « hob Karl langsam an, und gaffte dabei visionär mißbilligend über'n Rasen, (» Berliner Tiergartenmischung « hatte Martin gestern Abend stolz erklärt; 's natürlich was Köstliches. » Thomasmehl braucht er; weiter nischt ! « hatte Karl geknurrt) : » gegen Morgen ..... « Sie krampfte die Finger in meinen Arm (und hatte einen Griff ! Obwohl's bloß die Linke war) : » Schreibmaterial – « zischte sie Die Götzin mit der eisernen Hand; während ich mir schon das Notizbuch aus der Hüfte zerrte, und es ihr hingab. Sie stemmte sich's mit der Linken auf die brustlose Brust und stenografierte mit; mühelos beneidenswert – so schnell hätte Karl, selbst in seinen besten Tagen, nie & nimmer sprechen können, und wenn er's mit Fleiß darauf angelegt hätte; (wird ma'ne gute Literatenfrau abgeben). Einmal fand sie sogar die Zeit, ihren Blick auf den oberen Rand der linken Seite abirren zu lassen, wo anscheinend *meine* letzte Notiz noch stand; (hoffentlich

nichts allzu – was hatt'ich denn? Nachher ma' nachsehn.)
» Ich steh' bei uns in Pforzheim uff der kleen'n Verkehrsinsel – wo Pferdner- und Hinterstädter-Straße zusammenstoßen. Wo die Haltestelle von der Elektrischen iss. «
» Und Omnibusse « sagte Ida erwartungsvoll; » wir hab'm'n doch mehrfach benützt. « / » Jaaa – 's war stark bewölkter Tag; aber noch etwas sonnich. Ich will die Linie nach Dresden-Eula haben; und es erscheinen auch mehrfach einzelne Wagen, ohne Anhänger, mit dem Stirn-Schild, die alle die Nummer ‹ 8 › tragen. Auffällig dabei, daß sie alle nich, wie in Wirklichkeit, die Schien'n von Treuhofen her 'runter komm'm; sondern vielmehr jedesmal die Pferdnerstraße her, wo ja gar keine sind. « Ida nickte erst bestätigend, und schüttelte dann den Kopf. / » Was für mich, wie ich im Traum so schteh', übrigens links iss; Ost'n. Neben mir noch'n paar unbedeutende Leute, obwohl die eine graue Frau mich schtändich durch Anschprechen ablenkt : denn ich möchte ja immerfort einschteigen; und jedesmal iss der Wagen schon voll, besetzt, oder ich verpass' ihn eben. « (Hier hob Ida nachsichtig erfreut zu lächeln an.) / » Einmal erscheint schtatt der einzelnen Wagen ein großes offenes Auto – ganz alte Type, mit zurückgeschlagenem faltigem Verdeck – so'ne richt'je Hemmorid'nschaukel – aber wiederum derart besetzt, daß sogar hint'n, uff der Schtoßschtange, 'n paa junge Männer schteh'n – ich glaub', es waren, dichtgedrängt, links 2; dann eine Lücke; dann, rechts, 1. Zwischen ihn'n eben die kleene Schtelle noch offm : ich hab' vergeblich versucht, dort-hint'n druff zu schteig'n. « / Unverkennbar ENDE. / Wir stahlen uns zurück. Hinter uns, rasch

unverständlich werdend, Ida's, wie mit einem Ei abgezogene, Stimme : »Aber das iss doch ganz einfach, Karlemann.....« – –
Und wieder auf der Veranda sitzen. Mit ihr. (Sie hatte kurz gezeigt & 1 Bittgesicht gemacht : ?. Ich genickt. Sie ergo die Seite rausgerissen. (Beim Wiederempfang rasch die Notiz links-oben vergleichen – ‹ Das Gesicht nimmt ab, der Geruch zu ›. Also doch unangenehm. Sie würde zwar gedacht haben DER ERSTE GREIS DEN ICH VERNÜNFTIG FAND; aber eben ‹ Greis ›. Je nun; ich zuckte (vorsichtshalber Alles ‹ innerlich ›) die Achseln.).) / Aber doch wohl no fear. Sie studierte so tigerhaft die Zeilen aus Sigeln. Der unglaubliche Mund verlängerte sich, unwahrscheinlicherweise, noch mehr nach rechts und links RÄCHTS & LYNX; ein Saum Gebiß wurde sichtbar; schon nikkte sie, unheimlich pendelnd – / – (und wurde unversehens zum Kind) : »Jetz'ne Schreibmaschine haben ! « wünschte sie stöhnend. (So sind Die ja : entweder gefühllos; oder vor Gefühl wie wahnsinnig.) » Sie können's nachher auf meiner ins Reine schreiben, « bot ich an : » ich hab' mir vorsichtshalber – für den Fall, daß ich unterwegs zum Arbeiten käme – ein alteskleines Reisemaschinchen mitgenommen. « » Achja, « machte sie, aufrichtig erlöst. Faltete, da jetzt von sämtlichen Seiten Hominidengeräusche auf uns zu kamen, einmal zusammen; barg den (sinnschweren ?; obwohl ich seit Jahren zu faul war, über Karl noch groß nachzudenken) Zettel im Ärmelhandgelenk. Stand auf; hielt an der Haustür inne, die Gestalt aus neuem Eisenblech mit dem Gesicht aus Kupfer; nickte mir zu, (ich ließ mir aber keinerlei Mienenspiel abnötigen); und verschwand dann nach innen, vermutlich zu etwelchen eisenseitig-rundköpfigen

Hausfrauenstellvertreterinnenpflichten HURTIG SCHLIESSEN JENE DRAUF DIE PHALLTÜR.

5

Und strömten förmlich auf mich zu! / Karl, breit gestreift. »Was schüttels'De schonn wieder mit'm Kopp?« wollte er wissen. : »Weil Du aussiehst wie SCHALKE NULLVIER.« / Dann Ida, im schimmernden Morgenrock aus grauer Seide, (und mir gelang das alte chevalereske »Ohhh!« diesmal so bewundernd, daß es ihr ein Lächeln des Größenwahns abnötigte; sie hatte das zu gern, wenn man sich so hoffnungslos-diszipliniert jahrzehntelang nach ihr verzehrte. Aber auch): »Handschuhe, Ida? Jetzt im hohen Sommer?«. »Nagelgeschwüre,« erklärte sie; unwirsch ob der Befremdung, der ich in meiner Stimme mitzuschwingen erlaubt hatte. / Und endlich Martin ganz beige, in Hose wie Oberhemd, beides nach Art der Verständigen geformt. Wir grüßten uns schweigend; (er war mir der Liebere). / (Ich flink klowärts : die Verschlüsse werden undicht, Du magst wollen oder nicht. Und der geschnitzte Hermafroditenkopf an der Pforte zur Brille machte sein altes verschwiegenes Gesicht; und der Wirtel des Wasserhahns war glatt in der Hand wie stets : selige Zeit der Jugend, wo der Mensch noch Stimmen vernimmt im Gurgeln des WC! – Ich glaube, in Himmel wie in Hölle recht wohl gekannt zu sein. Und in keinem sonderlich empfangen zu werden.)
Wieder draußen; immer noch entre nous. (‹Fräuleinseideldrinnen› briet bestimmt Eier, kochte Tee, schnitt Kuchen – Ida half ihr absichtlich nicht. Ich kämpfte

1 Regunglein, das mich aufrief, dem derart in der Minderheit befindlichen Waisengeschöpf unter die Arme zu greifen, ebenfalls wacker nieder.) / Erst mal Leid klagen, gegenseitig in der Runde; (wir hatten uns – na ? – bald 9 Monate lang – nicht gesehen). Schweizerkäse äugelte uns so unterwürfig an STRAUSSENHIRN & NACHTIGALLENZUNGEN dörflich glomm der Toaströster. Denn es sang hinter den Wäldern ? ‹ Einheiten › mochten wohl ein Manöver veranstalten. » Die Straßen in Klump fahren ist leicht, Steuergelder aufbringen schwer. « (Martin; auch) : » Ja : jedes zweite Messer ist neuerdings abgebrochen ! «. (Auch 1 Wirkung der Unsichtbaren; int'ressant. Aber ich hätt' mir's denken können.) » Von Stifter hält sie überhaupt nichts. « (Ich auch nicht; das sprach in meinen Augen nur für sie.) » Neulich unterhalten wir uns über was. Ich sag zum Abschluß : ‹ Muß ich mir unbedingt durch'n Kopf gehen lassen ›. – Da nimmt sie meine Armbanduhr vom Tisch, und sieht nach der Zeit ! «. (Das faßte selbst-ich nicht so schnell. Er fuhr klagend fort) : » Als ich dann kurz drauf im Klo stand, fiel mir's ein. « (Donnerwetter ! UNBEWUSSTE ABBILDUNG : war Die g'schickt !). Leider erfuhr man viel zu wenig; denn sie war auch flink. (Würde ma'ne gute Literatenfrau abgeben.)
Plaudereien am Frühstückstisch. / Martin teilte seine Angst in 2 Hälften (in die vor Ihr; und die vor Ihren Äußerungen : nun konnte er sie fast schon tragen), und speiste dann doch recht erklecklich. / Karl fraß ohnehin wie (ja, wie Wer ?) persönlich. » Meine Frau hat sich seit 20 Jahr'n das Gesicht nich mehr mit Wasser & Seife gewasch'n, « teilte er uns futternd mit, der kosmetische Ignorant. Wies auch Fräulein Seidel mit Härte zurecht,

als sie seine geliebte Gartenscheere ein wenig beiseite schieben mußte : » Sie ! – Das'ss ‹ Kundisches Geschirr › : Hochleistungswerkzeuge ! «. Und dann gleich alles erklärt : Messingfalze, gehärtete Schneiden – Martin hatte sie ihm gerade noch aus der Hand winden können, als er demonstrierend ein dickes-dürres Ästchen abknippen wollte. / Ida schlug das Züngelchen nach oben, und küßte sich den Zuckerguß von den Fingerspitzen. Im Gegensatz zu Jener-Anderen, die vandalisch semmelein knirschte; auch Äpfel, ungeschält & ungewaschen; (und sich sichtlich an unserem gebißträgernen Schaudern ergetzte; und an unserm metafüsischen nicht minder).
» Also ich wieder selten unangenehme ‹ Gesichte › heut Nacht ! « gestand Martin nervös; auch (mit ängstlich-frecher Kopfgestik zu Fräuleinseidel hin; die ihrerseits das Antlitz auf ‹ steinern › gestellt hatte) : » Erzählt ihr ja nichts von dem, was Ihr geträumt habt. Die konstruiert Euch einen ‹ Sinn › hinein, daß Ihr Kopf steht ! «. Aber Ida lächelte nur mütterlich. » Das'ss ja alles so kinderleicht, « sagte sie DIESE JUNGEN DINGER, » und zumal Männer so erstaunlich einfach gefügt – dazu bedarf es nun wahrlich keines Doktortitels; ein wirklich intelligenter Mensch weiß sofort, woran er iss. Gleich das schönste Beispiel, Fräulein Seidel : erzähl' doch ma Dein'n Traum von heute Früh, Karl. « (Komisch, daß ich bei ‹ Karl › immer noch reagierte; obwohl ich mich mit ‹ C › schrieb. Aber CHARON gerufen werden war ja noch makabrer : das mochte mich schon manches gekostet haben ! Dabei schrieb ich mich doch weißgott ohne ‹ h › ! Kein Wunder, wenn im Leben aus einem Menschen nichts wird, bei dessen Namen Jeder, (inclusive ihm-selbst), ein ‹ Totenfährmann › hinterherdenken muß. Vielleicht hätte man

in'n Orient ziehen sollen, wo die Leute nischt dabei finden NE INDERIN MIT NER BRILLE ob's bei Uns wirklich Welche gab, die dafür *nicht* anfällig waren? Ich schaute auf, und begegnete dem Blick von Fräulein Seidel.) Da Karl der gartenaere grade begann: »Ja, also ich schteh bei uns in Fortzheim uff'ner kleen'n Verkehrsinsel–«. »Wenn Du aufhören könntest, dabei zu kauen?« sagte Martin gereizt. Und auch ich bestätigte, (um ihn etwas zu ärgern; da ich mich etwas ärgerte): »Es würde um so viel spannender, Karl-mit-Ka.« Er sah uns mopsig-giftig an; würgte den süßen Kloß aus Kuchenstoff hinunter; und fuhr fort; (wie WIRHINTERMJASMIN es bereits sattsam vernommen hatten. Mit einigen Auslassungen (Vergessungen?) allerdings). Das rasende Miauen in der Ferne? Sei der verwitwete Schloßpfau, erklärte uns Martin.

Und Ida dolmetschte milde, ja nachsichtig. Schlang auch die Arme nach rückwärts um ihren leichten Sessel, daß die considerable Brust noch mehr hervortrat, (allen Knochigen ‹die es angeht› zu Spott & Hohn).: »Meine Tante – die Mutterstelle bei mir vertreten hat–« (Karl bestätigte; durch 1 Stück gedeckten Apfelkuchens hindurch) – »hat nämlich heute, am 8., Geburtstag. Drüben, in der sogenannten Sowjetzone; bei Dresden. Und da hatten wir uns Gestern unterhalten: Wie nett es doch wär', wenn wir – sie wird grade 85 – zu dem Tag hätten rüber fahren können.« Sie lächelte. Nahm den linken (volleren) Arm nach vorn und ließ die daran befindliche Hand sich belöffeln & in der Tasse rühren: »Der ‹Sinn des Traumes›, Fräul'n Seidel, also schlicht *der* –?«. »Schlicht der.« wiederholte Jene stumpf; und Ida schüttelte, amüsiert ob so viel Schwerfälligkeit, ironisch den

Kopf – : » Na eben wie wir gern rüber gefahren wären ! – Tz, Meingott. « schloß sie verächtlich.
Und wurde sieghaft-großzügig mondän-kokett LA DAME AUX CAMÉLIAS : » Dafür gibt's gleich 1 Kuß, Karl. « Und wir, geschult, wagten einmal mehr unsern alten Kalauer : » Karl mit ‹ K › oder Karl mit ‹ C › ? «. Worauf sie, wie sich's gehörte, üppig : » Beide ! «. (Karl den seinen mitten auf den Gärtnermund; ich, meinen, seitlich von oben auf die linke Geheimratsecke. Und mein Blick begegnete derweil dem von Fräulein Seidel.) Ida nahm nett wieder Platz. / Martin deutete etwas von einem neuerlichen Grundstücksverkauf in Hamburg an; (der Kerl hatte ‹ im Herzen › jener Stadt lächerliche 1000 Quadratmeter geerbt, und verscherbelte alle 5 Jahre 200 : davon lebte Der ! Und wie.) Karl's Blicke ergingen sich in dem so bunten Törtchenbeet. Fräulein Seidel sah ihn immer wieder einmal flüchtig an; überlegte; schenkte sich auch Kaffee nach; (einmal zog sie 1 Zettel aus dem Ärmel, und las – da schlich sich ihre Zungenspitze über die Unterlippe vor, und ruhte eine Weile nachdenklich dort – lehnte sich nach hinten, atmete tiefer, und da wurde ihre Schulterbreite ja ausgesprochen polizeiwidrig !). Ich – ohwehich; ich schnitt mir lieber 1 abfällige Grimasse, und tat emulgierende Bemerkungen nach allen Seiten.
Ida, geziemend erschlafft nach ihrem Großen Sieg, ließ das gekochte Auge über Martins zween Morgen trödeln : da kam eine weite Rasenfläche, grün-behaart. Blieb haften. Und bemerkte schlaffmündig : » Diese dicke Blutbuche da – ein herrlicher Solitärbaum : so mächtich & rot der Schtamm . . . . . «. (» Kuckuck ! « fing's in irgendeiner Ferne an, zu zählen : » Kuckuck : Kuckuck : Kuckuck. «) Einmal unterbrochen durch Karl's » Ohscheitan ! «,

(hatte er sich die Zunge verbrüht? Oder drauf gebissen?): »Kuckuck: Kuckuck« – zehnmal im Ganzen SÜSSE FREUNDIN NOCH EINEN! (Aber der hatte ‹indessen / zehnmal, leider! der Baum Blüthen & Früchte gebracht› – sie konnte nich mehr so recht. Goethe natürlich, wer sonst ANTIKER FORM SICH NÄHERND.)
(Die tauchten aber doch in der Literatur mehrfach als PHALLISCHES SYMBOL auf, die ‹Blutbuchen›. Ob schon die HOLDE GÄRTNERSFRAU gern zu Denen gehörte, die dergleichen nicht wußten.): »Lassen Sie uns davon abbrechen.« dekretierte sie eben (schade; das hatt'ich jetzt nich mitgekriegt, worum sich's handelte). »Oh Donnerstag & Freitag!« fluchte Karl, der wieder irgendwas irgendwie nich bewältigen konnte. (Ich stellte mir unterdes schon immer die diversen ‹Fachzeitschriften› vor, in denen die Beiden nun demnächst erscheinen würden: das Gefühl analysiert zu sein, war ihnen gewiß noch neu. – Na, das würden sie ja nie in die Hände bekommen.) –
»Ich schlage vor: bei jetzt-schon 27 Gradimschatten machen wir'n Spaziergang. Was, Martin?«. »Gern, Carl.«
Und Freulnseidl trug rasch Alles hinein. Und Karl brummte zustimmend: ihm war DIE NATUR immer recht. Und Ida (jetzt schon schwitzend & zweifelnd, ob sie die 15 Klemm'm in gutem Stil bewältigen würde, ergo auch gehässig): »Schmeiß' sie doch einfach 'raus, Martin!«. In dem kämpften Egoismus und Mitleid faul ein bißchen miteinander –; (wie vorauszusehen siegte die Nujaerkenntnis: daß letztlich Alles egal sey?). Ich wich ihm klug aus; und erbat mir nur die Erlaubnis, sein gutesteures (also leichtes) Doppelglas tragen zu dürfen.

6

Dieses war natürlich Pracht-voll!
Zuerst, ein paar hundert Meter noch, die Dorfrodung. / Karl, beim Anblick der Äcker: »Bei uns, im Westen, sind die Kartoffeln meist Mädchennamen; in der DDR Vögel.« (Sowas hör' ich gern; das kann man sich gut merken: für Übersetzungen. Sätt-Zungen.) Ich, gleich zu Fräulein Seidel, die, es schmeichelte mir doch, meist neben mir ging: »Kartoffelkrautsaft – also Extrakt: soll wie Bilsenkraut wirken.« Demnach was für uns arme Luder: ? (Sie sah mich an. Und wir glaubten einander scheinbar ein bißchen?).
Gemurrme: Kühe, die sich die Füße kühlten. (Eine stand, nicht weit weg, und pumpte sich, mit dem Kopf, Wasser. »Sind gar nich so un-intelligent; wie?« Sie machte sich 1 Notiz.) / Karl-vor-uns, der irgendeine Conti-Sohle trug, prägte andauernd ‹Namen› in den, ohne ihn herrlichen, Staub des Weges. (Billigste Anregungsmittel, die, möglichst, gar nichts kosteten; sicher, iss'n Problem). / Riesen-Reisighaufen am Wegrand?: »Jene Art von Dämlichkeit, die sich ‹Bauernschläue› nennt.« / Ja, auch das gibt es: auf Pilzen Pilze. »Sogar auf toten Raupen.« (Schweinerei). Sie wakkelte wissenschaftlern mit dem Kopf. Sie akzeptierte beides, Tierquälerei & Pflanzenquälerei. / Hasenlosung rosenkranzte. Sie ließ sich ob der schwarzen Perlenschnüre informieren; überlegte-starrte; und entschied dann: »Sieht gut aus.« / »Hören Sie?«. Nein; (hörte demnach schlecht?). Also noch näher hinzu führen –: ? –: ? ? –: ! ‹Tick: Tick: Tick›: »Sekundenbatterie eines Elektrozauns.« Die, jetzt am Vormittag schon brüllende Hitze

hatte ihr unschönes Gesicht noch röter aufgetrieben. / »Ich find' das sehr nett, daß die Telegrafenstangen nummeriert sind: INDIVIDUEN wie ?«. Schlendern-schlenkern; (arg abgerissene Schuhe hatte sie an QUADRATLATSCHEN). »MUSCATNÜSSE sollen übrigens auch bei ‹Mißbrauch› Betäubung & Irrereden verursachen, schon das Schlafen in den betreffenden Wäldern schwindelig machen.« »Viel zu teuer,« grunzte sie.
: »Kuckt ma! – Wie romantisch. –« – / Wir hatten die Anderndrei eingeholt. Von Denen Ida sinnig sinnend vor dem ‹schlichten› Birkenkreuz stand. Karl stutzte derweilen einem Tännchen die dürren Äste ab, (und es stand dann doch sehr artig & reiföckig da!). Martin war unauffällig hinter ein Fichticht getreten, und nahm dort vorsichtshalber gegen Schlangenbiß ein. Was Karl, dessen Forstaufseherblick ja platterdings nichts entging, benützte, und seinen Anteil vom Serum heischte – – : »Mensch! Das'ss aber tatsächlich 'n Getränk wie Höllenfeuer!«; (Karl, wohlgefällig. Ich verzichtete, obschon nicht ohne inneren Kampf: bei binnen Kurzem 30° im Schatten?!). / »Pfadfinder.« Fräuleinseidel, tonlos-abweisend zum Kreuz hinüber DIE GESCHICHTE EINER ILLUSION; auch ich schürzte verneinend mein bißchen Lippenkram: Die hören allerdings etwas zu früh auf mit Denken. (Und'n ‹Lagerfeuer› hatten se ooch noch angezündet; alles schöne Fertigkeiten, die ihnen dann, beim Militär, recht zustatten kommen würden. / »Was hab'ich nicht schon mit meinem Vater-im-Grabe gehadert, daß er mich damals nicht auch hat Russisch lernen lassen.« Sie nickte billigend. / Oder: »Gegen die DDR zu deklamieren, ist bei uns so leicht gemacht – werden doch förmlich Prämien darauf gesetzt! – daß ein anstän-

diger Mensch möglichst nicht mehr daran teilnimmt. Ja, sich fast versucht fühlt, dies oder jenes Lobenswerte-drüben zu loben. « Sie nickte billigend : » Die lernen viel da-drüben. In manchen Fächern. « bestätigte sie.) – » Na, Wer klettert hoch ? ! « (Auf den Jagdstand nämlich.) Sie schritt schon auf das gespreizte Holzskelett zu, und, ohne ihre Gangart im geringsten zu verändern, daran empor, nicht schnell, aber unaufhaltsam DIE DIANA DER BÄREN drehte sich oben-angelangt um (so hatten Wir's ja wohl sehen wollen ?), und blickte eine Zeit lang unbeweglich zu uns herab. – Dann wieder anders rum. Und Karl's Augen sahen gedankenlos dem breiten (aber flachen) Gesäß zu, das da, eine graue Planetenfläche, langsam durch grüne Laubcirren. Unterging. / Da : ein ‹ Bienenzaun ›. – Der ganze blühende Boden summte unerhört CALLUNACALLUNA 100 000 fleißige Puritaner in der rasendsten Sonne EIN TAGEWERK NOCH VOR'M FRÜHSTÜCK : » Das iss was ! «. Und ihr Gesicht neigte ein würdevolles EINVERSTANDEN. / Ein Haufen Menschendrecks am Wegrande – : » Landarbeiter; ungewöhnlich stark « diagnostizierte Karl. Die Eidechse, die ‹ in der näheren Umgebung › nervös hin & her fuhr (merkwürdiger Geschmack) kannte auch Er nicht : » Lacerta Soundso. « Gab uns dafür aber das Biogramm des Strauches daneben : » Die Knospen kann man wie Kapern essen. Die Blätter sind gegen Durchfall. Das Holz gut für Schreiner. Es gibt auch welche mit weißen Blumen. Die Türken pflanz'n'n uff ihre Todt'näcker. « / Und weiter wandeln. (Zumindest ich zog meine Füße bereits etwas schwerfälliger an mich.)

Sie war plötzlich in unserer (wandernden) Mitte stehen geblieben. Hob das (wieder noch rötere) Gesicht, und sog nüstrig Luft an – – : »Wasser – . « Und Martin nickte anerkennend : »Gleich bei'n Teichen. Paar hundert Meter noch. «

7

Ruhen. Auf schräg-braunem Nadelgrund KAMMGARN FISCHGRAT und erholen & genießen. (Das ‹Waldesrauschen› spülte Einem akustisch, das Wasserwakkeln unten optisch, auf's idealste das Gehirn leer – den Abfluß in den nächst-anschließenden Fischteich hörte man drüben auch gurgeln, tritonenmunter.) Und, immer ergötzter nickköpfend, sich-umsehen. / »Wie'n kleiner MÄRKISCHER SEE, gelt? « (Martin, stolz. Etwas war dran.) »Aber 'n *sehr* kleener. « (Karl). Ich konnte mich nur mit Kopf & Schultern zufrieden zèigen : war doch ausgesprochen idyllisch. Nischt wie Voß + Louise. (Zumal Fräuleinseidel neben mir saß. Zwar etwas weit weg; aber doch beträchtlich mehr ‹neben mir› denn neben den beiden Andern.)
Unten, durch eine herrliche Modellfichte, eine wahre Apolla unter den Jungbäumen, gegen den jenseitigen Teichrand gedeckt, (während wir freien Anblick hatten), entkleidete sich Ida, ebenso raffiniert wie keusch; wir sahen sie nur opisthe DAPHNE eine gewisse ‹decency› ließ sie nie außer Acht; (aber die 2 mächtigen Grübchen im Kreuz waren natürlich nimmermehr fehl am Platze; was auch für die Achterbellen galt). »Wenn die Erde 1 Ring wäre, würdest Du der Edelstein darin sein. Ida. « hatte Martin gaumig hinunterkomplimentiert. (Solider als das Meiste, was man so in den mondänen Bade-

anstalten unseres Säculs zu sehen bekam – verbranntes, vielrippiges Zeux; kleppernd mit aufgepappten pferdehaarigen Wimpern – war's einwandfrei!). Ergo schloß ich mich an: »Wenn ich 1 Blitz wäre, ich würde immer nur in Dich schlagen: Ida.« (Obwohl's sicher nicht besonders überzeugend herausgekommen war: Freuleinseidel-so wär' mir int'ressanter gewesen. – Ich mußte wohl unwillkürlich zu ihr hinübergeguckt haben; denn sie hatte's anschein'd gemerkt, und stellte mir (halb Trost halb Ersatz?) ihren rechten Schuh 10 cm näher.) / »Könn'n *Sie nich* schwimm'm?« hatte Karl, Idiotallewege, gefragt. »Doch.« »Na-und?« »Heute nich.« »Wieso?« (Und *da* eben wurde der Idiot gut sichtbar: natürlich hatte sie ihre Sache. Und Martin lächerlich-endlos zu flüstern, ehe Jener's ‹faßte›. – Oder war die ‹unterschwellige› Enttäuschung, hinsichtlich des erwähnten jagdhochstandenen Planeten, so groß bei ihm? Ich ertappte mich sogleich, wenn ich ehrlich sein wollte (und ich wollte es doch eigentlich ziemlich oft) bei dem gleichen Wunsche: auch ich hätte die betreffenden großporigen Partien nicht ungern erblickt. Obwohl in ganz anderem.: Verflucht! war ich dem Trottel denn tatsächlich so ‹ähnlich›? Das wär' aber'ne Schande. Ich sah hülfesuchend zu ihr hinüber –? Sie nahm 1 ältlichen Tannenzapfen in die Faust EIN SCHUPPIGER PHALL hielt ihn gefühllos (doch wohl nur szeptern); und da war ich auch schon wieder vernünftig geworden.)
Unten die langsame Schwimmerin IN CONCENTRISCHEN RINGEN. Höher die Kiefernfranse, (in der Wir-Andern herumsaßen.) Ganz oben nachenförmige Wolken. (Heu-Zeit.: Was würde Conte Fosco unterdessen anstellen?) / Und wurde plötzlich wieder'mal zum Kinde –:

» Da ! « . – ? – : ein Goldfisch-Pärchen (allerdings groß wie Räucherheringe) drang langsam durchs Wasser dahin. » Dort ein weiteres. « Wo sich frisch-grüner Farn mit vorjährig-goldenem (der auch noch da-seyn wollte) mischte. Und hieran schieden sich die Geister (?) ja wieder : Karl faselte gleich fließend von Fischzucht; Kunstkenner Martin von » roten Akzenten auf Blauem « ; (man *kann* es so ausdrücken. Leider.) Mir fiel ein (hinzuihr) : » 3 transformirte Bauern. – Die einstmals dem ermüdeten, Erquickung suchenden Fremdling das Schwimmen in ihrem Teich-hier verwehrten. Und die zur Strafe – der Fremdling war irgend'n ZEUS ; klarer Fall – samt ihren Frauen in Goldfische verwandelt wurden. « Sie hatte erst Karl angesehen gehabt. Dann diesen Scheich, den Martin. Jetzt drehte sie den marsroten Gesichtsgloben mir zu ; ein Paar aufgerauhte Stimmbänder verlangten : » Sie hießen ? « – (*Du* schlägst mich nicht !) : » Hintze. Meyer II. Hasingerräderloh. « Verbindlich. (Sie zog ‹ im Geist › 1 Zettel hervor, und notierte's. Aber ich streckte sofort die Flachhand gegen sie aus, und schüttelte grell die Augen : !). Sie hatte wohl schon eingesehen, daß ich dergleichen nicht umsonst tat. Nahm folglich das dargebotene Doppelglas ; und visierte in die ihr angegebene Richtung : . . . . . : . . . . .

(Es sah schon toll aus, so vergrößert. / Ich hatte's längst, en passant, wahrgenommen : die halbkreisförmige Sand-Wand. Davor der Beton-Tisch. (Mit eisernem Reifen um sich, als fürchte er, auseinanderzufallen ; 1 Rohr als Bein). Die winzige Lunulae-Ebene. Und eben am ragenden Pfahl das Schild

ANGELN VERBOTEN
H. SINGER / RÄDERLOH

Ich setzte ihr auch gleich die Pistole auf die graue Brust) : »Ärgert Sie's so sehr, daß ich's eher gesehen hab'?«. Sie öffnete kraftvoll den großen Mund; und ließ die langsam darin nachdenkende Zunge sichtbar werden; (sie genoß die ‹Begegnung› mit einem leidlich intelligenten Burschen, die langentbehrte, sichtlich : ‹Rencontre auf Zungen; Distanz minus 10 bis 20 Zentimeter›.) / Als Untermalung immer die Unterhaltung von Karl & Martin. : »Laß Dir ja nich von 'ner Frau 'n Rück'n wasch'n«. Martin, baccalauren-oberdoof : »Wie das nich?«; (er stellte sich's wohl eher pikant vor, der Ignorant). : »Die hab'm doch derart mondäne Klauen : die zerkratzen Ei'm vielleicht den Rücken!«. – Wozu Fräuleinseidel gelassen, durch den Krimstecher, kommentierte : »Wird demnach ungefähr so sein : wie wenn Ei'm 'n Mann den Nacken ausrasiert.« Was Jene zum Schweigen brachte. (Obwohl man Karl die Wut des Widerlegtseins ansah!). / Erhob sich auch, nach kurzem verbissenem Schweigen, brutal. Stapfte ein paar Bäumchen weiter, (unverkennbar-absichtlich nicht weit genug). Und protzte doch tatsächlich ab, das alte Ferkel! (Die andern Beiden hörten & rochen es wenigstens nur; wogegen mein Kismet mich natürlich wieder so gesetzt hatte, daß ich es zusätzlich auch noch *sah* : se Pitt änd se Penndjulumm DAS LILA PENDEL AM LOCH NES.) Und der Schnaps-Schuß stank wahrlich infam! Wenn das ‹erogen› sein sollte? : schlecht werden konnte Ei'm! (Instrumente müßten sein, mit denen man Gerüche verkleinern könnte. Die von Blumen natürlich vergrößern. Oder von gewissen Gewürzen. – ‹Porzellan kitten könne er damit› hatte der Kerl weyland von seinen Säften geprahlt!). / Ich wollte Uns, wenn's ginge, ein bißchen

entschuldigen; und erkundigte mich : – – (und klappte den Mund doch wieder beschämt zu; würde Sie ja ohnedies an dem Gefühl zu laborieren haben, daß man sich ihr-gegenüber eben Alles erlauben könne. Aber unsre Blicke hatten sich getroffen.) Sie schien den meinen Augen entkommenen BITTE begriffen zu haben, denn der lästrygonische Mund lächelte. Aber ihre – ja, ich getraute mich nur noch ‹ Sehorgane › zu sagen – schimmerten so stumpf & hart, daß ich meine Stirn erst runzelte; dann sogar nach Kräften senkte. Auch Martin mochte's diesmal gespürt haben; denn er hüstelte (während Karl sich rüpelhaft wieder näherte), und erkundigte sich ablenkend bei ihr ('s war übrigens das 1. Mal, daß ich ihn Sie so direkt anreden hörte) : » Was-ä – was hättest *Du* denn zu Ida's TRAUMDEUTUNG heute Früh gegebenenfalls anzumerken ? «. Karl gleich, siegesgewiß röhrend : » Has'De noch'n Schluck da, Martin ? « ; dann, es klang schier gönnerhaft : » Na, Frollein; was hat mein Traum zu bedeuten ? «
Zunächst bewegte sich gar nichts an ihr. (Schlimmstes Zeichen !). Dann, nach einem Weilchen, das Lippenpaar (und folglich auch 1 unsichtbare Zunge) : » Ihr Traum drückt den mehrfach-unbewußt gehegten, nie jedoch zur Realisierung gelangten Wunsch aus : die Tante Ihrer Frau a tergo zu coitieren. «
!
Und die Reaktion dreifach-großartig. / Ich – najaalso *mir* war, wie wenn ich in ein helles Zimmer träte : der Balg hatte Recht ! Alles stellte sich sofort lückenlos zusammen. / Martin erst wüst schockiert. Dann belustigt; (wenn's Andre traf, hatte er durchaus Sinn für Humor); schon begann er leise zu kekkern vor Wonne. / Denn

Karl lieferte natürlich ein ausgesprochenes ‹ Bild › : er war grade dabei gewesen, sich schwerfällig-erleichtert niederzulassen; erstarrte nunmehr jedoch, sperrangelweitoffenen Augs, in einer Art plumper Schwebe, und nußknackerte eine zeitlang dämlich mit dem Maul, bevor er auf's Kreuz fiel. (Das ist Dir'echt, Du Hundling : gleichsam RED-TAILED ertappt, gelt ? – Er fand & fand keine Worte.) / Unten landete derweilen Ida, wohlbeleibt & guter Dinge. (Hatte vom Schwimmen einen Scheitel bekommen ? – GOtt, es hätte ihr auch gestanden. Und wieder das Abwischen & Breitreiben des Wassers auf kühl gewordenen Lenden.) Neben mir immerfort, steingrau zurückgelehnt, von ihren Lehrern zu aller Bosheit abgerichtet, unsere JUDICATRIX. –
» A tergo ? ! « brüllte Karl endlich; (so viel Latein verstand er noch). Und hätte am liebsten wie rasend werden mögen. (Wir besahen ihn aber auch von allen Seiten, voller Ungedeih. » Nimm'm Schluck Himbeer-Geist, « empfahl Martin. Und der dämliche Kerl nahm ihn wirklich : einmal so primitiv sein ! Beziehungsweise charakterlos; zumindest ungewandt – oder war's in seiner Situation vielleicht doch das richtige ?). Ida, unten, legte immer mehr concentrische Gürtel, Binden, Schärpen um sich, (wie wenn sie auseinander zu fallen fürchte). : » Komm rauf, Ida ! « fing Karl mit giftichfremder Stimme an zu schreien; aus himbeergeistigem Queermaul (Qualmeer Qualm-Wehr Queel-Raum oh das gibt Permutationen !), und wollte ursprünglich noch weit mehr hinzusetzen. Aber Sie griff nur in ihren linken enggrauanliegenden Ärmel und zog dort 1 zusammengefaltetes Blättchen ein Stück hervor, den Blick immer auf ihm – so sieht der Nicht-Mörder den Nicht-Ermordeten

an! Ein leichter Windstoß fühlte sich ebenfalls bemüßigt, beschwichtigend einzugreifen, (wenn nicht gar zu kühlen, zu warnen). Ida klomm schneckig den Hang hoch, ‹traf ein›, und stöhnte generell. Nur aus seinen Eingeweiden kamen noch klagende Laute. Ich erzählte ablenkend die Anekdote (und Martin half mit, und setzte uns zusätzlich in Marsch) wie mir ein Ausländer in der Badeanstalt vertraut hatte: »Mein Vater war ein guttärr-ä – –« (und hatte nach Worten gesucht; auf die Kraulenden hin die Fäuste geschüttelt; verzweifelt die Hände vor's Gesicht gepreßt: ?:): »– ein guttär SCHWAMM!«. Und ich, schwermütig: »Meiner ooch.« (Denn der hatte saufen können jedem Silen zum Trotz; beneidenswert.) Und andere Armseligkeiten mehr.

8

Dieser neue Weg war fast noch einsamer.
Mit weißestem Sand bestreut. (Einmal auch aschgraupuderfein.) Zu beiden Seiten die Wände aus unbeweglich-hohem Grün schraffiert. Höchstens daß sich ab & zu eine Lichtung auftat: Kleines, betreut von Birkenwärterinnen. Oder meilengroße Wiesen. (Bei solchen Gelegenheiten wurde die Luft wie flüssiges Glas! Oder DANZIGER GOLDWASSER – mir war jetzt doch auch, wie wenn ich wollt', ich hätt'n Schluck, 'n großen Schluck, davon da gehabt –). / Unsere Reihenfolge diesmal ziemlich konsequent eingehalten: vorne Karl & Ida; sie debattierten. Dann 30 Meter Lüneburger Haide. Dann Martin: er trug 1 Gerte in der Hand, und peitschte sich damit langsam die feisten Waden; (wie um nicht müde zu werden; die Stirn gesenkt; ihm döste, daß er trödelte). Dann

wieder 10 Meter paysagen. Zum Schluß ich & Fräulein Seidel, verläßlich & stumm, im grauen KETTENPANZER entging ihr nichts (Die hatte einen ‹ Blick ›, wie 1 Förster 1 alter Landgendarm 1 Pilzsucher zusammengenommen!).

Stieß ein kurzes » Ho! « von sich, daß ich stehen blieb : ? Sie hielt zwei Äste zur Seite, und spähte durchs zackige Fenster ins Unterholz; (ich war schon ein Stück vorbei gewesen; die Andern sowieso längst): ?. Ich rief, nach kurzem Hinsehen Alles herzu : » He-martin! – Hallo Ka-arl!! «; schon nahte man: Martin grandseigneurmäßigträge; Ida bunthüftig. Karl, (der den Blick nicht über unsre Gürtellinien zu heben wagte) stolperte vor Verlegenheit; es stauchte ihn, daß ihm nach vorn Hut, Brille & Gebiß schier entflogen, (nach hinten 1 Angstfürzchen, ganz schmächtig & kurz – » V'zeihung! « murmelte er verstört : Der würde künftig kein Waisenmägdlein mehr rüdoyieren!); warf 1 Blick auf die kürbisgroße gelbe Knolle, die sich, dreiviertelmannshoch überm Boden, dort im Astverhau gefangen hatte, und urteilte sofort (er hatte da ja unbestreitbar seine Erfahrungen mit untergebenen Erdentsprossenen : Gärtnergehülfen & Landarbeitern & deren Jäterinnen) : » 'n uffgeblas'ner – « (und zögerte doch wieder, kathartisch-versittsamt. Und sprach das gröbliche Wort entschuldigend, leise, eigentlich nur zu Mir & Martin hin) – » Überzieher, Mensch! Die Bauern-Halbstarken kriegen noch ganz andre Sachen fertich : was denks'De, was Dem-seine Schöne bewundernd gekichert hat?!. « Martin schob die kurfürstliche Unterlippe erst weit vor –?; nickte dann jedoch ein paarmal vorurteilsfrei : auch er lebte seit 20 Jahren ‹ auf dem Lande › und DER GESCHMACK IST VERSCHIEDEN – es leuch-

tete ihm ein. Aber Sie bewegte schon verneinend den Kopf (1 Mal nur, arbeitssparend; mehr, als scheuche sie eine Fliege weg) : » Hängt 'n Zettel dran. 'ne Art Stückgut-Anhänger. « Und drang, wuchtig-ilfend (seggt Gjellerup) die 4 Längen weit ein. (Wir-Feiglinge warteten draußen. Neugierig-lüstern, wie Feiglinge sind.) –
Kam zurück, das Ding in der Hand; (» I-gitt-i-gitt – « flüsterte Ida angeregt, als sei ihr noch was neu). Und hielt es nur-mir, dem Übersetzer, hin : ? ! – (und ich tat Ihnen-Allen den Gefallen – Potz-1000 : das reimte sich ja förmlich ! – und nahm gleichsam umständlich Platz (wie gelehrte Derwische pflegen); legte ein sichtbares Brillengeschirr mir ums Haupt; sah Sie-Alle erst noch einmal, grämlich-examinatorisch, darüber hinweg an : ! ; räusperte mich gravitätisch – natürlich nur Alles theoretice, ‹ in Wirklichkeit › blieb ich schlicht stehen, & sah mir's an) . . . . . :

‹ BALLONWEDSTRIJD.

Het kind, wiens ballon de verste reis gemaakt heeft . . . . . ›
(» Deutscher schprich Deutsch, « mahnte Martin pomadig. Und ich stegreifte) :
» ‹ Das Kind, dessen Ballon die weiteste Reise gemacht hat, erhält als Preis 1 prächtiges AUTOPED mit Luftbereifung. › « (» Iss'n das ? « ; Karl, der seinen niedrigen Skeptizismus ja irgendwie wett machen mußte. / » Ach – « Ida, eingehakt bei ihrem CON-DOMINUS; sie horchte und sann. / Martin bewegte, zufrieden lächelnd, die fette Stirn : immer was Neues hierzulande, wie ? ! (Und man braucht sich vor allem nicht aufzuregen : genau wie bei Stifter's, gelt ?) . / Die Einzig-Vernünftige : » Woher ? « . / Ich nickte ihr anerkennend zu, & fortfahrte)

: » ‹ Wer diese Karte findet, wird freundlichst gebeten, sie mit Angabe seiner Adresse zurückzuschicken. Falls das betreffende Kind 1 Preis bekommt, erhalten auch Sie 1 Andenken. / Die Karte muß jedoch bis spätestens 26. Juli 1961 eingesandt sein. › « Heut war der 8. Juni.
: » UHRZEIT ? « (denn ich trug keine; & Sie besaß keine). Von 2 Seiten, Karl & Martin, antwortete es gehorsam : » Rund 15 Uhr. « : » 2 vor. « Sie forderte ein zweites Mal, (schärfer; ‹ zum Ausgleich ›) : » Woher ? ! «. – Ich sah Sie nur an : ich hatte ja schließlich pausenlos gedragomant ! Und Sie entschuldigte sich auch gleich dadurch, daß sie die Augen sandpfadwärts richtete. (Sah nett aus. So hat man sich also im Mittelhochdeutschen entschuldigt. Der Mund, der nichts ausplaudert, wird stets die gedankenvolle Zunge anziehen : das wär'ne Zunge als Nachtisch !).
: » ‹ Ballon aufgestiegen zu Vaassen, den 6. 6. 61; durch Johann Koetsier, Vaassen, Mersenseweg 17; Junge; Alter 11 Jahre. › – Das ‹ MEISJE › ist durchgestrichen. – Jetzt müssen Wir noch Fundort & -zeit eintragen; sowie die Anschrift des Finders – : DER FINDERIN ! « verbesserte ich mich bedeutend, (und sah unser Meisje an; Sie war ja wohl die Bedeutendste unter uns. Zumindest die Leistungsfähigste KUNDISCHES GESCHIRR Alles verstählt). Aber : » Das machen Wir mit meiner Schreibmaschine, zuhause. « / Und weiter pilgern; Reihenfolge wie zuvor. –
Diesmal blieben Wir gemeinsam stehen : ! : wo sich 2 Sandpfade kreuzten 1 schiefer hölzerner Wegweiser; (die Arme hingen ihm betrüblich herunter; einst waren sie beschriftet gewesen IM KÖNIGREICH HANNOVER.) Das Blödsinnige war nur, daß ein Korbsessel darunter stand ! Wo doch, Martin gab's uns an, jedwede Ortschaft minde-

stens 5 Kilometer weit entfernt lag. Geisterhaft. / Stehen & Kopfschütteln. / Sie begab sich, mühelos-weiten Schritts, hin. Setzte sich 'rein; (‹nahm› Platz; ergriff Besitz). Schlug die gestrickten Beinsäulen übereinander; und gab zahlreichen Gedanken & Eindrücken Audienz, die Wir nicht sahen, (beziehungsweise nicht hatten – schon nahm ihr Gesicht einen so harten, ja verächtlichen Ausdruck an, daß der Korbstuhl knarrte! Und wurde wieder erhaben rot & ruhig HAIDEKÖNIGIN ich, als eine Art klapprigen Wesirs, so nah dem Thron, stand etwas seitwärts zurück; und sah dem Gliederspiel Ihrer Majestät (schon hatte mein Gesicht jenen undurchdringlichehrerbietighöfischschafsmäßigen Ausdruck angenommen) möglichst wunschlos zu.) / Sehr fern der Paradiddle eines Traktors. Unter einem Farn was Kleinlich-Buntes? (Achso; ‹Manöver-Zinken›, widerlich.) Filicinen: »Zur Erhaltung der Liebe nähte die Bauersfrau *IHM* einst heimlich Farn-Samen in irgendeinen Kleidsaum.« Sie nickte folkloren. (1 Mal.)
Aber neugierig war ich im Einzelnen doch noch.: »Sagen Sie – selbstverständlich haben Sie Recht; mit dem Traum – aber.....«. Sie erklärte mir Alles im Weitergehen. Zog dazu den Zettel aus'm Ärmel; (würdigte die braune Liniierung; ich, kühl informierend: »Das weiß man seit Babbage: Logarithmentafeln.« Sie sah mich gierig an; und lernte gern, daß das weder Freud noch die Anthroposophen erfunden hätten.: »Ich schreibe am liebsten Braun auf Chamois: das strengt die Augen am wenigsten an. Weiß auf Schwarz hat mir viel-zuviel Irradiation.« Und sie nickte gierig: würde ma'ne Ideale. Literatenfrau.) Aber auf geht's:
»Die dickengelbeneinzelnen Straßenbahnwagen – auch

das große altmodische Auto, mit dem faltigen Verdeck – sind die Tante-selbst : die Straßenbahnnummer ihr Geburtstag; das Zielschild ihr lustvoll-ergänzter Wohnort. Die ‹ einzelnen › Wagen, ‹ ohne Anhänger ›, besagen, ich möchte wetten, daß sie ‹ ledig › war. « / Ich lief gleich, neugierig, zu Martin vor, der damals, bei Karl's Hochzeit, eine der ‹ Brautjungfern › abgegeben hatte : ? . – » Ohja, « sagte er nach einigem Besinnen : » Ihr Mann war ihr – nach kaum 2-jähriger Ehe – gestorben; und sie seitdem praktisch ledig. Strammes Weib übrigens : 'n Hintern wie'n Brauerei-Pferd « : (seine Hände bildeten's animalisch genug in der Sommerluft nach. Dann fiel ihm aber ein, daß Sie's zweifellos sähe; und er nahm sie erschrokken an die Hosennaht.) Ich eilte, psychoanalytischer Page, mit solcher Kunde zurück; und sie notierte sich's hinzu, auf der abgeschrägten Ober-Fläche eines Zaunpfahls, (einem elliptischen Gemisch aus Graugrün & Schwarzgrau). / » ‹ Wenn meine Großmutter Räder hätte, wär' sie'n Omnibus › « fiel mir ein. Sie schürzte den groben Mund, (der dadurch geradezu götzenbildmäßig wurde; obschon sehr impressiv !), und neigte bestätigend das Haupt : konnte durchaus zu der Verwandlung von Wunsch- in Bild-Gut beigetragen haben, das Sprüchwort. » Doch. Sogar entscheidend. « Weiter : » Das ist sehr wichtig, daß auch bei Onkel Martin als allererste Erinnerung die an ihr Gesäß hochkam – man wird folglich, ohne der Wahrheit Gewalt anzutun – « (wenn man die Augen zudrückte, sah man sie förmlich schon an dem betreffenden Scheffdöwre schreiben) – » annehmen dürfen, daß es tatsächlich besonders eindrucksvoll gewesen ist. Der Wunsch, bei ihr ein-, ja ‹ hinten drauf › zu steigen, also klar genug. Deshalb die

‹ Stoßstange › hinten am Auto; auch die ‹ Lücke ›, die ‹ freie Stelle › daselbst. « DIE HÄMORRHOIDENSCHAUKEL. » Daß der Wunsch bei Karl unterschwellig geblieben ist, geht aus dem bloßen Tatbestand der Verkleidung, der Maskerade hervor, ja? Und daß er nie zur Erfüllung gelangte, wird durch das fort-währende ‹ besetzt, schon voll, verpaßt › dämonstriert. « Zuerst schüttelte, dann nickte sie mit dem Kopf. / » Wird der Ballon nich immer kleiner?!«. Doch; er schrumpfte sichtlich; in ihrer Hand ER SCHRUMPFTE IN IHRER HAND.

Am gleichzeitig Wald- & Weg-Rand : 1 junge (aber sehr hochgewachsene) Birke; derart gekrümmt, daß ihr Wipfel den Boden berührte! Ein untadeliger grünender Halbkreis vom Radius 6 Meter. Ich wagte's, und rührte den Arm der gedankenvoll Schauenden mit dem Zeigefinger an –; – sie wachte ein bißchen auf, und machte höflich-größere Augen : ? – » Würden Sie eventuell ma'da durchgehen? ARG DE TRIOMPHE Sie haben sich's verdient. « (Es mußte doch wohl etwas geziert herausgekommen sein; denn sie besah mich.) Ging dann hindurch. Nein : blieb darunter stehen! Drehte sich zurück, und besah mich. (Und dann erst fürder.) Ein Stück weiter unten auf dem Wege vereinigte sie sich wieder mit mir. (Was das alles für Wendungen waren : vorhin-Sie von ‹ Gewalt antun ›; jetzt-wieder-ich à la ‹ sich mit mir vereinigen › – wurden wir etwa langsam ooch schonn ‹ unterschwellig › ?! / Sie warf 1 weiteren Blick auf ihren Zettel.)

» Besonders exquisit hier, die in den Nebenbestimmungen vom Traum geleistete schalkhafte Verwandlungsarbeit : daß das Ganze in ‹ Pforzheim › spielt. Wo ‹ Pferd ›-ner & ‹ Hinter-steht-er ›-Straße zusammenstoßen. Fein auch, daß die Straßenbahnwagen, immer wieder, nicht auf dem normalen Ehe-Geleise, nicht von ‹ Treuhofen › her, ankommen : daß sie von ‹ links her › erscheinen, mag das undeutliche ‹ sinistre › Gefühl abgebildet haben. « Ich, gefällig : » Vergessen Sie nicht den Ausdruck ‹ zur linken Hand › antrauen. « (Sie hob sofort, magistern erfreut, den rechten Zeigefinger, und nickte mir lobend zu; notierte's, und fuhr dann fort) : » Wie auch, daß solches ‹ links › in Ihres Freundes Traum gleichzeitig ‹ Osten › war; wo, von ihm aus gesehen, Dresden ja lag. – Im Begriff der ‹ Verkehrsinsel › wird sich die, ja in so mancher Beziehung ‹ isolierte Lage › der DDR versteckt haben. « Ich, verruchter : » Könnte sich darin nicht auch, rein lexikalisch, das Wörtlein ‹ verkehrt › verborgen haben ? « » Genau ! « erwiderte sie nachdrücklich. Und ich, nun voll diabolisch : » ‹ Verkehrsinsel › ? : ‹ verkehrt in Se ›. « Sie blieb sofort stehen, und wandte sich voll zu mir her BREITSEITE – » Das ist groß – « flüsterte ihr Gesicht, schön vor lauter Häßlichkeit : » Sie – : das wird ein Paradebeispiel ! ‹ Verkehr › birgt natürlich ..... implicite ..... « (schon kniete sie mitten auf dem Waldpfad vor einem flachen Steinchen, und schrieb; ‹ hielt fest ›, ‹ barg ›, ‹ heimste ›).

Die Gangway unter uns war unversehens zum schmalen Teerband geworden, (auf dem unsere Schuhe hallten). Im duftenden Kielwasser von Heuwagen; (also in Heimatnähe.) Das Ballönlein welkte schon arg über ihren Handrücken hinab; und mir war doch auch am Ende schlapp geworden (Da ! Schon wieder : ‹ am Ende › ‹ schlapp geworden › – wollte denn Irgendwas mit mir los sein ? Lieber noch ein paar ergänzende Finessen; beziehungsweise Selbstverständlichkeiten) : » Die eine ‹ Frau

in Grau ›, die ihn immerfort durch Ansprechen ablenkt, also – «. Ihre breite Hand wies bereits nach vorn, wo die Drei, auch schon mit nachschlappenden Füßen (Tz wir hatten eben Alle kein Training. Und waren natürlich auch nich mehr die Jüngsten, zugegeben) nebeneinander herstiefelten; dem Ausdruck ihrer Hinterfronten nach unzufrieden FRAU IDA'S MORGENROCK. / Sie sandte mir einen längeren strengen Blick herüber, (wie wenn ich mich besser auf irgendwas gefaßt machte : was sollte jetzt wohl schon noch kommen können ?), sie sagte : » ‹ Dresden-*Eula* › ! Was es ja, meines Wissens gar nicht gibt. : Die Eule gehört zu den *Nacht-Vögeln* – ! « ; faltete den Mund wie'ne Ärztin : » Ich könnte Ihnen *noch weit mehr* zeigen . . . . . «. (Und da mußte ich, so leicht-verlegen mir auch war, ja doch heimlich grienen : *natürlich* könntest Du mir ‹ noch mehr zeigen ›, mein unterschichtiges Kind; beträchtlich mehr. / Und wurde trüber; (da es mir wie erdnussige Käppchen auf blaßroten Tellerlein vor Augen gaukeln wollte. Auch basthelle Haar-Bultchen –) : AUFHÖR'N ! Nichts für mich.) Zu Hülfe (mit ‹ ü ›) kam mir der wieselnde Bundeswehrjeep, lang schwangte die Rute der Antenne neben her. : » Ich kann Die nich sehen. « Und sie nickte ebenfalls kühl; auch sie wußte im Leben besseres zu tun. (Der UNIMOG gleich anschließend, mit dem weißen Spitz neben dem Fahrer, gefiel uns Beiden desto mehr.) / Und accurat gemacht, diese Analyse ! Aus Der würde ma' Bedeutendes werden. (Falls Sie fleißig war & lange genug lebte. Nachher nochma'mit Martin reden : daß Der Die ja förderte !).
‹ Wenn man den Wolf nennt › – schon kam er auf uns zu, gebärdenreich enttäuscht, gutmütig entsetzt : » Wieso wollt Ihr denn jetz' gleich schon wieder weg ? ! Karl

behauptet, er wär' für heute Abend nach Pinneberg bestellt. « (Achso. – Na, 's war schon richtig.) Er machte eine dicke tütige Schnute; und bat : » Bleib doch wenigstens *Du* noch hier. – ? «. (Sie ‹ ging an seiner Seite ›, ‹ die Hände auf dem Rücken ›, ‹ Und sprach kein einziges Wort › – hej !, da hatten wir ja die Formelsammlung beisammen.) Über den Wäldern zur Linken erschien 1 mächtiges aschgraues Gesicht DIE ERSTE WOLKE jetzt sah der Nichtmehrballon in ihrer Hand genau wie Karl's Hypothese aus; (‹ Gut After nun ! ›).

9

: » Na, Conte Fosco ? « –
(Ich; in Ihrem Zimmer. Allein.) / Nachmittagssonne in schwerem Wolkengespinst. Und ihr gefangenes Bild regte sich, und wollte sich frei machen. (» Darf ich frei machen, Frau Doktor ? ! « – 's war HOHE ZEIT abzufahren.)
Hob die Hand neben mir, (‹ meine ›), in der die kleine Reiseschreibmaschine hing, auf die Tischplatte. Braunes Farbband. Ein dünner Stoß (billiges !) Chamois-Papier. Doppeltsoviel Durchschlag. (Sehr wenig Kohle; ich wollt'es wäre mehr gewesen. – Eventuell ein Paket schikken ?. ?. Nein; doch nicht; das hätte Alles entstellt. Und Ihr das Annehmen unnötig-zusätzlich erschwert.) / Das ich Ihr ohnehin noch durch 1 Kurzwort zu erleichtern haben würde. Also 1 Blatt DIN A 4 rein – da würde Sie denken ‹ Der hat's dikke; Dem iss das 'ne Kleinigkeit. › Paßt. – Tja, aber was nu drauf ? / : ‹ Was Du ererbt von Deinen Vätern hast, verkalke, um es zu besitzen. › Nicht

schlecht (da boshaft), aber zu lang. Auch zu melodramatisch, letzten Endes. / ‹ Verdient › ? Zwar schön-kurz; aber es lag zu viel ‹ Urteil › drin; das stand mir gar nich zu. / ‹ Gute Arbeit ! › : das war's. (Aber ohne das Geschrei-Zeichen noch.) Tippen

1, 2, 3, 4. Leertaste. 1, 2, 3, 4, 5, 6.

Und etwas hochdrehen – so. (Und den Deckel drüber. Nicht ma' Ihren Vornamen wußte ich! – Den ‹ greisen Goethe › stell'ich mir immer als 'ne Type vor, wie Adenauer.)

Zögern-Zaudern-Druxen. / ‹ Soirée-Sauerei › : Martin hatte sich des vornehmen Ausdrucks bedient, und bedauert, daß er heute Abend dann ‹ wieder allein › sei. Der Trottel! / Ich schaltete, im Geist, hohnmündig, auch schon vorsichtshalber auf meine Junggesellenbleibe zurück. Meine ‹ Klause › (wie sich die Feinsinnigen unter Uns-Menschen, und ihre Zahl war Legion, ausgedrückt haben würden. ‹ Aus-gedrückt ›, per anum a tergo : ‹ Puh! Wie unwisperbar so! › – Dabei sah's aus, wie Finnegans Wake Seite 182 eff.)

Nicht übel

Ich lächelte mir geziemend böse zu. Und verfügte mich da-hin, wo Karls Motor röchelte & rülpste. (Bei ‹ Hierbleiben › würde Sie ja das bissel Schreibmaschine prompt ‹ abbezahlen › wollen, die Puritaneuse – Carlyle's Cromwell müßt'ich Ihr schicken! Außerdem fast noch Jungfrau seyn, wie Alle diese Freudianerinnen – neenee : besser in Hamburg aussteigen.) –

Und, boshaft-abgeeschert, daneben stehen. / Karl gab an, es sei das Ziel seiner Reise gewesen, bei einem Holsteiner Kollegen die Bemalung von Äpfeln durch Sonnenlicht zu studieren : man klebe den Unreifen Schablonen auf; und, wer hätte es gedacht, bei den Reifen ergab sich prompt 1 BUNDESADLER ! (Da konnte ja nur 1 Böswilliger noch Einwände erwägen) . : » Neinein; Wir *müssen* weiter ! «. / Martin, schwermütig auf ein Fliegenfenster gestützt, wie sein eigenes Monument, (eine Attitüde, zu der ich ihm das Recht sofort abbilligte : Du nich-Du !). Aus der ‹ fernen › Küche kam Geklapper – wie wenn Messer in kleine Stücke gebrochen würden ? eisengrauer Bruch – und Er gleich, furchtsam : » Was soll ich bloß machen ? « . » Ich achte es für Gewinn, SIE kennen gelernt zu haben, « entschied ich fest. » Ja Du, « versetzte er unüberzeugt; und, dringender : » Dann bleib doch hier : dann kanns'De Se *ganz* genau kenn' lern' – na ? ! « . Ich warf ihm erst ein » Verwünschter Kuppler ! « ins hämmändeggije Gesicht; (gedachte dann jedoch des ihm künftig bevorstehenden Maschineratterns, das sich zu seinem sybaritischen Wandel auch nicht übel schicken würde : das *ante* Der noch gar nich !) . Und da schüttelte ich ihm doch heiterer die gemästete Rechte : » Tak for sidst, Martin. – Und behandel' Sie gut. « / Ida saß bereits am Steuer.

Während Wir uns langsam hinaus schoben, noch ma'aus'm Fenster kuck'n (vorsichtshalber nach der andern Seite) – – : da machte die Sonne 1 kupfernes Pferd unter 1 Hollunderbusch SACHARJA EINS-ACHT : hatten Wir, heute Früh, nicht eine vergleichbare Stellung im Jasmin eingenommen ? – Schon wurden wir schneller. (Ein anderes ‹ wir ›.) –

» ‹ Nun Adé, Ihr Feldgöttinnen; nun Adé, Du grüne Lust › ! « . Ich; nach einer ganzen Weile. Und Karl gleich, giftig-äffend : » Opitz. : Beim Adelung. « (Ein Handwerk, das ich ihm durch bloßes Alludiren auf ‹ Idas Muhme › unschwer hätte legen können. Aber eben *weil* es so sehr einfach gewesen wäre. / Lieber die Augen zu. Und auf Null stellen. Wieweylandunterhittler.)

10

NACHTRAG : 17.10.61 / Mit der Post, u.a., 1 Päckchen. – : Mein Name darauf erschien mir vertrauter als sonst? Bis es mir den Ruck gab, und ich meine alte Maschine erkannte : Absender ‹ A. SEYDEL ›, auf Schammoá. (Nun wußte ich wenigstens den Anfangsbuchstaben. Aber auf das Ypsilon war ich nicht gefaßt gewesen; ich hatte Sie mir immer, warum weiß ich nicht, mit ‹ i › vorgestellt : ANNA AUGUSTE ADELHEID, ADELAIDE ANGELINA AMALIE : ‹ LEBT DENN MEINE MALE NOCH ? ›).
(Aufpacken – – –) –
: in durchsichtigster Klarglashülle 2 Holländerpüppchen! Ganz Landestracht, und mit veritablen Holzpantinen. ER rotes Jäckchen, SIE Schärpe & Spitzenhaube JONGE + MEISJE. / Dazu das Schreiben des Kaufhaus-Konzerns, der damals den Wettstreit veranstaltet hatte DANK ... ZUR ERINNERUNG ... GRUSS und der Kleine, der den Ballon aufsteigen ließ, hatte tatsächlich einen der ersten Preise erhalten WUNDERBAR! (Sein ‹ Vaassen › lag übrigens 5 km nördlich von Apeldoorn.) / Auch von hinten A TERGO sah das Pärchen sauber aus : ihr Rock war kunstvoll zusammengesetzt, aus rotem Mittelstück & weißen Seitenstreifen; seine hohe Hose breit & schwarz & faltig. ZUM ROTEN JÖPPCHEN. / Sonst weiter nichts. So sehr ich auch das Packpapier untersuchte. (Alles andere selbstverständlich auch : NICHTS.)

Man hätte natürlich ‹ schreiben › können : dann wäre Alles ins Onkelhafte verlaufen. ‹ Onkelos ›. (& Tantelos : ‹ Tantelos-Qualen › : die litt ja der unterschichtige Karl. Ohne es zu wissen; sehr merkwürdig.) / Sogar ‹ HINFAHREN › war möglich; Sie würde bestimmt noch da sein. (Vorwand : Neuer Papiervorrat ?) / Kam mir aber zuguterletzt doch recht albern vor; (war es zweifellos auch). Nahm besser ¼ Tablettlein CYCLOPAL, (Pillen, Boli, Trochisci, Mundkügelchen und Plätzchen – ich hatte mir zu der just anstehenden Übersetzung der PEST IN LONNDN all-solch ältliche Kanzley-Ausdrücke mühsam anlernen müssen.)
: ‹ Wäg' unser Schicksal ab; sprich, welches heischt mehr Zähren ? › (Weiße bei Adelung : meyn Jahrgang).
Also lassen Wir's lieber so.

DIE ABENTEUER DER SYLVESTERNACHT

1

(Zettelschneiden-zettelschneiden-zettelschneiden : wenn mir *das* Einer am Wäschekorb gesungen hätte, daß ich im 50. Lebensjahre mal bei Anlegung der Register zu einem zwölfbändigen Heiligenlexikon helfen würde . . . ! Und wieder einmal mehr aus dem freien Augeneckchen die Dinger betrachten : etwas das keinen Bauch hatte, sondern nur einen Rücken; (und auch den manchmal nicht : ein Buch, ein krankes Buch, ein schwerkrankes Buch); er mießfiel mir mehr & mehr dieser ALBAN BUTLER !). –
: » Ich würde GOtt prinzipiell mit ‹ Sie › anreden; ich duz' mich nich mit Jedem. « » HaßDu Dein'n Vater nie ‹ Du › genannt ? «, tadelte er würdig; und schnitt, (zeigte aber auch schon die Zähne, während er das Metallschablonchen richtete – DIN A 8; 74,33 mal 52,56 – und scheerenschnäbelte mit Macht; allerdings nicht der des Starken, man bloß des Nerwösn). : » Ganz ungern, Du ! Das hat mir in den alten Büchern immer gut gefallen, wie da die Kinder ihre Eltern so mit ‹ Sie › oder ‹ Ihr › abfertigen : Distanzdistanz. Sage mir, wo Du hingehst; und ich geh sofort entgegengesetzt ! «. Er schnitt. Murrte überdrüssig ein » Heiliger Bembo – «. : » Sehr richtig, Jule : vom italienischen ‹ Bambino › gleich Jesuskindlein. Du bist doch immer stilvoll. « (Schtiel-foll). –
: » Sind's *noch* nich genuck ? ! «. – Ich musterte erst das

bescheidene Häufchen; dann, etwas länger, ihn; (und nochmal kurz das Häufchen : der Blick schien mir gelungen zu sein; er senkte sogar den Kopf. Und schnitt. Beschwörend) : »Laß Dir bloß *so* ein'n Auftrag nich wieder andrehn, Jule : bis 5. Januar abzuliefern! Und sogar noch ein ‹ gedrängtes Register ›; das heißt eins, bei dem De *denkn* mußt : wo gibznn so was : für 400 Mark durch Zwei ooch noch ‹ denken › ? Das soll doch gefälligst Derjenige machen, der den Käse übersetzt hat!«. (Gewiß, die Bemerkung war nicht neu; ich hatte sie im Lauf dieser letzten Nächte bereits mehrfach vorgetragen. Und wußte auch seine, wahrlich nicht un-stichhaltige Entgegnung : wie da sein Verleger den nächsten Übersetzungsauftrag diskret damit gekoppelt hatte, aut BUTLER aut nihil; und ihm dann ‹ die Wahl › gelassen, tz. Wenn man wenigstens noch Zeit gehabt hätte : so in leereren Stunden, wenn man vorher ehrlich gearbeitet hat, lassen sich Acta Sanctorum, unvernagelt betrachtet, ja durchaus kulturhistorisch lesen – aber so, wo wir bis morgen Früh fertig zu sein hatten!) : »Gib acht : beim nächsten Auftrag stellt er die Bedingung, daß De vorher katholisch wirst.« : »Mensch, mal'n Deuwl nich an de Wand!«, sagte er erschrocken. –

– – : ! . / – – : ! . / – – : ! . / – – :

»Wolltn wir nich ne Stunde Pause einlegen?«, äußerte er schneidend (nämlich mit der Scheere) : »stell doch ma's Radio an, daß wir die Zeit nich verpassen; ganz genau geht meine Uhr nie.« (Tja; das hatten wir uns zum Jahreswechsel als Belohnung versprochen. Und anschließend halt weiter machen. Morgen Früh mußte er, die große Zettelkartei unterm Arm, den Re-Bus nach Hannover erwischen : 3 Tage durfte er für die Reinschrift ansetzen, und jeden à 24 Stunden, pff. / –. – : » Na kommschonnkomm ! – «, ich, zur zitronen glühenden Scala gewandt; (würden wieder baß blödeln im Abend-Land, the only nut-house run by its inmates; bei uns ist kein Amt so klein, daß es nicht den Galgen verdiente : dschunkelte es nicht schon leis' über die Sieben Berge her, von den Sieben Zwergen her, kilohertzlich & ganz Watt ihr Volt – ?). – Lieber noch'n Spürchen leiser stellen –, – : so.).

» Und Du hast unterdessen, unaufhörlich-schnittlernd, die Wonnen der Repetition empfunden, gelt ? « : » Die fleg'ich bei was Gans-Anderm zu empfindn «, versetzte er unwirsch; und richtete dann das große Ohr begierig hin zur Regierungsmaschine. / Dort erscholl, unschwer vorauszusagen, das beliebte Gemisch aus Kuhreigen & Betrachtungen Führender Politiker, (die Alle ‹ für den Frieden kämpfen › wollten : daß man immer diese demobilisierten Kriegsausdrücke verwenden muß ! Die rüstig schleichende Rüstungsverlotterung der Finanzen blieb, um die festliche Nacht nicht unnütz zu trüben, ebenso unerwähnt, wie die vor der Tür stehende Portoerhöhung). Und mehr ‹ Rheinländer › in den besten Jahren. Bischofsworte deuteten an, daß ein gutes Schaf bekanntlich sein Leben für den Hirten ließe. (Und wir, am BUTLER mitarbeitend, durften noch gar nich mal anheben, illegal dreinzuschauen) : » Also Jule : das nächste Mal « : *‹ DITT-DITT-DITT ! ›* –

: » Drei'nzwanzichuhrDreißich : auf, Jule ! Ich kann das nich mehr mit-anhören – «; er erhob sich bereits, mehr als gehorsam. (Und ich sah doch wieder interessiert seinem Futteral für *zwei* Brillen zu : wie praktisch ! So eins *mußte* er mir das nächste Mal mitbringen). / Nochmal nach'm Ofen kuckn – das Türlein ging von selber auf, als ich, 1 Meter entfernt, auf das ‹ entsprechende › Dielenbrett trat : 500 Mal am Tage ungefähr; *das* kann Ein'n vielleicht verrückt machen ! (Abweisend : » Ich sprech' mit dem Ofm – «.) / Er besah mich teilnahmsvoll, wie ich meine gefütterten hohen Stiefel vorm Anziehen erst so hoch-herumschwenkte, daß die Mündung nach unten zeigte. – : » Fetischistische Ceremonie ? « : » Nee. Ob Wäscheklammern drin sind. « Auch, da seine Miene sich noch mehr verunruhigen wollte, (es iss ebm weder Fantasie noch Logik mehr bei den Menschen) : » Achwas ‹ fixe Idee › ! Du hast'och selber heut Abend zugekuckt, wie die Katzen im Korridor spieltn : da waren schon öfter Wäscheklammern in meinen umgeranntn Schuhen. Oder Tischtennisbälle; und ich bin nich der Mann, dessen Metatarsus dergleichen zweimal zustößt. « Er rückte befriedigt die Am-Mors-Hülle auf morbleu, (Draperien für die Schießscharte); nestlte rheumalind am Lammfellkoller, : » Wenn bei mir der Hals warm iss, bin ich am ganzn Körper warm. « Und oben drauf den flachnschwarznrundn Zaubererhut.

: » Taschenlampe ? – Überflüssig : Oliver is in town. – Aber *eins* könntn wir noch machn – « ; (er, Dekan aller Müßiggänger, stand schon, entschlossen zur Pause, vor'm Häuschen; genau am Rande der scheckijn Nacht) – : » achtma auf'n Schornstein ! «. (Und flink rein & raus). / – : ? – : ! : ! ! : » Gelt ! ? «. Denn eine treffliche Rauch-Feder, lang & weißlockicht, entstand dem Haus am düsteren Giebelhut; (und die Dämmermaske des Mondes sah uns interessiert zu. – Erklären : wie ich den neulich-gefundenen kaputtn Gummiball schnell auf die Glut geworfen hätte; und wir nunmehr nach Herzenslust

den Rauch bewundern könntn : » CLAUDIUS, ‹ Neue Erfindung ›; ‹ Nachträge & Ergänzungn ›. «).
– : » HasDu die Flasche auch mit ? « – : » MeinsDu : jetz *gleich* noch Ein'n ? «, erkundigte ich mich zögernd. Aber er, trotzig, » Ja wohl ! – «; dann, niedergeschlagener : » Ich muß die Stundn nützn, wo SIE mich nich – – «.
(Der Satz blieb hintn offm stehn; ‹ Der Werwolf eines Nachts entwich vor Weib & Kind ›; bitte; aber) : » Nich so viel, Jule. Wir müssen dann noch. « : » Och; die Nachtluft hält Ein'n frisch, « behauptete er. Ich öffnete & schloß indessen das Tor Bab el Mandeb. Und wir schlugen den Fußpfad ein. Der Höhe 72 Komma 8 entgegen. –

2

Baumbarer Acker, zählbare Sterne, (schiffbar, mannbar, bargeldlos). Denn der fahle Mond (auf schtruppijer Filzunterlage) beherrschte nachgerade das Große Ganze. Ansonsten nur 1 Hand voll Schterne. Und 2 stattliche Luftschlösser, Wolkenburgen-Silberbolgen : eine im Norden; auf die andere, in Osten, schritten wir, döusbattierend, zu. Er schwenkte sein infernalisch Schienbein, und zeigte damit : ? . (Der Apfelsinenstern, genau überm Weg ?) : » Der Kriegsgott Marsch selbstredend. Ausnahmsweise ‹ in Opposition ›. «
Einen Hammerwurf weit bewahrte er naseweise Stille. Behauptete dann, ich ‹ trübe ihm durch Vorangehen den Weg ›; spielte den Ungehalteneren; und heischte » Noch ein'n ! « . : » SchixDu Dich an, ßaiko zu werden ? « . Aber er ergriff die Flasche untadelig. Schlug sich vor seinen

bretternen Busen während er trank; und verschlukkte sich nicht; (Manche könn'n das : beim Milli Teer hab'-ich ma Ein'n gesehen, der die Kasernentreppe hinauf stob, und währenddessen 1 Flasche Bier einschlürfte; in Sprottau. Iss aber wohl Sache der Gnade. : Daß Ei'm ständig diese ultramontanen Wendungen einfielen?! Achso; der BUTLER natürlich.) / Er fixierte mich – :

: »Was *hat* man *Alles getan* –« sprach (nein : ‹ skandierte ›) er. Erläuterte, daß er ‹ Seine Frigide › meine; und bezeichnete sich anschließend als einen Fall von besonderer Hoffnungslosigkeit. : »Schreib's mit ‹ Ph ›, Jule. – Daß Du Dich immer noch nich an das Ax-johm gewöhnt hast : ‹ Frauen sind so wenig erkenntnissüchtig! ›. Und da kannsDe sofortz Große Bundessiegel dran befestigen lassen.« (Da ich mich jedoch, obschon hinter nach Kräften gesenkten Lidern, des bekanntn vergnügtn Hagestolzenlächelns nicht zu erwehren vermochte, beseitigte er meinen Einwand mit einem englischen Ausdruck, den selbst-ich noch nicht vernommen hatte; (naja, er hatte eben nich umsonst im letzten Jahr 2 Ganovenromane übersetzt, nischt wie Katzenhäuser & Heroinkeller, und war dadurch, Potz Romany & Shelta, etwas vor gekommen); abgesehen davon, daß er, im Gegensatz zu mir, die vielsprachige Literatur ausgesprochen liebte, so man um Rollfilme antrifft; oder auf Kohlepapierkartons.) Er sprach während unseres plumpen Hügelan diu klage weiter; ‹ Männuß krypt, Faunt in ä Buddl › :

: »Zeitlebens war ich Manns genug, daß die Frau nicht bei fremden Leuten zu arbeiten brauchte : ich kickte die Kumuli, die um sie aufzukommen sich unterfingen, und schirmte den weichgekochten Busen vor Sturmtiefs – sie

loopte sorglos GOtt den HErrn, meine beyashmakte Immernüchterne, ob sie gut schlief oder Geistererscheinungen hatte « – (und da öffnete ich doch lauschender die Augen : ich kannte Frau Gertrude; falsche Perlen um den Hals & 'n echtn Deuwel im Slip; sie war durchaus, was Mann erträumte : aber, wehe, was-Alles *zusätzlich* noch !). » Was ist der Körper ?, wenn nicht ein Pferd, das im Finstern den trunkenen Reiter durch den Wald der Welt befördert; eine Vorrichtung für den denkenden Kopf, die den Abstand zum Erdboden hält ? – Sollte ich mich irren, so irre ich mich ja wohl in bester Gesellschaft ! «. Da er mich herausfordernd maß, gab ich ihm, würdig & wortkarg, Recht : » Sprich weiter, Jule; Du sprichst gut heut. «
: » Ich erniedrigte mich früh um Ihretwillen. Sagte zu gleichdienstaltrigen Ärschen ‹ Ho; Kammrad ! ›, und flüsterte hinter Vorgesetzten ‹ Du Flaume ! – ›. Schwalbige Worte ließ ich wechseln mit Donnergerülps; und kein Mülleimerodem entkam mir, den ich Ihr zu Gefallen nicht gewürzt hätte mit OLD CHANCERY oder Käsebernstein vom Harz, mit senfkörnigen Dillen & Thymianklößchen oder Schalotten aus Arnhejm. Ich bestank Ihre Kammern aufs Furioseste; und bestritt lebenslänglich die Fütterungskosten : ich belud Ihr Peritoneum mit gesüßten Bataten, und plumpte Ihr Mil(ch)reis ins Duo-Dehnum. Ihrer untersetzten Schönheit spann ich Nachtgewänder aus meinen Hauchen, von HIDDENSÖE bis MONA, tuberosig & zeydenschwartz; auch infallible Periodenröckchen, nicht fransenfrei; samt Leistenkrabla, und Talcum mit Bärlapp für Ihre feuchteren Winkel. « (‹ Alle Winkel sind gleich › : die Behauptung mag einen Mathe-Professor zum Rasen bringen, einem armen

Mauerblümchen-Mensch wird nichts einleuchtender scheinen. Während er, HESEKIEL 16,7–14, fürder schnapsodierte) :
: » Ihre Zimmer versah ich mit rot-tönernden Kreisgärten und Zwischen-Kabeln aus Gutta-Pertscha; überall erstrahlten wattigste Empire, und Fontänen brüsselten aus Albrechts-Quellen. Ich wies Ihr die totalen Mondfinsternisse zur rechten Zeit, und sprach Ihr von STRABON's Chlamysgestalt; ich erklärte Ihr die Seirim, und CHWOLSON's nikkende Terafim wurden Ihr nicht-fremd. « (Und seine Stimme lauter als nötich) : » Mit Raritäten reist'ich dann, und skaldete selber genug. Ich kautschte Ihre Rundungen; überzog mich mit Gummi zwex Beywohnung; und setzte den Öl-Hut auf Südwest, bis ich untn aussah wie LETTOW-VORBECK : Wer erquickte mich Eiermüden, entcaloriert vom Feuerböten ! ? « (‹ Wer rettete vom Tode mich Vonsklawerei ? ›; aber er scholl & boll so hitzig über Pari, daß ich ihm gleich noch einmal den gläsernen Hohlziegel reichte : ! Er, besänftigter) : » Du, unbeschnittenen Auges, erblicktest Vieles noch nicht. «
All dies in einer so öden Gegend gesprochen, in blattloser Zeit. Schon gingen wir neben reifröckigen Jungfichten dahin, (Alle zwischen 12 & 15, wo die Biester kokett werden !); auch dünngepuderte Birkenbüsche (zu ‹ mehr › hatte's Geld nich gelangt); und spitzige Sterne strichen selbst durch die dünnstn Zweiglein nebenher. / – : ein sehr fernes-feines ‹ Bau ! : Bau ! › ? : » Sagn wir : ein ‹ Fasanen-Beller ›. Sogar ‹ Fasanen-Rauch › gab es einst, laut ADELUNG. «; (Unterschrift ‹ Herr de la Lande ›. Sein dazugehöriges Licht sah man noch nicht; das heißt, *ich* wußte wohl, wo er wohnte.) / Und stehen

bleiben. (‹ Ohne Zeichen eines Lebens ›. Abgesehen von den hellbraunen Eichenblättern, unverkennbar aus teurem Packpapier geschnitten, die an ihren klauen-artigen Ästchen noch zappeltn.) Trotz der winterlichen Reduktion enorm viel Einzelheiten : man sieht in jedem Falle mehr, als man widergeben kann. –

Und eisgekühlte Luft trinkn; im Rükkn immerschattendes Nadelholz. / : »Wo sind Wir ? ! «; Jule. Und ich, den rechten Fuß dick-tatorisch feierlich auf dem TP : » 10 Grat; 21 Minutn; 37 Komma einszwosexzwo (1262) Seckundn östlich von Grienitsch. : 52 Grat, 42 Minutn; 25 Komma Nullneuneunacht (25,0998) nördlicher Breite. « Pause. » In 72 Komma 78 Metern Höhe über dem Meeresspiegel : ‹ Vivat Jhone Neper of Merchistoun › ! «. » Ä-er lebe, « sagte er hastig. Und sann. Auffahrend : » KönntesDu nich auch noch den Zeit-Punkt etwas un-volkstümlich ausdrücken ? – Ich weiß nich : je älter ich werde, desto mehr bin ich gegen's Volkstümliche; komisch. « (Bitte; ich hatte mich vorbereitet) : » 2 Milljonen 438 Tausend 030, Komma nusagnwa 99 : ‹ Julianische Nächte kannsDu niemals vergessen ! › «. » Demnach gleich Null 31, « stellte er, erstaunlich einsichtig, fest. Ergriffener : » Du das'ss aber 'ne herrliche Aus-Sicht ! – «

Oh ja, verschneite Wiesenweiten, fein schraffiert mit Vorjahrsgräsern : » Das ‹ Lokkere Moor ›. « 1, 2 rüstige Birken darin, (die eine leider mißbräuchlich als Jagdsitz hergerichtet); die schönste Erlengruppe der ganzen Gemeinde, mit denen man reden konnte, wie mit Bäumen von Alter & Erfahrung. (‹ Ein Baum, der habituell gegrüßt wird › : das müßte man den Herren Landwirtn wieder suggerieren können; wie zu Hermann's Zeitn;

(obwohl ich gar so entsetzliche Stücke auf ihn, Hermann, nicht halte). Am ehesten noch durch drohende Weisgetüme : ‹ So lange stehet der Mathbergwald : so lange Hillfeld zusammenhalt'! ›, (‹ Wenn Sylvester es schneit, ist Neujahr nicht weit ›.).) / » Oh ja : selbs'der Schuppm wirkt doll. « Während wir, auf Hermelinteppich, bis an den Rand der Sandgrube vorschritten, wo Einem nun endgiltig aëronautisch im Gemüt wurde; (und die Luft-Mienen noch enthusiastischer). / Schon zog ich meinen Koste-Löffel, ‹ meß mer'n Tee ›, den ich winters grundsätzlich bei mir führe; (kräftiges Aluminium; ohne Beschriftung wäre er unschätzbar – aber in unserer Welt gibt es nichts Unbeschriftetes mehr); schöpfte vom nächsten Baumstummf. Und schmeckte. – (So kennerlich, so sachlich, daß Jule sofort erst neugierig, dann neidisch wurde. Und ihn ebenfalls verlangte. (Sehr wohlschmekkend, nebenbei bemerkt : das sind auch so alte Columellen, die uns weitgehend abhanden – richtiger ab-munden, ab-zungen – gekommen sind, die Geschmäcker von Regen & Schnee festzustellen; und dann daraus zu schließen, was zu schließen ist. Da gibt es Rübenartigen; solchen, der wie Hunde riecht; manchmal nach laschem rohem Fleisch; heute schien er neu-tral. Bzw. das Zünglein an der Waage, durch den zuvor genossenen Bergtau träger gemacht, gab nicht den genügenden Ausschlag; das findet man aber bei jedem Instrument mal.) Und Jule schaufelte, ‹ im Busen fühl ich den Weh-Suuf ›.) : » Nun folgere aber auch einiges! – Was iss-iss für Schnee? : stammt er aus tiefer Luft, vom Dümmer her? Kommt er vom Harz, wo das Gespenst brockt, nehst & silberschlackt? ErschmexDu die ‹ sogenannte DDR ›? Oder tippsDe auf Richtung Äidtkuhnen, wenn nicht gar Alma Ata? : sag doch was!«; (und schaufelte zwischendurch zwischenein, daß selbst der Griff mit Gefrorenem belegt war). – »Ich möchte meinen : es ist jener Schnee, der immer von vorn kommt.« Und frostig schweigen (ich); und betroffen sinnen (er). / Ganzfern, SSO, ein Automotor. Vielleicht ein Tierarzt, der einem armen Schwein half. Jule vernahm es nicht; er hörte schon ein bißchen.....) :

: ‹Kss. – Kn-Knpp! – Knn.› –

: ? ?; Jules Blaßgesicht; (ich verriegelte gleich, beispielhaft, den Mund mit dem Finger : !). ‹Sie sind diebisch, und scheuen nicht den Mond›; und zeigen : etwas rechts von der widerlichen Jagd-Kabine... : ?... : !!. (Ein Marder nämlich.) Der schlanke Horizontal-Kerl; mit dem weißen Winkel als Pullover-Ausschnitt : »Daran erkennsDu ihn.« (Irgend ein Halb-Meyer schien neuen Müll angefahren zu haben; vom ausrangierten blauen Kachelöfchen an, Kinderwagen & Stuhltrümmer, bis zu abgenuddltn Konservenbüchsen, und aussortiertn Kartoffln.) Ein Mal warf er 1 Blick zu uns hoch, ganz ‹Falkenauge›; grüßte aber mit nichten, sondern botanisierte einfach weiter, geruhsamst über gefrorene Sandscheibchen dahin. – Wir entfernten uns dann auch bald; ehrerbietig, auf Zehenspitzen, schräg durch den schütteren Wald.

Frappiert stehen bleiben? Gewiß : grashalmmäßig hochgetriebene Föhren; dahinter der fahle Mondhimmel, und – achso! – keck 10 Meter hoch hineingeschleudert in all die ‹Rasenstück›-Grafik ein halbes Dutzend Fahrrad-Reifen : Bäume mit Ohrringen halt; darob war der Ignorant so-platt? : »'ne ganz normale Belustijunk der Bauern-Jungen doch. Was dengsDe, was Die sich so langweiln? : ich hab ma geschlagene Fünfminutn lang zugekuckt, wie sich Zweie, beim Mistbreiten, den Dreck immer nach hintn, über die Köpfe weg, warfen. Aus reiner Verzweiflung; bloß damitz ma was andres war. Uff'm Lande wirsDe so. – Nenn's ‹ Sürrealismus ›, und komm drunter weck. « / Oder : » Nee-Jule : ‹ Tannzapfm-Sammln › kommt in der Bundesrepublik nich infrage; ‹ man ist etwas faul im Staat'er D-Mark ›. – Es soll da so'n Gesetz in der Weltgeschichte gebm, wonach vor dem Untergang grundsätzlich der Verfall kommt, « schloß ich gleichgültig. (Blieb dann doch stehen; und gedachte der Silberhochzeit meiner Schwester-neulich, drüben in der DDR : die hatte auf mich, in so mancher Hinsicht, vertraut & ‹ normaler › gewirkt, mit ihrem Lebens-Standard etwa der Zwanzijer-dreißijer Jahre. Weit wenijer Autos, (sehr wohlthuend !). Viel billijere Mieten. Die Reclam-Nummer wie in alter Zeit; und das neue Conversations-Lexicon hatte schon 8 Bände ! Trotz gegenteilijer Nach-Richter hatte der Goldregen geblüht; und weder im Kinder-Garten noch im Spielzeugladen hatte ich auch nur 1 Panthser erblickt : *das* hatte mir gleich gefallen !). » NaDú. Drübm-Sein möcht' ich ooch nich, « sagte er nervös : » Gibt's wieder was zu sehen ? « (Da ich bei der ersten großen Birke stehen geblieben war. : Versteht sich; wo gäbe es wohl nichts zu sehen ? Hier sogar Dreierlei):

1.) Ein ‹ natürlicher › Eissteg über den schmalen Graben; und das hübsche Muster von Hasen-Pötchen drauf. (Und weiter, quer-feldein. Aber er lächelte mir zu sinnig, wie ein Schnurkeramiker. Worauf ich mich moralisch genötigt dünkte, ihm nun doch die weniger ornamentale Nummer

2.) zu zeigen) : im Ackerschnee gegenüber ein, erst angeschossenes dann verfiebert-verhungertes Kleinstkaninchen. » Beachte die Augen : von Krähen bereits lecker-bissig ausgehackt. « – : » Das iss GOttessache; nich die meine «, versuchte er sich raus zu reden. Dann, doch schaudernder : » Du bist aber ein schrecklich aufrechter Karackter ! «. (Das war zwar eine Unterstellung – ich bin schließlich auch bloß 1 armes Luder made in Germany – aber selbst-mich überkam unabweislich das Gefühl des Nocheinenbrauchenkönnens.) – Also geleitete ich ihn

3.) wieder zu derselben Birke zurück; und machte ihn am Stamm vorbei visieren – : ? – : » Nein. Rechts davon. « – Bis er endlich das 1 trübe Leuchtpünktchen ausgemacht hatte : » Die einzige Stelle in all der Gegend, wo Du etwas wie ‹ das nächste Dorf › erblicken kannst. « – (Da er enttäuscht schien) : » Du mußt Dir natürlich was dabei denkn ! : ‹ Nicht lange währte es, da gelangten sie in eynsamere Thäler. Nur selten ließ sich eine Hütte sehen, mit dunkelbrennender Lampe hinter den Scheiben, oder mit einem verglimmenden Heerdesfeuer aus der halboffenen Thür hervor, wo man noch auf den Hausherrn, der als Säufer vielleicht über ferne Hügel hinschweifen mochte, zu warten schien. › « (Und bot sie ihm bereits dar – : –)

Und rang sie ihm doch wieder aus der verblüfftn Greifhand. : » HörsDu ? ! – « –

: ‹ Pumm ! › – : ‹ Pummpumm-Pumm ! ›. (Lauter kleine Pumme am Horizont : so pocht das Neu-Jahr an die Forte !). – / : » Jule ? – ! « : » Gehr'd ! «. – / Und *mehr*

Akusmata : da geriet der Horizont-untn in anmutig fahle, auch grünliche, Zuckungen. Und neuerliches Geböller : prommt färbten sich die Westseiten unserer Antlitze pechnelkig : » Jule – ? «. Und er, würdig, wie sich's bei Lebenswenden ziemt : » Gehr'd. «

– : ‹ Pschschsch – – : Pfff ! ! ›; *DER* war *ganz* nahe ! – Richtich : keine 850 Meter von uns, begannen aus dem Papageienhaus die allerzierlichsten Goldsprudel zu parabeln, die man wohl auf einem großen Theil des bewohnten Erdbodens antreffen mag : rosenroth & gelblichgrau; und mattmeergrün & zimmetbraun; (das vorhin schon vernommene Hündlein begleitete jeglichen Kernschuß mit begeistertem Uploud.) Während die Weiler glühwurmten. Der Berg des Neuen Jahres, ‹ Munsdeludo ›, vor uns aufzuragen anhob. Und wir, verantwortungsbewußt, dorfzu schritten, (wo bereits die Canzonen der Canaille vernehmbar wurden), durch kniehohe Wälle, vom Schneeflug geschaffen. : » 7 sind's übrijens. « (Die Birken. Und er gleich, verständig nikknd : » Daher ergo die Redensart ‹ nicht aus den 7 Birken findn könn'n › «.). –

(Aber ganz vorsichtig jetzt.) : » Wir bleibm am besten unsichtbar. « (Nebenher der Mond; sittsam aber odalistig blaß.)

3

Dicht am Aurodrom der Bauernmusik – es klang wie eine Übung der Himmlischen Miliz ! / Um die Ecke lugen : lustig wehte, 100 Fuß entfernt, das blaue Eis-Fähnchen über der aufgeplatzten Schenkentür; in ihr der Wirt, rüstig rasselnd mit Schlagbaum-Schlüsseln,

König im Kornhaus, Bauern im Bierhimmel; Hopfnungsvolle und Malzcontente. – : »Corambé! Genau wie jüngst bei der Flegel-Henke.«
Lodenhosige Volontaire, die triddelfitzten um self-made-Witwen in netten Halbstiefelchen, die ihre prallen Waden noch schaubarer machten; siebierten & ruminierten. Tauglich gemusterte Knechte, alle den Gonorrhal-Stab in der Marstalls-Hose, und rauhknieige Putzfrauen, erhitzt vom hot, glowing with bjuty and cruelty : er Homo Arraktus, sie Chant-drehte. Kotzütische Greise, einmedalljich-lebensgroß, mit venerablen Schnurrhaaren, und zweischläfrige Großmägde, feurige Ringe um die Münder und Buttermilch in den Haaren; der Schnee kirrschte unter ihren Futen, sie bleck- und weiteten. Gewiß, auch stätischere Teilnehmer : er Tarzan von Schneiders Gnaden, sie Gans Miß Celle, und Beide Subscribenten bei Bertelsmann. Unverantwortlich leichtgekleidete Handlungsgehülfinnen, mit schicken Shakehändchen, sie zeigtn nach Kräften, was sie nicht hatten; und ambiwitzige Kaffeereisende, ungedolldich auf Globeletten, (man konnte sie für Hochschullehrer halten, hätten ihre Gesichter nicht so intelligente Ausdrücke gehabt). Das Wirtshaus ‹Zum Raben & Zuckerhut›. / : »Komm mit zurück, Jule. In den Schatten dieser Scheune.«; (ehe er noch Stellung nehmen konnte, ging's schon los –) – :
: kauerte hin; hob dü Jardine; und – das ging so schnell, wie beim Dechanten von Badajoz – ‹whis!› – (»kyk, wie das As bacht!«, Jule, ergriffen. So schlamm wie sie nur cunt. Sah natürlich nicht übel aus in ihren Invisibles; unhörbar umklippert von Strumpfhalterschnällchen. Aber : »Engagier'Dich nich unnötich, Du : Ländliche

Schönheitn leiden meist an den gruslichstn ‹ Flüssen ›. Weil sie im Winter, ohne Gnade unbarmherzich, auf die eiskalten Außen-Klos müssen : da laß den Finger von. «). / Dennoch erschienen, trotz der grimmijen Kälte, schier ohne Pause die Pärchen : Jünglinge, pollenfoll, und wonnefeuchte Mägdlein bibbernd auf Perlon-Röhren; sie sein Ersdgeschoß, er ihr Firstphal; enero S-Cape : » Waginula blandula; ‹ über das Kuß- & Kratzrecht im ehemaligen Wendland › «. (Und von drinnen schlug die Pauke, burenkrieg'risch, den Takt dazu; und der Brummbaß furzte bei jedem drittn Po-Stüber.) / Natürlich zerrissen auch ältere Aboriginale die Stille; Solche, die lediglich abschlagen wollten, oder sich die Beine vertretn. : » Noch'n beetn speeln, « teilten sie sich gegenseitich mit, (meinten ‹ An-Apparaten-drehen ›). : » Unn morgn wedder in'n Mudd-Gråbm. «. Der bleierne Rauch ihrer Stumpen behellichte uns wie kurzfristige Nasenringe; (‹ Strafe der Schnüffler ›). / Aber nun erschien's : die berufenste Athanasierin von Hillfeld-Süd, mit dem renommiertesten Bartspalter der nördlichen Dorfhälfte – (» Nun, Herr Dreibein ? « ; denn Jule beugte sich vor, wie wenn er dieses Kind wohl auch mal mit dem Bade hätte ausschütten mögen. Beziehungsweise ‹ sich mit ihr in den Haaren haben ›. – Aber, traun, dort ging es hoch her) : er sturmtroppte die barärschige Berserkerin, die Fratzen kußmetisch verschränkt, (und die Doppeldekkerminuten von Selbst-Lauten); breit bleckten ihre Oberbeine; er schoß sie behänd zwischen Wind & Wasser – und versuchte sich leistenwelk-niederlendisch zu erheben, während das unbehoste Mensch nur ein 12-pfündisch Gelöchter ließ. (Es leilachte in den Wölkchen; und der Mond wartete diskret in seinem eigenen Marble

Arch, entrance to Hide Park. Worte für ihre Gefühle hatten sie nicht, und brauchten auch keine; kehrten vielmehr unverzüglich zurück zu Lo- & Pokal, Lo- & Pokuß.) / : » Nein ! : *Du* nicht mehr, Jule ! «. – / Ein Unterbeamtentyp, der natürlich mit der Taschenlampe fummeln mußte, auch uns anleuchten, folglich mich erkannte, folglich grüßen mußte – obwohl er, es war ihm sichtlich peinlich, den Phall-Staff bereits in der Faust hielt – er entledigte sich schüchtern nur 1 Bruchteils des von ihm hier Beabsichtigten. Grüßte nochmals, zitternd vor Wut; und entfernte sich. : » Bekehrter Filantrof; hat noch nie das Meer gesehen. Er ist bei der Eisenbahn; sie kann kein'n Zug vertragn. « / Ein total ausgemärgeltes Pärchen, (‹ Er hatte schon den Gift dreymahl nach ihr gesprützet ›); aber sie beschwatzte ihn doch wieder, große Augen am Nasenbug, darunter alle möglichen Lippen : cachez ce sein ! Aber, LES FILLES SONT LIBRES; er wankte lädirt im Jungfraujoch; (und Jule, mitleidig : » Chee-the mort's bite ! «. Da mir die basseuse seines mauvais goût nur allzubekannt war, nahm ich von vornherein nicht an, daß er den ‹ Biß des Todes › spüre und darob den ‹ Mittler › anriefe. Sah vielmehr, nachdenklich nickschüttelnd, der taubstummen Begegenseitigung weiter zu.) Bis es Jenem endlich gelang, ihr das letzte Pröbchen vom Innern eines Bullen zu geben. (‹ Nun wird er sich an Gloms & an Pomocheln laben, CANITZ ›.) / » Genugnun der Fortunatus-Studien; und des Nimmergrüns unsrer Gefühle ? «; (und trostpreisig zu lächeln suchen : ?. Er willichte ein; mit 1 finsteren Nikk aus der Zeit, da die Herren noch Punzenzins erhielten, wenn sie darauf verzichteten, eine Braut im Geburtstagsanzug zu besichtigen. – Also blitzflink auf Weg-Mitte. Dann, wür-

dig schlendernd, vorbei an dem regierenden Bierokraten; der unserer – vom Standpunkt der Übervorteilbarkeit mit Recht (: aber was ist das schon für einer!) – nicht sonderlich achtete : » Neues Ja, Herr Crusius ! «.)
Und gelassen nach rechts davonschreiten. Während es hinter uns wumperte; leiser pumperte; und, verhallend, urjahnte :

: ‹ Ja dashá / ben dieMä́d / chen sogérr-ne.
Die imSchtǘ/ pchen & Die / imSa-lóng . . . ›

4

Da die teertonne Nacht gedämpfter hinter uns her rollte; und die Versimpelung ihren bleyernen Szepter gähnender über die EWG rekkte, (oh, wie mich snäkkt, wie mich snäkkt !); während uns links, da wo es nicht bauernhauste, eine 40 %ige Mond-Aine immer wieder den Kupferzwickel wies, und der widerlich hohe ‹ Galgen ›, (angeblich nur zum Trocknen der Feuerwehrschläuche bestimmt), uns das erste aufrichtige ‹ Morituri › dieses Jahres semaforte, Gratis & Lange – ausgerechnet da mußte der Kerl, mittn unterm Rundumhut, stehen bleiben. Er dachte so angestrengt nach, daß es ihm die Augen verdrehte; cuj'nierte noch einen Moment mit Lippen & Zähnen; und begann dann zu grollen :
: » ‹ It little profits, that an idle king, / by this still hearth, among these barren crags, / match'd with an aged wife, I mete and dole / unequal laws unto a savage race, / that hoard and sleep and feed and know not me ! ›. – Übersetz mich, Du ! Und zwar ebenso unverzüglich wie meisterlich; oder . . . ! «. (Und hinter ihm das griechische

‹ P ›. – Da zog ich doch vor, den Versuch zu unternehmen; und sei's nur zur Übung : laßt Ein'n wieder mal in Gefangenschaft oder sonst'm KZ sein; und'n größnwahnsinnijer Lagerführer hat Appetit uff'n Hofnarren. Also stirnrunzelnd; & solök stokkend) – :
: » ‹ Nur wenig frommt's – › « – (hier nikkte er schon wohlgefällich; ein edel Wort, gelt ?) – » ‹ daß ich, ein müß'ger Fürst › « (geschmeidich verneigen : während er sich erfolglos bemühte, ein Lächeln des Größenwahns zu unterdrücken, gewann ich Zeit) – » ‹ am stillen Heerd hier, an dem kargen Strand, / bejahrtem Weib gesellt – › « (vorsichtich zu ihm auf-schielen: ? vorn an seinem Haupt kämpfte Unmut ob der genommenen Freiheit, mit dem Ergetzen des kundigen Übersetzers. Das Letztere siegte rasch; zum Zeichen, daß ihn die Mem-Sahib ernstlich geärgert haben mußte. Er bestätigte knapp, obschon etwas drohend. Ich küßte ihm gleich, mentaliter, den Rockschoß, (weil er mich immer noch nicht hatte umbringen lassen); und continuierte in unterwürfijer ekler Begeisterung) : » ‹ dem rohen Pack / ein viel zu gutes Recht mit Würde sprech' : / : Das scharrt & schläft & frißt – und kennt mich nicht ! › «. (Voll erhabener Verachtung; so daß King Yule das betreffende Gefühl nur mit einem gnädigen Nikken noch zu unterfertigen brauchte : ‹ Gegeben auf unserem Lusthause zu Nowosibirsk › ! Er war so voll von sich, daß er ganz leer war.)
: » Sieh ma an – . «, (im inspiriert Weiterwandeln; unsichtbar beschleunigt von pflichtgefühltester Langeweile) – » das wa gar:nich:dumm. «; (und nie sah ein Buchstabenputzer einen Schreibmaschinenöler herablassender an). » Du, jetz' iss's gut, Jule ! Vergiß nicht, daß

es gleich in meiner Hand liegt, Dir den Kaffee Royal beliebig zu schwächen.« »Ja sicher, 'ntschuldije,« sagte er reuig; »ich meinte auch nur, daß Du Dein'n Nam'm doch tatsächlich ma vor 'ne Übertragung setzen lassen könntest : willsDu denn gänzlich ungedruckt aus der Welt gehen?«. (Wenn möglich, ja. Während ich uns Eintritt schaffte; und wir dann über Schnee mit Asche dahinmahlten, oh Zimt oh Zucker.)
: »KlopfsDu immer mit den Füßen an?«; ich, spitz & kalt, (da er sich vermittelst Anschlagen der Schuhkanten an meine Haustür die Sohlen zu reinigen gedachte; er entschuldigte sich nochmals.) »Neinein Jule; bleib Du noch'n Augenblick hier. Ich seh bloß ma rasch nach'm Feuer. Bin sofort wieder da.« (»Woß so'ch?«, hörte ich ihn plump & mufficht hinter mir drein hadern. / Und zögerte doch wieder vorm Ofen, ehe ich nach dem dikken Eichenkloben griff : mir tut's immer leid um Holz. Wenn ich mir das winterliche Birkenmorden der Bauern so vorstellte; allein letzten Monat wieder; da müßt's Gesetze dagegen geben. – Aber um im Schuppen nach Briketts rumzugratschen, war's viel zu finster.) –
: »Woll'n wir doch auch was für's Neue Jahr tun, ja?!«; ich, mit Strenge; wieder vorm Haus. »Gern-gern,« erwiderte er hoffnungsvoll. Und schaute mich dann in mächtiger Enttäuschung an, als ich nur die Streichholzschachtel aus der Manteltasche zog; (ich hatte vor ein paar Tagen in einer Schublade noch 1 altes Bengalisches Hölzchen gefunden, und war doch neugierig). Wir begaben uns damit in Prozession in den ‹Tannenwinkel›; und ich nötigte den Ungehaltenen, im Verein mit mir zuvor einige sinnreiche Vermutungen über die zu erwartende Flammenfarbe anzustellen. Wandte mich noch

feierlich, unter leichten verbindlichen Verneigungen, nach den Vierwinden – »Captatio benevolentiae, Gedankenloser : damit se's nich aus pusten!« – und strich dann damit über die Reibfläche – ; – ! – ? (nichts; verdammt). »Gib *mir* ma her –«, Jule, dessen Interesse sich doch auch zu regen begunnte – ; – ! – : !!! : nichts. – Bis er auf den Gedanken verfiel, es mit einem normalen Zündholz ‹vorzuwärmen› –, – :! »Ahhh!«, des funkelnd-ausgefransten, pechgrünzischenden Loches in der Nacht! –

: »VerzeihsDu, HErr, das Flammengaukelspiel?«. Er leckte sich zwar noch einmal-ubw die Lippen; schüttelte dann aber, heftig bestätigend, den Kopf : »Scharmant gemacht! – Mir iss dabei eingefallen : äh-hasDu schon mal darauf geachtet, daß, wenn Du vom Wekkergewekkt wirst, – meist steh'ich ja von alleine, und weit früher auf – der, und sei es noch so sanfte, Trillerklang das jeweilige Traumkontinuum nicht nur akustisch unterbricht – ‹Kuns-schtück› wirsDe murmeln – sondern es auch optisch abreißt? Ich hab' das jetz schon bald 'n Dutzend Mal beobachtet. Das Prinzip dabei scheint zu sein, daß, ebenso prompt wie anschein'nd zusamm'hanglos, ganz plötzlich schönfarbige & reichgegliederte Gebilde für kurze Zeit auftreten. Dann geschieht das ‹Erwachen›; und das Betreffende ist bereits verschwunden, während das Wekkerklirren noch anhält.« – : »Gib am besten ma'n Beispiel, Jule.«

: »In einen ganz schwarzen Raum senkt sich, von oben her, eine große Tüte. Spitze oben, Öffnung unten – Höhe circa 160« kam er meiner Frage zuvor; dann : »Der Kegel war außen aus einem schönen kräftigen Lila; und von durchbrochener Arbeit, wie wenn sehr zahlreiche

Ornamente sauber eingeschnitten wären – Vergleich ein überdimensionaler Federball «, sagte er ungeduldig, (da sich in meinem zier- & ausbündigen Gesicht anscheinend ein Frage-Löchelchen aufgetan hatte ; ich hatt's gar nich gemerkt) : » obwohl weit reicher-feiner-geschmackvoller. Innen die Farbe hell, auf Weiß zu ; obschon auch hier ein schwacher Lila-Schimmer unverkennbar ; wirkte wie angeleuchtet, aber die Lichtquelle-selbst war nicht zu erblicken. Dies Gebilde also senkt sich rasch von oben her in den – ebenfalls frisch entstandenen ; vorher war ich ein Bahnhof gewesen – schwarzen Raum herein ; und bleibt wie auf einem unsichtbaren ‹ Fußboden › stehen. Ich betrachte es erfreut – : und weg. « (Hm ; erst ma weiter.)

: » Oder : in einem Traum mit der vorherrschenden Farbe *GRAU* – war es irgendeine Betongroßstadt ? – entstand es plötzlich wie eine, ziemlich nahe von schräg-oben, wie von einem Stehenden gesehene, elliptisch-kleine Grasfläche. Das, wie gesagt bis dahin dominierende Grau wich sofort an die Ränder des Gesichtsfeldes und wurde dort belanglos. Das Gras von sehr reicher tiefgrüner Färbung – viel ‹ saftiger, organischer › als die Flamme eben ; obgleich ich durch sie daran erinnert wurde – seine schönen wuschelköpfigen Halme ‹ lagen › leicht-weich : mir fiel ein, daß es sich ‹ schwer mähen › lassen werde ! « (Da er freiwillig über sich den Kopf schüttelte, konnte ich die Bewegung einsparen. Er fuhr fort, und zeigte, was er meinte, mit den Händen) : » Und in der Mitte befand sich eine volle kleine Insel aus hochgelben Blumen, ‹ Butterblumen › ; aber die Köpfe so groß wie beim Löwenzahn. Ihre Anzahl dürfte etwa 20 bis 30 betragen haben. – Auch die Lebensdauer dieses Fänomens sehr

kurz. « / – / : » Als eine erste Theorie böte sich mir dar, Jule – « (und verantwortungsbewußt zögern; war ja ganz int'ressant) – » m-daßdas, ja ebenfalls ‹ reich gegliederte › Pizzicato des Weckerschnirrens, im Optischen eine parallele, radio-larische Struktur anregen könnte : ‹ Nerventriller › in beiden Bereichen, eh ? «. (Obwohl er diesen, wahrlich nicht fernliegenden Einfall, sicher schon selbst gehabt haben würde. Er winkte auch ab. Und gab, sichtlich ‹ ernüchtert ›, nur noch Stichworte)
: » Einmal eine Lattenkiste, 60 mal 40 ungefähr; die sich, währendes Klingelns, mit braunen Brennholzscheiten füllt – ich hab absichtlich genau gemustert; und entsinne mich noch, daß das eine 1 schwarzbraunen Ast-Fleck hatte. / Oder : über naher Schneefläche eine ferne, dunkelgraue Waldborte. Da klingeltz : und schon schiebt sich, von links nach rechts übrigens, ein hellgrauer mannshoher Lattenzaun davor : eine vielgegliederte Sprossenwand also. – : ? « » IMAGO-reif, Jule, « lobte ich; (unangemessen kurz, ich weiß; er hatte mehr verdient. Aber ich war jetzt, nachts um halber Zwei, (und 6 Stunden Register-Ansagen in Aussicht !), zu wenig mehr fähig, es seien denn all-lallische Proteste der Creatur : gegen Creation & Creator) : » Komm, pascholl, Jule. Was essn. – Und anschließnd wieder druff-uffde Galeere. «

5

und ein Eierbecher mit einer runzlichten Pellkartoffel darin, eine bleierne Buddel, ein großes ringförmiges Brot, (ich, als Wirt, schnitt höflich vor. Und Stehen & Essen.)

: » Gib ma die Schüssel mit Wieheißtesgleich – «. Nu, ich gab sie ihm; (aber es waren Steinpilzkonserven, gekocht in Essig & Öl, mit Muskatnuß, Kanehl & Nägelein, ein Meisterstück meiner Raumpflegerin !). Er mampfte langsam & traurig, und ließ dabei den Blick mißmutig hin und wider wandern; von der Eßecke zum langen Arbeitstisch, hie Schnittenbrettchen aus Limba, dort vergoldete Libraritäten; (ich hätte meinen Kopf mit den verschrumpften Augen wohl auch am liebsten in eine Aktentasche gesteckt, und dort der Ruhe gepflogen). / Ihm beim Hin- & Her-Gaffen helfen : hie ein Tütchen Rosinen, (» Nicht für Dich, Jule : für Amseln & Fasan'n. «), dort das weiße Nicht unbeschriebener Zettel, jaja. Hie ‹ THUNFISCH IN ASPIK ›, (» Mach die Büxe ma von untn auf – : ? : ! «; denn es war selbstredend wieder das in den kapitalistischen Ländern übliche : obmdruff 2 Prachtscheibm; untn nischt wie Fussln !), dort das zakkichte Lineal, neben meinem Denkring (aus 3 ineinandergefügten Ringen bestehend; wovon man 1 fallen & dran runterhängen läßt, wenn man sich einer Sache erinnern will : beträchtlich besser, auch ‹ gepflegter ›, als der schlecht-moderne ‹ Knoten im Taschentuch ›) : » Nein ! Ich verkauf' ihn Dir *nicht*, Jule. Reg Du doch die Forzheimer an : laß Dir's vorher patentieren; verdiensDe 'n Heidengeld damit. Wenn De dann später in der Kwien Merry vorbeibraust, kannsDe mir'n falschn Fuffzjer zuwerfn. – Überdem iss's'n altes Familienerbstück. « schloß ich; (innerlich errötend, denn die Situation lag ähnlich wie bei MARKTWAIN's. Jule zeigte auch nur den Hohnzahn.) / Die Weinflasche ? Dahier; (und den Korken gleich durchs Stanniol gezogen : für's lange Dranrumpolken werden 5 Karteizettel fertig !). Die Sauciere krachte, das Kass'rölchen erklirrte unter seiner Hand, (und der Poltron schob's auf die Beleuchtung : »Deine Lampe brennet trübe; tue Öl darein«, bat er unsicher. Ich trug sowieso die rote Robe des Zorns (eine Art Strick-Camisol; der abgerahmte Mensch dagegen ein' Kittel wie'n Kirchenstuhl) : »Bei gut 100 Watt, Du?! MöchtesD wohl beim Schein von JUPITER-Lampen eine JUNO genehmigen, heh? – Was horchsDu?«. Jule pustete erst in die Mündung der Bierflasche, ehe er daraus trank; erläuterte, daß ihn der kleine röhrenförmige Nebel oben drauf störe : er sei kein Nebl-Trinker; schob sie dann in den Mund, und zeigte damit:–. Dumpf & Lange; (murmelte der Kessel ob der Kochplatte) : »Wat sechcht häi?« : »Daß man die Menschen wegspritzen sollte : die Männer mit 45; die Frauen darfsDu ent-scheiden.« / 1 Rädchen Wurst übrig lassen?! : »Das fürcht'sich ja, Jule. – Ich tu währenddessen das Brot als solches ins Schapp«; (und grienend damit zur Seite; denn es handelte sich um die Wurstsorte, die er nicht mochte). Er trampelnd Bier nachtrinkend; während ich Rum mit Milch nippte; boshaft das Knakken unserer Knie in den morschen Hosen belauschte, (und der Rülps nach halbverdautem Nachmittagskaffee schmeckte äußerst unangenehm – vielleicht die Strafe für meine Unfairness. »Mann, was'n Krokodilsköder!«, echste er immer noch. Und wir tranken Bier nach : magisches Auge & Sittigzunge; oben LEITZ-Wetzlar unten Hasen-Fuß, in dicken Strümpfen, schamzerpört, die dünnen Waden; Potz Fährde-Schwanz & Rinnt-Bocks : links 3 Komma 3 Quadratmeter Schreibtischplatte, von denen ich Besuchern zu versichern pflegte, daß sie einst dem Fürsten Metternich gedient hätten; rechts ein eingetopfter Baum

der Erkenntnis, darauf eine vierjährige Wallnuß, die noch nie ein Mensch aufgekriegt hatte, und weitere nichtversicherte Gerätschaften : ja jetz ne ‹ Generals-Wache › ! (wie Wir-Gemeinen im II. nicht-letzten, Weltkrieg für einen guten-festen Schlaf zu sagen uns unterfangen hatten; wenn man nich so Romanticker wär' hätt'man ja längst schwarzmarkabelste Einfälle gehabt !). / Die liebe Neugier hatte sich unterdes ein paar Fingerspitzen verbrüht, und saugte nun röhrend daran : » Schmier Dich ein, Jule, schmier Dich ein. « Da er flinklippig mit der Zungenspitze dran-rum tipfte – : » Miff waff ? ! « – : » Mann nehme 1 Tropfen Schweiß von der linken Brustspitze einer Konditorsgattin. Rühre denselben an mit dem Staub vom Schnitt eines, seit 99 Erbpachtjahren unbenützten THESAURUS LOGARITHMORUM ... «. An dieser Stelle verfiel er endlich auf NIVEA : ? : » Im Bad; wie sich's gehört. « Neikte sein Süffelantlitz zur Erde; und schnob, da er cloverz tappte, winterwindig; (vielleicht unter dem Pseudonym ‹ PONTUS EUXINUS › : falls man doch ma was schriebe ?). Der rote rauhe Rasenfleck des kleineren Vorlegers.
Und allein im Spukenden Tintenfaß; (während Jener, geil wie ein Galle, die Apparaturen drinnen ununterbrochen mißbrauchte). / CATS : ‹ GEDACHTEN OP SLAPLOSE NACHTEN › : neulich der ‹ Tunesische Kamelsattel › in Hannover, (‹ garantiert 200 000 Meilen in der Sahara zurückgelegt ! ›), schonrecht-schonrecht : wenn nur, morgens-links, der Mittelfinger samt den umliegenden nicht schon so korkig-steif gewesen wäre, (die Rechte fing erst ganz leicht an, die Schwurhand; ich hatte wahrscheinlich zuviel damit schwören müssen in meinem Leben, und wer weiß, was den Bonnern in dieser Beziehung noch

einfiel. Gleich zum Fenster raus spucken : wie sich der silbrije Dreck da so anderthalb Meter aus Einem entfernte !). – Dem Geräusch nach pißte der Mehralsunbeschnittene bereits das Klo-Becken sauber. (Was das ‹ Andere Geschlecht ›, die Bidet-Reiterinnen, wohl doch nur mit Mühe vermögen. Dies war mein Locus classicus, wenn Eener mit ‹ Cooper keusch ! › ankam; da machte ich mir immer den Spaaß, und las ihm die Stelle mit dem eingelegten Merkzeichen vor : ‹ Bälle und Gesellschaften sind fürder nicht mehr der Glanzpunkt meines Lebens; es beschränkt sich vielmehr ausschließlich auf die verschwiegenen Räume des Closets, wo die Liebenden die köstlichen Augenblicke zärtlicher Vertraulichkeit genießen › : Überschrift ‹ Geständnisse eines Spitzentaschentuchs ›. Ein Moderner, der vorwärts kommen will, denn wir leben in einem hochkultivierten Rechtsstaat, müßte hier diverse Worte weg-icksen (‹ eggwixn ›) : ach, des GÖttlichn Rechts zu schikanieren ! (Tyrannen haben Recht, so oft sie sich erhenken ›, Hagedorn.) Und Der rieb sich höchstwahrscheinlich meine Nivea um den Eichelrand : ‹ daß es Dir wohl gedeihe ! ›. –)
: » Na, Jule ? – Sind wa soweit ? «. / Er rühmte erst noch die ‹ herrliche Brille › : dies Sperrholz würde tatsächlich federleicht & immer-dünner ! Ich konterte mit dem Klo-Papier der DDR, das ich neulich-drübm, anläßlich der Silberhochzeit meiner – » Dat wäit wie nu ! « schnarchte er überdrüssig : » Die hatten dekoriert, Mensch; weiter nischt. « : » Oh nein, Jule; sowas hasDe noch nich in der Kimme verspürt, Du ! man hätte gleich da sitzn bleibm mögn : süchtich hätt' Eens werdn könn' ! «
: » Und jetz hapere nich länger : komm ! « –

6

Er schnitt. (Seine Taschenuhr auf dem Tisch war auch eingeschlafen.) Während ich, protestantenden Mundes, darin blätterte . . .; . . . – : » Du, hör ma : ‹ They, in their turn › mit ‹ Sie, der Reihe nach › wiederzugeben ! Der Kerl, der Übersetzer, verdiente ja, von der Hand eines Quintaners mit einem veralteten Webster totgeschlagen zu werden ! «; (er hörte es nicht gern; aber es war so). Und mehr Poly-Glossen, die leeren Räume in unseren Trägheiten zu überbrücken. (Ich griff wieder nach dem Unikum der Farbband-Dose, in der ich, rein zufällig, Mottenkugeln aufbewahrt hatte : flaumweich war der moderne Preßstoff davon geworden ! : daßdas Kunst-Stoffe derart angreift.)

: ? – (Das nächtliche Surren der Leitungsdrähte nämlich) : » Hab'ich diesen strengen Winter schon mehrfach registriert : Verkürzung der Drähte bei Temperaturen um 20 Grad-Minus. Neulich hab'ich 'ne ganze Nacht nich schlafn könn'n; weil ich dachte, beim Nachbar hielte'n stehendes Auto, und Der ließ'n Motor laufen : so laut brabblte das. – Heut Mittag kam übrigens die Meldung, daß im Niemandsland zur DDR hin darob so manche Mine platze : ‹ Die Nacht wird kalt, sagte der alte Rudolph ! › « –

: ? . – : ! . –

: » Dionysius Areopagita, Bischof von Athen; Zehn-59 – « (und mit der Bleistiftspitze die restliche Seite runter, die Ganglien in Schnellbahnen verwandelt . . . . . / Umblättern : . . . . .) : » Jule, laß das bitte ! «; (wenn sich eine Briefklammer derart sperrt, das soll man achten).

(Oder ‹ ehren › ? Nee; ehren nich. Aber achtn.)

fi 636 / 4 a

Arno Schmidt
Die Schule der Atheisten

Novellen-Comödie in 6 Aufzügen. Faksimilewiedergabe des DIN A 3-Typoskripts im Format 24,5 x 34,0 cm.
271 Seiten.
Erstausgabe 1972 –
4. Auflage 1985

Ausgabe A: Leinenband, fadengeheftet, mit Schutzumschlag, im Schuber
Ausgabe B: Fadengeheftete engl. Broschur, kartoniert, im Schuber

Die Atheistenschule, nichts weniger als eine agnostizistische Lehranstalt, führt in eine übermutsprühende Welt ironischer Imaginationen. Das Abenteuer einer exotischen Atheistenerprobung auf einer unbewohnten Insel im Pazifik erscheint mit Komparsen des Jahres 1969 als Rückblende aus den Tagen der um 2014 allmächtigen US-Präsidentin Joan Cunnedy und ihrer Außenministerin Nicole Kennan, genannt Isis.

In der ›Schule‹ entwickelt Arno Schmidt seine fortgeschrittenste Bauform: die durchsichtige, bühnenhaft anschauliche Gliederung der Handlung in Akte (Aufzüge, Tage) und Szenen (Bilder) mit einleitenden Regiebemerkungen als Prosaeinstimmungen des folgenden Dialogs und des wunderlichen, ausgelassenen, auch weisemelancholischen Szenenspiels.

S. Fischer

Arno Schmidt
Abend mit Goldrand

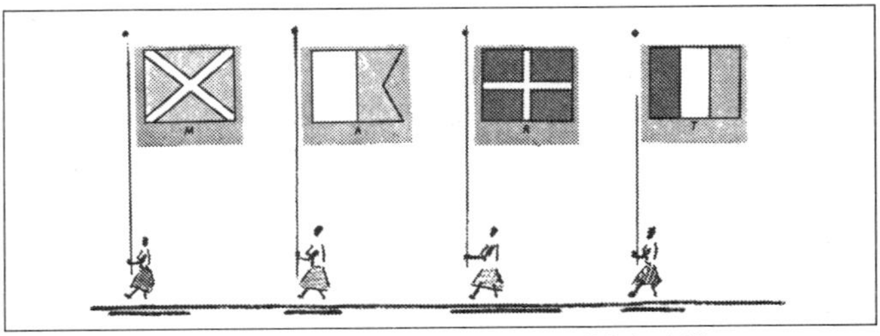

Abbildung zur Wahrsageszene auf Seite 146

Eine MärchenPosse.
55 Bilder
aus der L$^{ä}_{E}$ndlichkeit für Gönner der Verschreib-Kunst.
Faksimilewiedergabe des DIN A3-Typoskripts im Originalformat (32,5 x 43,0 cm). 215 Seiten. Erstausgabe 1975 – 3. Auflage 1981

Ausgabe A: Leinenband, fadengeheftet, mit Schutzfolie, im Schuber
Ausgabe B: Kartoniert, mit Leinenfälzel, im Schuber
Engl. Ausgabe: Leinenband. Übersetzt von John E. Woods

Nach der Novellen-Comödie die Märchen-Posse, doch anstelle einer phantastischen Zukunft die auf wildere Weise phantastische Gegenwart im Heidenest Klappendorf. Aufgefahren wird die skurrile Menage der fünf Alten des Fohrbach'schen Haushalts mit brüchigem Goldrand, zwischen ihnen die jungmuntere Ziehtochter Martina, auf dem Heuhaufen nebenan die wüste Jugendrotte auf dem Wege nach Tasmanien, mit der im Faß auf der Terrasse logierenden, okkult begabten Anführerin Ann'Ev.
Dazwischen Erinnertes aus Arno Schmidts Kindheit und Jugend und Einbringung seines Fragments aus den Tagen von Lauban und Hagenau, PHAROS oder von der Macht der Dichter.

S. Fischer